講談社文庫

完全犯罪証明書

ミステリー傑作選39

日本推理作家協会 編

講談社

目次

序文

読書をする愉しみには、さまざまなかたちがあるだろう。お茶の時間の、お菓子のようなもの、通勤の途中の時間の有効利用、寝る前のひと時、人によっては人生最大の愉しみということもある。

ミステリーというジャンルは、近年その幅を拡げ、あらゆる愉しみを受け入れられるものになっている、と私は思う。トリック、人物造形、構成、シリーズキャラクター、ちょっとしたペダンチズム。そのほかにもいろいろあるが、愉しみの需要を最も満たすのが、複数の作家の作品を集めたアンソロジーではないだろうか。しかも短篇小説には、その作家の持っている特質が、最も出ると言ってもいいのである。長篇のように、言葉の中に自らの特質を巧妙に隠すというわけにはいかない。削りこまれた言葉の中には、その作家の特徴が、むしろ象徴的に現われる。だから作家は、短篇を書くことによって、自分を磨こうとするのである。

ミステリーの短篇が九本並んで一冊にまとめられたものは、まさに愉しみの宝庫なのである。人間が、人間らしさとして持っている最も大きな愉しみのひとつが、最も濃厚に詰めこまれているのが、こういうアンソロジーではないだろうか。

近年は、長篇が全盛であるが、こういうアンソロジーもきちんと出版されているのだということを、私は声を大にして言いたい。深い森の中の、木洩れ日だけを集めたような一冊なのである。この木洩れ日を掌に受けることなく、森の中を歩き続けるのは、あまりにも惜しい。

定期的に刊行されているこのアンソロジーのシリーズは、他に類を見ない歴史も有し、時代を代表する作家の短篇を集め、日本の小説の面白さを土台から支えてきた、という存在意義がある。その先端の一冊が本書であると思えば、また愉しみも倍加するであろう。

本書は、日本推理作家協会が編集した、一九九八年版と一九九九年版の年鑑を母体として編まれたものである。木洩れ日の暖かさを、存分に掌に受けていただきたい。

二〇〇一年三月

日本推理作家協会理事長　北方　謙三

完全犯罪証明書

ミステリー傑作選39

裏窓のアリス

加納朋子

著者紹介　一九六六年福岡県生まれ。文教大学女子短期大学卒業。化学メーカーへ勤務の傍ら、九二年『ななつのこ』で鮎川哲也賞を受賞し、作家デビュー。九五年退社。九七年『ガラスの麒麟』で日本推理作家協会賞受賞。著書に『魔法飛行』『螺旋階段のアリス』他

1

仁木探偵事務所の扉を開けて、アリスは毎朝ぴったり十時にやってくる。その頃には仁木も、家から持参した新聞をとっくに読み終えているし、そろそろ一人でぽつんとデスクに座

っているのが苦痛になってきた時分でもある。何しろ事務所を開いてこのかた、デスクの上の電話が鳴った回数は片手で数えられる程度だし、客が直接訪れたことなんて、ただの一度きりしかない。

だからこの際、たとえ依頼人ではないにせよ、誰かが事務所を訪れてくれるというのは、喜ばしいことには違いないのだ。まして毎朝律儀に通ってくれるのが、とびきり可愛らしい女の子とあっては。

仁木が内心で密かに〈アリス〉と呼んでいるこの少女は、本当の名を市川安梨沙《ありさ》という。彼女が真っ白な猫を抱きかかえて事務所に飛び込んできてから、かれこれ半月が過ぎようとしている。本人の申告によれば『これでも二十歳は超えている』そうなのだが、彼女を初めて見たときには、てっきり十七、八だとばかり思ったものだ。

とにかく、偶然飛び込んできたように見えた安梨沙が実は探偵志願者だったことは、ひどく仁木を途方に暮れさせた。しかしそれ以上に仁木を驚かせたひとつの事実があった。

幼い声と華奢《きゃしゃ》な体を持った少女——としか仁木には見えないこの女性は、およそ彼女にはそぐわないものを持っていたのである。

つまり、結婚して二年にもなる夫を。

安梨沙はごく当たり前のような顔をして、その事実を仁木に告げたものだが、そのときの彼の驚きといったらなかった。

これが、でっかいクマのぬいぐるみを持っているとでも言うのなら、何の不思議も違和感もないさ。しかしよりによってオットだと？　はっ、馬鹿馬鹿しい。オットセイの間違いじゃあるまいな……。

むろん、年若い女性が持つものとして、夫はオットセイほどに奇抜ではないなどと言うことは、この際、仁木の念頭からはきれいさっぱり抜け落ちている。

つまるところ、と仁木は考える。すべてはあの子の自己申告に過ぎないわけだ。年齢だって、サバを読むことはできる……まあ、歳を多めにごまかす女性は珍しいにしても。しかしそもそもあの子の素性すら、何一つ知らない仁木なのだ。

ある日突然現れて、当然のような顔をして事務所に通ってくるようになってしまった安梨沙。不思議の国に迷い込んできたアリスそのままに、自由気儘にふるまう彼女を、どうしても追い返す気になれないでいるうちに、ずるずると時が流れてしまった。

まあいいさ、と仁木は思う。

サラリーマンを辞めて探偵事務所を開くなんていう突拍子もないことは、けっしてそればかりではないにせよ、酔狂の手助けなしにはとてもできなかった。ならば、他人の酔狂に、そうそう目くじらをたてることもあるまい……。

しかし、一週間経とうが半月経とうが、安梨沙と二人きりで事務所にいるという状況に、仁木はいっこうに慣れそうになかった。

「おはようございまーす」

元気よくそう挨拶してから、まず安梨沙は事務所の掃除をしてくれる。もっとも仁木だってわりと整理整頓にはまめな方だから、彼女の仕事はそう多くはない。そのあとお茶の支度をしてくれるのだが、これが仁木の密かな楽しみだった。日によって、コーヒーだったり紅茶だったり日本茶だったりと、変化があるのも面白い。コーヒーメーカーだけは最初からあったのだが、仁木が用意していた簡単な給湯コーナーには、いつのまにやらティーポットだの急須だの、各種茶道具がずらりと揃えられていた。幾種類もの茶葉とともに、安梨沙が自宅から持ち込んだものらしい。

今朝は香り高いダージリンだった。花模様のティーカップに口を付けながら、仁木はちらりと安梨沙の様子を盗み見た。安梨沙は窓際のいつもの席で、ぼんやりと外を眺めている。それは彼女が事務所に来るようになって以来、すっかりお馴染みになった安梨沙の姿である。

「……あー」二、三度口をぱくぱくさせてから、ようやくそれだけ言い、仁木はもう一口紅茶を口に含んだ。「その、なんだな」

「なあに？」

安梨沙が振り向き、小首を傾げてにこりと笑う。仁木はようやく、気がかりだったことを尋ねる気になった。

「退屈じゃないかい、その、ずっとそこにいて」

「いいえ、ちっとも。家にいたって同じだし」

「同じ？」

「ええ。お部屋でお茶を飲んだり、猫と遊んだり、本を読んだり、そんなことばかりしてるから。一日がとっても長いのよ。まるで時間が止まったみたいに。ほら、私、専業主婦だったでしょう？　何か仕事をしていたわけじゃないし、子供もいないし、そうすると一日がとても退屈なのよ。私の生活ぶりを見たら、きっと誰だってこう言うわ……あの者は時間を殺しているってね」

「ハートの女王のセリフだね」

『不思議の国のアリス』に関する話題なら、どうにかこうにか仁木もついていける。以前の勤め先では誰一人知る人とてなかったが、ルイス・キャロルの著作は彼の長年の愛読書だった。安梨沙が何気なく口にしたセリフは、ハートの女王から帽子屋に投げつけられた言葉で、さらにそのあとこう続くのだ。

　首を切れ！　と。

　仁木はふと、自分の探偵事務所の最初の客のことを思い出していた。その人物もまた、専業主婦だった。そして彼女は事務所最初の依頼人であると同時に、最後の依頼人でもある……少なくとも、今のところは。

仁木は深いため息をついた。

「時間を無駄にしているって意味じゃ、私も同じだな。首を切られたって、文句も言えない。もっとも首がなきゃ、そもそも口なんかきけやしないがね」

さして上出来とも思えない仁木のジョークに、安梨沙はきゃっきゃっと声を立てて笑った。

「でもね、所長」いつの間にか、安梨沙は仁木のことをそう呼ぶようになっている。「近いうちにきっと、依頼人は来てくれると思うの。今までは宣伝の仕方が悪かったのよ。うちにもいろんなセールス関係の人が山ほどやってくるけど、やっぱり地道な営業活動っていうのは必要なんだと思うわ」

「しかし、だからってまさかトラブルや犯罪のことで、ご用聞きにまわるわけにもいくまい？」

「もちろんそんなことはしないわ……そんなことしたら、探偵事務所の威厳がなくなっちゃうもの。ただ、宣伝用のチラシを配るくらいなら、いいんじゃないかと思って」

「チラシ？」

「ええ」こくりとうなずき、安梨沙は一枚の紙切れを取り出した。「事務所を開いたばかりのときにも、配ってたでしょ？　私、あれを参考にして別なのを作ってみたのよ」

その白いＡ４の用紙には〈悩み事、心配事、気になること。何でもお気軽にご相談下さい。仁木探偵事務所〉とあり、簡単な地図と連絡先を添えてある。

「シンプルだな。前のやつよりは、いいかもしれない」用心深くそう言ってから、仁木は首を傾げた。「しかしこういうものは本当に効果があるのかね？　うちの郵便受けにもよく怪しげなチラシが入っているけど、ろくに中身も見ないで捨てているがね……現に最初に配ったチラシを見てやってきてくれた依頼人は、たったの一人きりだった」

「それと、探偵志願者が一人とね」安梨沙は頰にぺこりとえくぼを浮かべてつけ加えた。

「無作為に網を投げたって、捕りたい魚ばかりが捕れるとは限らないじゃない？　ちゃんとターゲットを絞った上で宣伝すれば、それなりの効果はあると思うの。だってそうでしょ？　知育セットを売りたいんなら、子供がいる家じゃなきゃお話にならないし、奥さんが保険のセールスレディをしている家に生命保険を売り込もうったって、どだい無理な話でしょう？　やっぱり探偵事務所に足を運ぼうと思うのは、何かトラブルを抱えた家の人よね。そういうお家の郵便受けを重点的に狙えばいいんだわ」

「お説はごもっともだけどね、そんなおあつらえむきな家を、いったいどうやって探すつもりなんだい？」

仁木にしてみれば、からかい半分、半ば真剣な質問である。そんなことができれば苦労はないと思う反面、わらにもすがりたい気持ちも正直言ってあった。

安梨沙が天真爛漫で無邪気なばかりの少女ではないことを、初めて会ったその日から、仁木は薄々感じ取っていた。安梨沙の言動に仁木がどきりとしたのは、一度や二度のことではない。

「そう、それが問題なのよね」安梨沙は立ち上がり、まじめくさって腕組みをした。「本当言うとね、もうあたりをつけてあるの。これはっていう家がいくつかあったから、昨日チラシを入れておいたんだけど……どうやら大当たりだったみたいだわ」

「何だって？」

仁木が眉を上げたとき、ノックの音がした。

「依頼人だわ、所長」

弾んだ声を上げながら、安梨沙はぱたぱたとドアに駆け寄っていった。

2

実のところ仁木は、安梨沙の言葉をほとんど信じていなかった。入ってきた人物がソファに腰掛け、タバコに火をつけながら単刀直入にこう切り出すまでは。

「——仕事をお願いしたいんですが」

探偵事務所なら当たり前のはずのこのセリフに、仁木はすっかり狼狽してしまった。なにせまだ、慣れていない。情けないことに、むしろ依頼人がやってこない状況にこそ、慣れ始めていたくらいだ。

「はっ、仕事、ですか？　探偵の……ですよね。そうすると調査か何か……」

思わずそう確かめながら、それでも仁木は相手の様子を失礼にならない程度に観察した。

安梨沙ほどではないにせよ、まだ若い女性だった。なかなかの美人である。鮮やかなオレンジ色のスーツが、はっきりとした顔立ちによく似合っている。スカート丈は昨今の流行どおりに短く、そこから突き出た両足はすらりと長かった。

——〈ミス愛媛〉とか、〈ミス和歌山〉とかになら、なれるかもしれん。

仁木の妙な感想は、スーツの色からミカンを連想してのことである。当人が知ったら気分を害するに決まっていたから、もちろん口に出しては言わなかったのだが。

だが、不躾《ぶしつけ》なのはお互い様だった。ミカン嬢は形の良い足をさっと組み、どこか値踏みするような表情で仁木を見つめていた。

「……正式にお願いする前に、聞いておきたいんですけど」やや高飛車ともとれる口調で、彼女は口火を切った。「うちの主人はここに参りました？」

「いいえ、いらしていませんが」

言下に答えてしまってから、仁木はしまったと思った。案の定、ミカン嬢は不信感を露わにし、スーツと同じオレンジ色に塗った唇をとがらせた。

「あら、あたしが何者か知らないうちから、主人のことをご存じなんですか？　さすがは探偵さんですね」
事務所を開いてまだ半月で、あなたは二番目の客で、最初の依頼人は中年婦人だったから
たぶんあなたの旦那さんじゃないと思いますよ……とはまさか言えない。
仁木が口ごもっていると、願ってもない助け船が現れた。
「もちろん、存じていますわ。お向かいのビルにお住まいの方ですよね？」
絶妙のタイミングで、お茶を運んできた安梨沙が口を挟んだのである。
「え、ええ。そうだけど……」
突然現れた安梨沙に、依頼人は明らかにペースを乱されたらしい。わずかにどもりつつ、
ミカン嬢は穴の開くほど仁木探偵事務所の女探偵を眺めた。開業早々からすでにくたびれた
イメージのある仁木の事務所と、フリルのついたワンピースをまとった安梨沙という組み合
わせは、彼女の目にはいかにも突飛で非常識と映ったに違いなかった。
「ご近所のリサーチは、探偵社の第一歩ですわ。驚かれました？」
ころころと笑いながら、安梨沙はつけ加えてみせる。仁木は慌てて咳払いをした。
「失礼、うちの探偵助手と言いますか、見習いです」
「……そう、ですか」毒気を抜かれたようにつぶやいたあと、気を取り直したらしく依頼人
は改めて姓名を名乗った。どうやらハリネズミ並みの武装を、ようやく解除する気になった
らしい。「実はここに参りましたのは、主人がここに来るんじゃないかと思ったからなんで

す。まだ来てなくても、いずれ近いうちに。昨日でしたか、こちらの探偵事務所の宣伝チラシが入っていましたよね。あたし、見ちゃったんですよ……主人がチラシを熱心に見て、それから手帳に何か書き写しているのを。たぶん、こちらの連絡先だと思いますけど」

「どうしてご主人はそのチラシごと持って行かれなかったんでしょうね」

どうでもいいようなことにこだわってしまうのは、仁木の持って生まれた性分である。

「あの人、そういうところすごく几帳面なんですよ。このチラシだって、広告紙やチラシだけを集めていれてある新聞ストッカーから見つけたんですよ、あたし」

「資源のリサイクルに熱心とは、結構なことじゃないですか」

「程度によりけりですよ。あの人、基本的にケチだから、物を無駄にするってことに我慢がならないだけなのよ。たとえチラシ一枚だってね」ここでふと、ミカン嬢は不本意そうな顔をした。なぜチラシごときの話を延々としなければならないのかと思ったのだろう。

「と・に・か・く」短く区切って言いながら、ミカン嬢はきっと顔を上げた。「あの人の性格からして、手帳にこちらの連絡先を控えたってことは、近いうちにあの人がここへ来るってことなんですよ。ですからその前に先手を打とうと思いまして」

「それで、ご主人はいったい何のために、ここにいらっしゃるんだとお考えですか？」

厳しい女教師を前にした、飲み込みの悪い生徒のようにおずおずとした口調で仁木は尋ねた。

「……浮気調査の依頼です、きっと」

やや間を置いて、ミカン嬢は顔をしかめながら答えた。

「浮気……とおっしゃいますと、奥様、あなたの？」

「ええ、もちろん。他人の浮気なんか調べたって、仕方ないじゃないですか。でも誤解しないで下さいね。断じてそんな事実はないんですから。これはあの人の病気みたいなものなんです。とにかく嫉妬深くて、年の離れた若い妻は浮気するものだって頭から決めてて……あたしのことが信用できないんですね。あたし、主人の会社で事務を手伝っているんですけれど、従業員にあたしの行動を逐一報告させているみたいなんですよ。本当に嫌になってしまうわ。その上、オフィスにたくさんあるから充分だっていう理由で、自宅には電話も置いてくれませんし」

「そりゃまた極端ですね。しかしいまどき電話がないんじゃ、ご不自由ではないですか？」

「あたしどもの自宅はオフィスのすぐ奥にあるものですから、どうしても困るということはないんですけど、でも不愉快じゃないですか。あたしが他の男性と電話でおしゃべりしやしないかって、疑っているんだわ。馬鹿みたい」

「確かに、いささか焼き餅が過ぎるように聞こえますね。過去にも現在にも奥様の浮気という事実がまったくないのでしたら……」

「ありませんとも」

とたんにミカン嬢はきっとまなじりを上げた。仁木はびくりとしつつ、そっと言葉を添えた。

「もちろん、そうでしょうとも。しかしそんなふうに一方的に疑われたままでいるのは、さぞご不快でしょうな」

「ええ、当然です。ですから、こちらに調査をお願いしたいんです」

「調査とは……いったい何の？」

ミカン嬢はじれったそうに肩をすくめて言った。

「もちろん、あたしが浮気なんてしていないっていう調査に決まってるじゃないですか」

3

「……いや、まいったね、どうも」

依頼人がハイヒールの靴音も高く立ち去ったあと、仁木は苦笑混じりにつぶやいた。

探偵事務所を始めるにあたり、浮気調査はやりたくないなあと考えていた。何が苦手と言って、男女間の生臭いもめ事くらい、仁木の苦手とするものはないのだ。

もちろん、仕事を選べる立場ではないことはわかっていたが、それでもできればやらずに済ませたいものだと、ささやかに、ごく控え目に願っていた。それが……。

「浮気調査じゃなくって、浮気してない調査ですか。変わってて、面白そうじゃないですか」

茶碗を片づけながら、楽しげに安梨沙は言う。もっとも、この少女が楽しげでないところを、仁木はまだ見たことがない。

「まあ、そう思うべきなんだろうね」

「そうですよ。とにかく仕事が来たんだもの。やっと探偵のお仕事ができるんですよ」

安梨沙の声はいつも以上に弾んでいた。依頼人がやってきたのが、よほど嬉しいらしい。

仕事自体は、ごく簡単だと言える。

何せ当人の依頼による素行調査である。なんの危険もないばかりか、尾行に気づかれる心配も、相手を見失うおそれもない。しかも依頼人の住まいは、目と鼻の先のビルである。その気になって観察しさえすれば、事務所に居ながらにして、相手の様子は手に取るようにわかってしまう。むろん、覗きと間違えられて、警察に通報される心配もない。依頼人が外出しない限りは、事務所にでんとかまえたまま、お茶を飲んでいられるわけだ。

考えれば考えるほど、いかにも気楽な仕事ではあった。

『とりあえず、今日から三日間お願いします』とミカン嬢は言っていた。彼女の夫が出張に行っている間、見張って欲しいということだった。

『出張から帰ってきて、また主人があらぬことを想像してつべこべ言うようでしたら、調査結果を突きつけて、ぺしゃんこにしてやるつもりです』

高らかにそう宣言し、ミカン嬢は満足そうに帰っていった。灰皿の上にはオレンジ色の口紅がついたタバコが、取り残されたように転がっている。

「それじゃ、早速仕事を始めるとするか」

仁木は愛用のカメラを首に提げ、キャスターのついた自分の椅子を、カラカラと窓辺に引きずっていった。安梨沙と並んで腰掛け、窓辺でお茶をすすり、安梨沙が焼いたのだというクッキーをつまみながら、しかしなんだかなあと考えていた。

最初の仕事といい、今回の件といい、仁木が〈探偵〉という職業に関して漠然と抱いていたイメージとは、あまりにもかけ離れている。日常卑近にして事件性のかけらもなく、ロマンやスリルなんてものとはおよそほど遠く……。

これじゃまるで、縁側で孫の子守をしている老人みたいじゃないか？

そう考えて、げんなりしていると、その〈孫娘〉がはきはきした口調で報告しだした。

「所長。依頼人は自宅に帰ったようですよ。あっ、今、こちらに向かって、軽く右手を上げました。当方が早速仕事にかかっているのを確認して、満足している様子です」

なるほど、向かいのビルの窓越しに、オレンジ色のスーツを着た人影があった。こちらに向かって、満足そうな笑みを投げかけている。間違いなく、さきほどのミカン嬢だった。

「しかし改めて見ると、ずいぶん近いもんだね。部屋の中まで、丸見えじゃないか」

出窓のプランター越しに、リビングが見える。その奥にはカウンター式のキッチンがあるのがわかった。手前には座り心地の良さそうなソファがあり、今そこに依頼人が深々と腰を下ろしたところだった。ソファの若草色と、ミカン嬢が身にまとっているオレンジ色との対比が、いかにも目に鮮やかだった。

「いつもはブラインドを閉めているんですけど、わざと開け放ってくれたみたいですね……私たちのために」

「ここまで協力的な素行調査対象も珍しいだろうな……なるほど、右半分がオフィスか」

デスクやOA機器、そしてその間で立ち働く人間の姿が見える。ミカン嬢の話では、何かの工業部品を専門に取り扱う販売会社ということだった。

「住居部分とオフィス部分を仕切るのは一枚のドア、と」

仁木はパチリとカメラのシャッターを押した。要所要所で撮影し、証拠として提出するつもりだが、ファインダーの中で実にミカン嬢は絵になっている。

「こうしていると、まるで舞台のお芝居を観ているみたいですね」

安梨沙の言葉に、仁木は大きく頷いた。

「まったくだな」

主演女優はあのミカン嬢。オフィスで働く人々やミカン嬢のダンナは脇役……。

仁木はふと、彼女は今までずっとそんなふうに生きてきたのだろうなと思った。常に舞台の中心、一番華やかな場所で。常にスポットライトを浴びて。

世の中にはそういう役回りの人がいる。むろん、そうでない人の方がずっと多いのだが。

「あっ、また彼女、出かけるみたいですよ」

安梨沙にそうささやかれるまでもなく、ふたたびハンドバッグを取り上げた依頼人が、しきりとゼスチャーで外出の意思を伝えようとしているのが見て取れた。

「……ご親切なことだな、まったく」

ぼやくように言いながら、それでも手早く支度をして後を追うことにした。

依頼人の外出目的は、少し早めの昼食を取ることにあったらしかった。いかにも女性が好みそうなフレンチレストランに、一人で臆することもなく入っていく。店の前に小さな黒板が立てかけてあり、二千五百円からのランチメニューがピンクのチョークで書いてあった。全面がガラス張りだから、店の中はいたってよく見渡せる。通りの向かい側には、張り込みにはおあつらえ向きの喫茶店があった。

仁木は安梨沙を伴い、しぶしぶその喫茶店に入っていった。仁木はカレーライスを、安梨沙はミックスサンドを注文する。おしぼりで手を拭いている間に、仁木の前にはもう湯気の立つカレーが登場していた。あまり空腹感はなかったものの、仕方なくスプーンを取り上げ、コップの水にちゃぽんと漬けた。

「……今さら言うのもなんですけど、いったいどういうつもりなんでしょうね、彼女」

少し遅れてやってきたミックスサンドに手を伸ばしながら、安梨沙がふいにつぶやいた。

「確かに今さらの質問だな、それは」仁木は食事の手を止めて、苦笑を漏らした。「どだい、最初から意味がないんだよ。本人が承知の上での尾行なんてね」

「旦那さんにおかしな疑いをかけられる前に、予防線を張っておくってことでしたよね」

「馬鹿馬鹿しい。旦那が家を空けるたびに、予防線を張って探偵を雇う気かね、あのご婦人は」

「旦那さんにそうしろって言う気かもしれないわ。そんなに疑うんなら、毎回探偵を雇ってみればって」

なるほど、その程度のことはあの依頼人なら言いかねないだろう。だが、およそ現実的な提案とも思えない。

「しかし優雅なものだな」レストランを見張りながら、仁木は肩をすくめた。「確か彼女、旦那の事務所を手伝っているとかって言っていなかったっけ？　昼休みにもなっていないのに、フレンチレストランでコースランチとはね……」

非難がましいことを言ってしまってから、仁木はえへんと咳払いし、もちろん、そんなことは余計なお世話だけどね、とつけ加えた。

「午後だけのパートなのかもしれないわ」

自身もパートタイマーの名目で仁木探偵事務所に通っているせいか、安梨沙は親しげな視線をミカン嬢に向けた。

「パート、ねえ……」

仁木探偵事務所における安梨沙の立場をそう呼ぶことに、仁木は内心複雑な思いがある。実のところ、仁木は安梨沙に一銭の報酬だって支払ってはいないのだ。

その点に関しての、安梨沙の言い分はこうだ。自分が仕事と呼べるほどのことをしていないことも、探偵としてまるで未熟なこともわかっている。だから、毎月定額でだとか、一時間いくらということではなく、実収入の中からほんの一部をもらえればいい。

正直な話、事務所を開いてから得た収入といえば、ただの一万円ぽっちである。しかもそのときには正式に雇われていたわけではないことを理由に、安梨沙は少額の金すら受け取ろうとしない、つまりはこれまでのところ、安梨沙はタダ働きなのである。

『何もしていないんだから、当たり前よ』

安梨沙は無邪気に笑ってそう言う。

実際何をしてもらったというわけでもないのだが、それでもやはり仁木には心苦しかった。一日も早く、胸を張って安梨沙に報酬を渡したいものだと思う――たとえ気持ちばかりの金額にせよ。

だから今回の仕事は、そうした意味では期待が持てた。何しろ丸々三日分、プラス……。

「ねえ、所長」安梨沙が小首を傾げるようにして言う。「昼間はいいとして、夜も見張りを続けるつもりなの？」

「そりゃあ、そうだよ。従業員のいなくなる夜にこそ、浮気なんてしていないことを証明しなくちゃ、意味がないじゃないか」

「じゃ、一晩中寝ずの番？」

「やむをえないね、今回の場合」

時間外の割り増し料金も請求できるしね、というセリフは、ひどく意地汚い気がしてカレーと一緒に飲み込んだ。六百八十円也のビーフカレーは、しかし案外と旨い。

「でも……それだと私、ずっとはいられないわ。うちに帰らなきゃ」

安梨沙は気落ちしたようにつぶやいた。

「もちろんだよ。君は家でゆっくり寝てくれなきゃ」慌てて仁木は言った。「その代わり、君には明日の昼間に見張っててもらうさ。私はソファで仮眠をとることにするから」

「そうよね、交代要員は必要よね。でなきゃ、三日も持たないわ」

「そうだとも。下世話な話、途中で手洗いにだって行きたくなるだろうし、食料の買い出しだって頼まなきゃならないしね、君に手伝ってもらうことは山ほどあるよ」

安梨沙がにわかに元気付くのを見て、仁木はほっとため息をついた。そして、自分は何だってこんな小娘の機嫌を必死になってとっているのだろうとおかしくなってくる。と言って、それが嫌だというのでは決してない。

（理由はわからないが……とにかく私はこの子を気に入っている。しかも驚くべきことに、この子の方でも私と、私の事務所を気に入ってくれているらしい）

そう考えて、仁木は満足だった。

「所長」仁木の密やかな物思いを遮って、安梨沙は小さく叫んだ。「依頼人が伝票を取り上げたわ……店を出る気みたい」

二人とも、とうに昼食は終えている。仁木は素早く勘定を払って店を出た。少し遅れて向かいのレストランから依頼人が出てきた。探偵社の二人組をめざとく見つけ、にこりと笑いかけてくる。

「どうにもおかしな具合だな」

ぼやくように仁木が言い、安梨沙はくすりと笑った。

結局その日はそのまま事務所に帰ることになった。安梨沙が言っていた、午後だけのパートというのはあながち間違いでもなかったらしい。ミカン嬢はその日の午後を、オフィスでパソコンに何事か入力したり、分厚い書類の束とにらめっこしたりして過ごしていた。

当然ながら、安梨沙が帰る夕方まで、依頼人が浮気をする気配はかけらほどもなかった。

4

仁木と安梨沙の張り込みは、さしたるトラブルもなく、ただひたすら淡々と続けられていった。

「今日で最後ですね」

三日目の朝、〈出勤〉してきた安梨沙はむしろつまらなそうに言った。

「正確には明日の朝まで、だけどね。明日には旦那が帰ってくるらしいから」

「だから今日はお掃除がいつもより念入りなんですね」

自称主婦なだけあって、さすがに安梨沙の観察は細かい。

「そう言えば……」正面のビルに目を向けたまま、仁木はふと思いついて尋ねた。「聞こうと思って忘れていたんだが、君が例の宣伝チラシを入れた家って、何軒くらいあるんだい？」

「そうね、七、八軒かしら」安梨沙は小首を傾げる。「私の行動範囲の中で、目に付いたお宅のポストに入れてきたの」

「今回の依頼人が、事務所には一番近いよね？」

「ええ、それはもちろん。所長が知りたいのは、私があの家を選んだ理由ね」

「うん」仁木は白髪混じりの頭をかいた。「正直言ってね、君がなぜあの家を選んだのかがわからないんだ。僕がここで観察していた限りじゃ、別段変わったところはないように見えるんだが……」

「あら、私だって別にたいした根拠があったわけじゃないのよ。なんていったらいいのかしら……ただのカンみたいなものだから」

「しかし、現に依頼人はやってきた。最初のビラは元の会社の若いのが作ってくれたんだがね、いったい何枚配ったと思う？　三百枚だよ、三百枚。そうしてやってきた依頼人はと言えば、たったの一人きりだ」

「それと探偵志願者が一人」

いたずらっぽく安梨沙はつけ加えてみせる。

「そう、女探偵志願のお嬢さんが一人。どっちにしても、三百分の一の確率だ。ところがどうだい。君が作って配ったチラシは、七枚？　八枚？　どっちにしても、異常なくらいの効率の良さだよ」力説してから、仁木は心持ち顔を赤らめた。「その秘訣でもわかれば、これから先、依頼人には事欠かないんじゃないかと思ってね」

「でもほんとに、つまんないことなのよ。だってただのカンなんだもの」

申し訳なさそうに安梨沙は言った。

「勘にしたって、何かその元になる現象なり外観なりがあったわけだろう？」

「ううん、そのカンじゃなくって……つまりね、ただのジュースの空き缶のことを言ってるの」

「空き缶？」

仁木は間の抜けた声を上げた。

「ええ、そう。現象と言えば現象なんだけど、もともと意味なんか全然ないのかもしれないし。ほら、見て、あそこの出窓。お花を植えた、プランターが置いてあるでしょ？」

「ああ、あるね」

「その手前に、ホラ」

仁木はちょっと目を細め、それからうなるように言った。

「ああ……なるほど、空き缶のようだね」

素焼きのプランターをバックにして、カラフルな缶がずらりと窓辺に並んでいる。プルトップが中途半端に上がっているのも二、三見えるから、なるほど、空き缶であるらしい。

「今は全部で五本……四本のこともあるし、六本のこともあったわ。種類はいつもバラバラ……敢えて言えば、烏龍茶が多いかしら。ダイエットに気を遣っているのかもしれないわね。紅茶もシュガーレスのが多いし。私なら、家にいるときくらいはいれたてのお茶が飲みたいけどな……アイスでも、ホットでもね」

「君はいつもそこで、他人の飲み物の嗜好だの傾向だのを観察してたってわけかい？　お茶を飲みながら……」

「だってヒマだったんだもの」

　呆れる仁木に、安梨沙は悪戯が見つかった子供のようにぺろりと舌を出した。それを言われると一言もない仁木である。

「……君が本当にただそれだけの理由であの家にチラシを入れたんなら、今回のことはたいしたまぐれ当たりだったってわけだな」

　少しばかり当てが外れた仁木が肩を落とすと、安梨沙は小さく首を傾げた。

「でもね、所長。ちょっと妙だと思わない？　どうしてあんなとこに空き缶を並べたりするのかしら。まるで家の人の目から隠すみたいにして。ゴミのリサイクルにうるさいご主人がしてることとは、どうしても思えないわよね」

「まず、奥さんがやっていることだろうが……」仁木は窓越しにミカン嬢を見やった。相変わらず、一分の隙もないファッションである。彼女の服装はもちろん、仁木や安梨沙に見られることを意識してのものだろう。でなければ、家の中であれほどこれ見よがしなおしゃれをする人間は、まずいまい。

「これ見よがし、か……」

　ぴんとくるものがあった。窓辺の空き缶はひょっとして、ある種のサインなのではあるまいか。ある、特定の人物に向けたメッセージ……。

「もしかしたら彼女、本当に浮気しているのかもしれませんね」

仁木と同じ結論に達したのか、常になく冷めた口調で安梨沙が言った。

「我々はカモフラージュに使われただけか……」苦くつぶやいてから、仁木は首を振った。

「いや、よそう。私たちの仕事は、この三日の間、彼女がどんな相手とも浮気をしていないと証明することだけなんだからな」

どこか割り切れないような面もちではあったが、安梨沙は素直にこくりとうなずき、それでこの話はお終いになった。

その夜遅く――。

仁木は窓辺に置いた椅子から立ち上がり、こわばった背中を伸ばしていた。正面ビルの住人は、とうの昔に寝静まっている。さすがに窓のブラインドは降ろされていた――端の一枚だけを除いて。その部分からは、事務所から住居部分に続くドアがよく見えた。現在までのところ、そのドアを使って出入りした人間は、ミカン嬢以外にはいない。

ふいに密やかな物音を耳にして、仁木は体を固くした。

カンカンカン……。リズミカルな金属音が、だんだんと近づいてくる。非常口につながる螺旋階段を、何者かが上ってきているらしかった。

やがて仁木探偵事務所の非常口のドアがノックされた。窓の向こうに、金色に光る瞳が二つ、浮かんでいる。その瞳の持ち主は、一声低く「にゃあ」と鳴いた。

「私よ……差し入れに来たの」

ドアの向こうでは、大きな白猫を抱いた安梨沙が息を弾ませていた。

「差し入れって……危ないじゃないか……君みたいな若い女性が、こんな夜中に一人で」

「一人じゃないわ、ダイナも一緒よ」

安梨沙は白猫のふさふさした長い毛に、いとおしそうに頬ずりをしてから、そっと床に降ろしてやった。

「ロールサンドを作ってきたの。それとホットコーヒー。うんと濃いめに淹《い》れてあるわ」

口をぱくぱくさせる仁木の目の前に、安梨沙は小脇に抱えたバスケットの中身を得意そうに取り出して見せた。小さな銀色のポットや、ランチョンマットにくるんだ食べ物を横目で見ながら、自由になったダイナはのっしのっしと事務所を横切り、来客用のソファの真ん中に悠々と身を横たえた。

「しかし帰りはいったいどうする気なんだい？　運良く行きには無事だったからって、帰りにもそうだとは限らないじゃないか。近頃の世の中がどんなに物騒になってるか、君だって知っているだろうに。私はここで見張りをしなきゃならないし……」

一人おろおろする仁木に、安梨沙はきっぱりと宣言した。

「大丈夫。少ししたら、タクシーで帰るから。しばらく私も一緒に見張らせて」

「しかし……」

「本当に大丈夫だから。それより、せっかく作ってきたんだから、食べて」

安梨沙はにっこり笑い、色とりどりのセロハンに包まれたロールサンドを差し出した。思わず手に取った仁木を残し、安梨沙はカップを取りに立ち上がる。

猫はひとつ大きく伸びをしたかと思うと、丸くなって眠ってしまった。コーヒーカップからは香り高い湯気が立ち上り、サンドイッチは申し分のない出来だった。

なんとも奇妙な真夜中のお茶会である。

「……ほんと言うとね」しばらくして、ぽつりと安梨沙は言った。「私、所長に言いたいことがあってきたの。ずっと言いそびれてたから」

「言いたいこと?」

「私、所長に嘘ついてたの」

「ほう?」

「結婚しているって話。あれ、嘘だったの」

少し間を置いて、仁木は答えた。

「どうも、そうじゃないかと思ってたよ」

「ホント? どうして?」

「なんとなく、だけどね」

安梨沙はしばらく無言だった。見張りのために薄暗くしてある部屋の中で、時計の秒針の音ばかりがやけに大きく響く。

「ほんと言うとね」やがて安梨沙はふたたび口を開いた。「離婚したの」

「なんだって？」

今度ばかりは仁木も、最初のときのように冷静ではいられなかった。安梨沙は一人、小さく首を振った。

「ううん、それも本当じゃないわね。離婚されたの。ある日突然、別れてくれって」

「いったいどうして？」

「わからないの。おかしいと思うでしょ？　でもほんとにわからない。あの人はずっと優しかったし……」

「……彼を愛していたのかい？」

「……わかんない……結婚したとき、ほんの子供だったから」そう言って椅子の上で両膝を抱えた安梨沙は、しかし仁木の目にはまだ幼い少女にしか見えなかった。

「あとでパパは、あいつは悪党だったんだから忘れろって言ったわ。でもそれだって、ほんとうなのかどうかはわからない……だからなの、探偵になりたいと思ったのは」安梨沙はふいに顔を上げた。「探偵っていうのは、わからないことをわかるようにするお仕事でしょう？　誰も教えてくれないから、私、自分で調べたいと思ったの。私たちの結婚って、いったい何だったのか……」

仁木はなんと答えていいものやらわからず、ただ安梨沙の頭の上にそっと無骨な手のひらを置いた。安梨沙は心地よさそうに目を閉じて、ずいぶん長い間、まるで眠っているように頭を垂れていた。

——まるで、魔法にかけられたような夜だった……。

後日、何かの拍子にこの日のことを思い出すたび、仁木はしみじみとそう考えた。あの夜、安梨沙が口にしたことは本当なのだろうか？　ひょっとしたら、自分は夢でも見ていたのではないだろうか……。

あの夜の、安梨沙の甘い吐息や柔らかな髪の毛の感触は本物だった。だが、すべてがあまりにも、非現実的でもあった。

ともあれ、その夜の特別な魔法は、翌朝までは確かに消えてしまうことなく続いていた。

その人物は、開業以来初めての男性客でもあった。彼が差し出した名刺を見て、仁木と安梨沙は思わず顔を見合わせてしまった。

仁木探偵事務所が、ミカン嬢に次ぐ三番目の依頼人を迎えるまでは。

世にも嫉妬深いという噂の、ミカン嬢のご亭主であった。

5

完璧なファッションに身を固め、ミカン嬢がいそいそとやってきたのは、その日の夕方になってからだった。

「主人が帰って来たわ……調査報告書、もういただけるのかしら」

「おおむねできておりますが……」仁木はホテルマンのように慇懃な口調で答えた。「現像に出した写真ができるまで、もう少々お時間がかかりそうです」

「写真？」

「奥様がご自宅にいらっしゃるところや、外でお食事をなさっているところなどを一通り……間違いなくお一人だったという、証拠になりますからね。日にちや時間を限定するために、要所要所でその日の新聞やオフィスの時計、テレビ画面なども一緒に写しています。フィルムもお渡ししますから、ご主人にも充分納得していただけるかと……」

ミカン嬢は明るいオレンジ色に塗られた口元をほころばせた。

「ずいぶん丁寧にやってくれたようね」

「それはもう、何事も徹底的にというのが、私どもの方針でして……。ところでいかがいたしましょう、写真の方は後ほどお届けするということでよろしいですか？　この助手でしたら、まさかご主人も奥様の浮気相手などとはお考えにならないでしょうし」

ミカン嬢はまた笑ったが、今度は苦笑に近かった。

「そうね、お願いするわ。お支払いを済ませてしまいましょう。おいくらかしら」

「ありがとうございます」そう言って、報告書と共にうやうやしく仁木が提示した金額は、決して安くはなかったが、相手は顔色ひとつ変えなかった。ブランド物のバッグから、やはりブランド物の財布を取り出し、無造作に現金で払って寄越す。押し頂くように受け取りながら、仁木は尋ねた。

「……領収書はお出ししますか?」

「いいえ、結構よ」

軽く言い捨てて、さっさと立ち上がりかけたミカン嬢を、仁木はそっと押しとどめた。

「申し訳ありません。お帰りになる前にひとつだけ確認しておきたいのですが、今この瞬間、我々の雇用契約は終了したと考えてよろしいわけですよね」

仁木の持って回った言い方に、相手は露骨に眉をひそめた。

「それはそうですけれど……」

「それをうかがって安心しました。それでは早速ただいまから、ご主人の依頼をお受けすることにしましょう」

「なんですって?」ミカン嬢はきっとまなじりを上げた。「主人がこちらに来たの? いつ?」

「今朝早くのことですが……。奥様もおっしゃっていましたよね、近々ご主人が見えるだろうと。ただ、奇妙なんですが、ご依頼の内容が奥様がおっしゃっていたこととはかなり違いましてね。ご主人はこう言っておられた……自分の会社の中に、重要な社内機密を漏らしている者がいる。そのスパイを見つけだして欲しい、と」

「ふう、ん……」ミカン嬢は、鼻から空気を漏らすような相槌を打った。「初耳だわ……それで?」

「おかげさまでこの件に関しては、異例のスピード解決をしそうなものですから、ひとことお礼を申し上げなければと」

「どういう意味?」

「実を申しますと、写真の現像はとっくに終わっていましてね。今お渡しできないのは、フィルムを焼き増しに出してしまったからなんです……何枚か、興味深い写真が撮れたものですから」

仁木はポケットから数枚の写真を取りだした。いずれも同じ角度から、正面のビルを写したものである。

「違いがおわかりになりますか?　この、出窓のところに、飲み物の空き缶が並んでいますよね。その組み合わせが三通り……三日間、毎日違っていたんです。ここは奥様とご主人だけのプライベートな空間です。第三者が入り込んでいないことは、私とこの助手とで証明できます……お渡しした報告書どおりにね。すると答はひとつだけ」

仁木の柔和な態度は相変わらずだったが、その瞳だけは、いつからか鋭く輝き始めていた。

「——機密漏洩の犯人はあなたですね。あなたが本当に望んでいたのは、浮気をしていないという証明ではなくて、ご自分が三日間、誰とも、どんな方法でも接触していないという証明……つまりスパイではないという確かな証拠が欲しかったんですよ。ご主人の疑惑を晴らすためにね」

そう決めつけると、ミカン嬢は最初呆気にとられたように息を飲み、それから甲高い笑い声を上げた。

「馬鹿馬鹿しい。あんな空き缶なんかで、どれほどの情報が流せるっていうのよ。あれはね、あたしの灰皿なの。あたしがタバコを吸っているのは、主人には内緒だから……だってあの人ったら、タバコを吸う女は嫌いだなんて、古くさいことを言うんだもの……それだけのことよ、別に意味なんかないわ」

「最初はたぶん、そうだったんでしょうね」

ふいに、それまでずっと黙って二人のやりとりを聞いていた安梨沙がぽつりと口を挟んだ。

「しかし、あるときその空き缶の灰皿が、簡単な通信に使えると気づいた奴がいた。あなたはそいつにそそのかされたんだ……おそらくは、小遣い銭稼ぎくらいの気持ちだったんでしょうが」あとを補うように、仁木が続ける。「さっき、空き缶なんかでどれほどの情報が流せるのかとおっしゃいましたよね。しかし、ライバル会社が喉から手がでるほど欲しい情報は、ひょっとしたら四桁や五桁、せいぜい六桁の数字で事足りるんじゃないですか？　もっとはっきり言ってしまえば、ある特定ユーザーへの卸価格があらかじめわかってさえいれば、そのライバル会社はご主人の会社よりわずかに安い値をつけて売り込むことができる」

「馬鹿馬鹿しい……」ミカン嬢はふたたび吐き捨てるように言ったが、今度はあまり声に力がなかった。「いったい何を証拠に……」

「ですからこの写真が証拠です。この何種類かの空き缶の組み合わせは、簡単な置き換えによる暗号だ。たとえば烏龍茶はゼロ、紅茶は一、コーラは二、という具合にね。ご主人が留守の間に漏れてしまったはずの情報とつきあわせて考えれば、確認するのは簡単なことです。しかし……」

仁木は唇を歪め、皮肉な笑みを浮かべた。

「何がおかしいのよ」

「いや、そもそもの発端が、ご主人に隠れてタバコを吸っていたことだったとはね。あなたは本当に、ご主人が気づいておられなかったとお思いですか？」

「気づいてたら、一言言わずにはいられない人よ」

「そうですか……ご主人が本当に気づいておられなかったのだとしたら、あなたがまったく気づかなかったとしても無理もないかもしれませんね」

「なんのこと？」

ミカン嬢はひどく不安そうな顔になった。

「いや、ここ一年ばかりの間に、ご主人の会社の業績が急激に悪化しているということを、です。お得意さんの発注を、ライバル会社に持って行かれる事態が頻発した結果らしいですがね」

「嘘よ、そんなこと」ミカン嬢は唇を歪め、ヒステリックに叫びだした。「あの人、いつだって仕事は順調だって威張っていたわ。なのにケチケチしてるから、あたし……会社が傾きかけてるだなんて、あの人、一言も言っていなかったわ」

細かく震え始めたミカン嬢の膝頭を、仁木はやりきれない思いで見つめていた。

世の中にはなんと様々な夫婦がいることだろう？　真実を覆い隠してしまう、つまらない見栄やちょっとした嘘。

まるで、『不思議の国のアリス』にでてくる三人の庭師みたいだと思った。自分たちのミスを隠そうと、白バラに懸命に赤いペンキを塗りたくっていたトランプの庭師たち。

だが女王は、そんな彼らの欺瞞を一目で見抜き、いとも無造作にこう宣言するのだ。

『この者どもの首をはねよ!』と。

——探偵ってのはね、安梨沙。

仁木は無言で、傍らの愛らしい助手に語りかけていた。真実を探り出すばかりの仕事じゃないんだよ。依頼人は必ずしも真実を必要としていないからね。彼らが望むとおりに差し出さなきゃならないってこともある……たとえば今回のことみたいにね。

ミカン嬢はおそらく、さしたる罪悪感など感じていなかったに違いない。灰皿代わりの空き缶なんかに、どれほどの意味がある? 裏切りなんて大それたことじゃない。ほんのちょっとしたお遊びに、洒落たジョーク……。

恐ろしいほどの沈黙のあと、蒼白になったミカン嬢は、ふらふらと立ち上がって事務所を出ていった。帰り際、憎しみに満ちた視線を仁木に投げつけておいて。

「……ねえ、所長」しばらくして、安梨沙は言った。「どうして旦那さんは、奥さんにあんな嘘をついていたのかしら?」

「男ってのはある意味じゃ、女以上に見栄っ張りな生き物さ。いつだって、女房には実際以上に自分をよく見せたいものなんだよ」

心から惚れた女となれば、なおさらね。

そんな言葉を、仁木は敢えて飲み込んでいた。

ふうんとうなずいてから、安梨沙は天使そのままの無邪気さで尋ねた。

「ねえ、所長。キスしても、相手がタバコを吸っているのがわからないなんてこと、ほんとにあると思う？」

仁木は少年のように狼狽し、顔を赤くしてそっぽを向いた。

「さあてね……私にはわからんよ」

バッド　テイスト　トレイン

北森　鴻

著者紹介　一九六一年山口県生まれ。駒沢大学文学部卒業。九五年『狂乱廿四孝』で鮎川哲也賞を受賞し、作家デビュー。九九年『花の下にて春死なむ』で日本推理作家協会賞受賞。著書に『狐罠』『メビウス・レター』『顔のない男』『メイン・ディッシュ』『凶笑面』他

長い旅のさなかにいた。

始発駅を出て、電車は夜を目指すように進む。座席に差し込む陽の光が、ほんのわずかの間に驚くほど弱々しいものとなり、滝沢良平は読みかけの文庫本を閉じて、膝のうえに置いた。栞《しおり》は必要ない。すでに何度となく読み返した本で、ページさえ開けば、そこに書かれた内容も、文章も、句読点の間から滲み出る作者の洒脱なセンスさえも頭のなかに再現するこ

とができる。それでも電車に揺られるとこの本を開かずにいられないのは、染みついた癖のようなものだ。

池波正太郎著「食卓の情景」。時代小説に数々の足跡を残した著者は、同時に希代のエッセイストでもあった。特に食に関する変幻自在のエッセイのファンは、今も多い。

閉じたばかりのページの一節には、このように書かれている。

『〔どんどん焼〕の屋台は、平日も町の辻に出ていて、それぞれに特色をほこっていたが、その中でも近隣の町々を圧倒していたのは〔町田〕という屋号のどんどん焼で、このあるじは、下谷稲荷町で洋食屋をしていたのが、悪い奴に店をだまし取られ、老妻と孫ひとりを抱えて、敢然、屋台車を引張ってどんどん焼きやに転向しただけあって、そのプライドもたいしたものであった。

〔町田〕は、当時、東京の町々のどこかに、毎日のごとくひらかれていた縁日へ出る。

（略）

なんといっても元が本格のコックなのだから、牛てんやエビてんのようなポピュラーなものからして味がちがう。値段は他の店と変わらないというので、大人どもも〔町田〕だというと目の色を変える始末だ。〔やきそば〕なども、ソースでいためる前に豚骨のスープをそそいで焼く』

滝沢良平は、ことにこの話が好きだった。どんどん焼は下町特有の鉄板料理で、お好焼きの他に、パンかつ、あんこ巻きなどといったメニューが、エッセイで紹介されている。著者は別のページで、女手ひとつで著者を育てた母親が、たまさか、ひとりで寿司屋にゆくことを無上の楽しみにしていたことに触れ『それほどに「食べる」ということはたいせつなものなのである』とも、書いている。現在の滝沢には、この言葉が特異な生々しさをともなって理解できる。それでも、この本を何度も読まずにはいられない。

——どんどん焼。鉄板のうえに無造作に置かれた素材、蒸気が弾ける音そのものが香ばしいのだろうな。

かつてそうしたものを食べた記憶が、細胞の片隅にある。それは幸福の記憶といってもよかったが、滝沢にとって朝靄よりも簡単に消えてしまいそうな危うさをも、同時に秘めている。そんなときである。池波正太郎のエッセイを読むことで、そうした暖かな匂いに包まれた記憶を、強くよみがえらせることにしている。

電車の断続的な振動が、体の隅々にまで染み透り、それがやがて眠りの感覚を招きそうになって、滝沢良平ははっと目を開けた。

眠りは、まだ、優しくはない。少なくとも今の自分にとってはそうではありえないことを、よく知っていた。

買っておいた駅弁の包みを開こうとして、やめた。もう一度文庫本を開こうか、それとも喉の渇きを癒すために、すっかり温《ぬる》くなった烏龍茶の缶に手を伸ばそうかと迷ったところで、滝沢は自分に向けられた視線に気が付いた。

男の丸い顔がいつのまにかあった。

歳は滝沢よりもやや若いぐらいか。好奇に満ちた、たぶん無邪気といってよい視線を、それだからこそ無遠慮に滝沢の手元に向けている。「なにか」と、問い掛ける前に、男の唇が動いた。

「ねえ、町田の親父は、いったいだれを待っていたんでしょうか」

こうして旅を続けていると、駅弁は大きな楽しみですよね。もちろんおいしければそれに越したことはないのだけれど、まずい駅弁はまずい駅弁で、思い出にしてしまえるじゃないですか。旅ってそんな御都合主義の側面を持っているとは思いませんか。その場その場では不満足なため息なんかも吐いてしまうんですけれど、日常性に立ち返ると、押し並べていい旅だった、なんて。

ああ、駅弁の話でしたよね。まずい駅弁に出会ったりすると、この世でもっとも不幸な男になったような気にさえさせられますけど、かえってそのラベルを取っておいて、他の友人なんかに見せたりしません? おまえ、この弁当にだけは気を付けろって。本人は親切心のつもりなんですけど、それはそれでまた、自慢に映ったりする。

おかしいですね、まるでかびの生えた昔の恋愛を、飲み屋のカウンターで話しているようだ。

駅弁を他のジャンクフードと同列に扱う人がいますけど、あれだけは許せないなあ。だって、駅弁には、長い経験に裏打ちされた、たいへんな技術がこめられているんですよ。駅弁の定理ってご存じですか。つまり……。


このようなことをとりとめもなく話し続ける若い男の顔を、滝沢はじっと見つめた。

「町田の親父は、だれを待っていたのか」

そういって話し掛けてきた男が、次にはきだした言葉は、

「あなたも、お弁当を食べないのですね」

「えっ？」

「その駅弁です。それはG駅で売っている松花堂弁当ですよね。人気なんですよ。すぐに売り切れてしまって、なかなか手に入らないんです」

「あの」

てっきり池波正太郎のエッセイに登場するどんどん焼き屋、〈町田の親父〉についての会話が続くと思った。ところが、男の話はいきなり、駅弁へと跳ね飛んだ。

――少し、頭の動きが変わっているのかしらん。

そう思いながらも、滝沢は男から視線をそらさなかった。そらすことができなかったとい

うべきかもしれない。たしかに男の瞳は魅力的な光をたたえていて、それを一部とする下膨れの笑顔全体が、この旅のどこかで見かけた観音像のようにも見えた。つい、

「もしよければ、いかがですか。私は食欲があまりないもんで」

というと、柔らかな笑顔を一瞬で爆発させて、

「いいんですか。本当にいいんですか。嬉しいなあ、一度食べてみたかったんですよ、この松花堂弁当」

見ているだけで周囲を幸せにしそうな笑顔で、男は駅弁の包みを受け取った。そこからが先程の、駅弁談義になる。最初に感じた違和感は、話を聞くうちに霧散していった。話にはまるでとりとめがない。しかし、頰の筋肉を盛大に上下させ、瞳いっぱいに満足の笑みを浮かべながら、それでも弁当の元の持ち主である滝沢に可能なかぎりの感謝の念を示す男の態度が、微笑ましく思えたのである。

身形は決してきちんとしているとはいいがたい。サングラス越しにも、シャツの汚れ、ジーンズの染みなどがわかるほどだ。

「お好きなんですね、駅弁」

「ええ、できれば全国の駅弁を食べ尽くしたいと思っているんですが、暇とお金がなくて旅行もままならない穀潰しですから」

「どちらまで？」

「おかしなことを聞きますね」

男の表情が、いかにも意外そうに変わった。

「ああそうでした。駅弁を食べ尽くすのが目的ですものね」

旅の先に目的があるのではない。この男にとっては、旅のさなかこそが目的なのである。滝沢が小さく笑ってうなずくと、男も同じ動作を返して「ささやかな野望なんです」と、また弁当箱にむかって顔をつっこんだ。

――そのせいか。

たった今知合ったばかりの男に好感を覚えた理由を、滝沢は知った。自分と同じ匂いをどこかに感じていたのである。旅が長くなるにつれ、そうしたことがままある。すれ違いほどの時間の共有が、かけがえもなく優しいものに思える時間と人とが、たしかにいる。それはほとんどの場合、滝沢が続けている旅と、どこかで共通点を持っている人々なのである。ただし「どこか」といった程度のものである。根底ではだれもが違った旅を続けていることに変わりがない。

「この煮染めなんか、芸術性さえ感じてしまうでしょう」

飾り包丁を入れて、色濃く煮込んだこんにゃくを摘みあげ、男がため息を吐いた。その仕草があまりに自然体なので、気持ちを許してしまい、

「でも、少し味が濃すぎはしませんか。松花堂弁当は、もっと京風の味に仕上げるべきだと

思いますが」

そういってから、滝沢は自分の失言に気が付いて、眉を顰《ひそ》めた。男は聞き逃してくれるだろうかと、ささやかな期待をこめたつもりだったが、やはり箸を持つ手がぴたりと止まった。

「おや、もしかしたらその方面のかたですか？」

男の目が、いっそう強く好奇の光を持って滝沢を見る。その視線が痛くて、また、自分のうかつさが腹立たしくて舌打ちをしたくなるほどである。

——やはり気が付いたか、な。

松花堂弁当の煮染めの色合を見ただけで、一般人はその味のつき具合まで見当をつけたりはしない。まして滝沢は色の濃いサングラスをかけている。そんな台詞をいえるのは、調理人としてプロであるか、あるいはよほど料理を趣味にしている人間であるか、どちらかだ。ところが滝沢は買った弁当にいつまでも手を付けようともせず、目の前に座った男に譲ることさえしてしまっている。料理という世界にわずかでも足を踏み入れているものなら、そんな真似はしないことだろう。

目の前の男は、そうした矛盾に強い興味を持つように思えた。滝沢の予想が正しかったことは、男の表情の変化が証明していた。

触れてほしくはない領域の話題であった。

「面白いことをいってましたね。駅弁の定理がどうとか……」

「アレですか。なに、ぼくが勝手に提唱しているだけのものですけれど」

「もし、さしつかえなかったら」

この男の洞察力の鋭さは危険だ、そう思いながら、しばらく話を続けねばならないことも
また、事実のようである。

つまりですね、すべての駅弁には負うべき宿命があるわけです。それは製造から摂取者の口に入るまでに、かなりの時間を要するということです。時間の経緯と共に起こる自然現象は、駅弁にとっては越えなければならない大きな試練といってもよいでしょう。おもに試練は味の劣化と、腐敗菌の増殖の二種類に分類することができます。

さて、そこで作り手の手腕が発揮されるわけです。

たとえばこの桜飯ですが、いくら桜の花の塩漬けを炊き込んであるとはいえ、しょせんは冷やご飯であることに変わりがありません。冷めてもおいしいご飯。作り手の情熱はそこに注がれるわけです。たとえば、炊く際にもち米を入れると、独特の粘りが出ることはご存じですか。要するに、冷めたご飯がおいしくないのは、熱量と粘気の喪失が原因です。ぱさついた冷や飯なんざ、だれも食わないってことですね。熱量の問題が如何ともしがたいなら、せめて粘りの問題だけでも解決してやればよい。それが、先のもち米の混入という手段を生

み出しました。

他の食材もまた、時間の経過によって味は劣化します。また腐敗の恐れもある。そこで濃厚な味付けになるわけです。

まだあります。極論を述べるなら、先の定理は「駅弁はおいしくない」という言葉に置き換えることもできるでしょう。少しでも食欲を刺激するために、駅弁はなるべくカラフルな色彩、主として赤系統ですが、で飾られ、そしてこれが最大のポイントなのですが、絶対的に量を少なく作ってあるのですよ。こうして箱詰めにされると、いかにも豪華で、盛り沢山に見えますけれど、もしこれを普通の器に盛り直したら、さぞ貧弱に見えるのではありませんかね。つまり駅弁は、それ自体で満足させるのではなく、満足したつもりにさせるバーチャルフードと言い換えてもいいかもしれません。

ねえ、駅弁ってすごいとは思いませんか。ところが、この電車に乗っている客の、おかしなことといったら……。

「話の途中ですが、失礼」

話の腰を折るように、滝沢はいったん席を立ち、車両を出て、トイレに向かうふりをして横の洗面所に入った。

——どうするか。このまま席に戻らずにおくか。

男の話は十分に面白かった。あれだけの知識を詰め込むには、さぞ、時間と金とを費やしたことだろう。無礼を承知で立ち上がったのは、今にも吹きこぼれそうな感情の対流が、遠慮もなにもあったものじゃなく、涙腺を刺激しはじめたからだ。今更ながら、自分がいつかどこかの路地裏でおっことしたものの、価値の大きさを思い知らされた気がした。

喉のあたりがしゃくりをあげたのは、嗚咽などではないと思い込むつもりが、また二度、三度と同じ衝撃が繰り返されて、ついには自分が本格的に泣き声をあげはじめたことを、認めるしかなくなった。

夢中で顔を洗って、鏡を見た。この顔は人に見せてもかまわない顔なのか、ならばどうして自分は、似合いもしないサングラスなどをかけているのか。

結局席に戻ることにして、車両の内部に目を向けたとき、滝沢の足が止まった。奇妙なことに気が付いたのだ。

車両の前半分に乗客が集中して座っている。滝沢は向かって右列、最後部から二番目のボックスに座っていたために気が付かなかったが、車両の後半分には、例の男のほかに、ふた組みの客が座っているだけなのである。空間が車両の一点で閉鎖されてるようだ。どこかに見えない境界線があって、あちら側の人間とこちら側の人間を選別しているようにも、見えた。

――どうして、分散して座らないのだろう。

前半分に座った乗客の中には、明らかに相席と見られる一群もある。

虫食いのような後半分の客は、向かって左側の中央付近、ボックスの窓際に座った男がひとり。たった今駅弁を食べおわったばかりなのか、割り箸を折って、経木の箱に詰めている。ふた組み目はその斜め後に二人組の中年男性。新聞を読んでいるだけである。席の埋り具合をのぞけば、おかしなことなどなにもない風景である。前の旅でも、その前の旅でも、いや、この瞬間でさえも日本中のどこかの電車で、道の小石ほどの価値もない何気なさで繰り返されている、光景ではないか。

だが、なにかが違うのだ。胸にわだかまった「なにか」は、容易に拭い去ることができなかった。


「ね、おかしな客でしょう」

滝沢が席に座るなり、男がこういった。

「たしかに」

窓際に置いた烏龍茶の缶を取り上げ、口に付けた。すでにぬるくなっているが、

——どうせそれ以外のことは、なにも感じない。

そのはずが、微かに味に違和感を覚えた。男が滝沢の口元を見つめながら、

「絶対に変ですよね」

「だけど、偶然ということも考えられるでしょう」

「まさか。こと食物に関して、偶然なんてことは、あまり考えないほうがいい。味覚こそは、蓋然性のうえにのみ屹立する、真実の一端ですよ」

「へっ？」

我ながら、とぼけた声を上げたに違いないと思いながら、滝沢は男の感性と自分のそれとの間に、ひどいずれがあることを感じ取った。また、烏龍茶を一口。今度こそ、本当に味の夾雑物を感じ取った。あるかなしかの、酸味である。我知らず小首をかしげ、缶を置いて男を見た。なにかの意味や疑惑があったわけではない。

男の恵比寿顔がわずかに歪み、一瞬目をそらせて、またこちらを向き直った。

「あの、ふた組みの客ですよ」

声がわざとらしいほどに低くなっている。

「そこの……ですか」

「指なんかささないほうがいい！」

男の意外にも鋭い声に、さしあげようとした手を引っ込めた。

ふりかえって中年の二人組を見て、なんとなく男のいわんとすることがわかった気がした。

――ああ。

二人組の男の前にも、駅弁の箱が置いてある。滝沢が買い求めた松花堂弁当などではない。どこにでもある幕内弁当だ。駅弁にしては包装が簡素で、いや、簡素というよりは渋い色の和紙を何枚か重ねたような、ある種の高級感がある。

——それが、奇妙なのだ。

「同じ駅弁ですね」

ふた組み三人の持っている弁当が、同じなのである。が、滝沢が気が付いたのはそこまでだった。三人の男が同じ駅弁を持っていたところで、微かに符丁のようなものを感じることができても、それ以上の不審の種はどこにもあろうはずがない。

「違います。駅弁なんかじゃない」

「……？」

「あれは駅弁じゃないんですよ。よく似てはいますが、別物です」

「どうしてそんなことがわかるんですか。ああ、もしかしたらきみの頭の中には、すでに日本で発売されている駅弁すべての情報がインプットされているとか」

そうであるとするなら、この男はすでに旅の意味を失っているのではないか。

「まさか。そうでないからこそ、旅を続けているんです」と、まるで滝沢の思考を見透かしたような答えが返ってきた。

「先ほど、この席に座る前に、あの若いほうの男の食べている弁当の中身を見たんです。ほんのちらりとですが」

「ははあ」

「白身魚の膾《なます》が入っていたんです」

「おかしいですか」

「これほどおかしいことはないでしょう」

「けれど、酢の物は保存性が高い。先程のきみの意見ではないが、駅弁のように作ってからユーザーの口に入るまで二時間がかかる食品には、ぴったりではないですか」

男が滝沢をじっと見つめ、口のなかで「そうか」と呟いた。たしかにそのように聞こえた。

「やはりあなたは、料理の世界にいたのですね。けれど駅弁のことはあまり知らない、いや、知らなくて当然か。料理としてはあまりに特殊な食物ですからね」

男は、どうやら自己理解の世界に入りこんだらしい。周囲に羨望の視線があるのにお菓子を独り占めするこどもの顔付きになった。しばらくの間、口のなかだけでいくつかの言葉を完結させ、顔をあげるなり、

「膾は、ひどく生臭くなるんです。ほかに鱒寿司や鮭寿司、鮎寿司といった駅弁は数多くあります。飯と寿司酢、魚類の旨味が馴染んでそれはおいしいものです。ところが、どういうわけだか、膾だけは駄目なんです。魚とともに漬けこまれる根菜が悪いのか、酢の調合が悪

いのか、膾だけは駅弁に向いていないんですよ」

「だから？」

「あの三人が持っているのは駅弁などではなく、どこかデパートにでも入っている惣菜屋か、仕出し屋の作った弁当なんです」

「すまない。私の理解を越えてしまっています。駅弁と仕出し屋の弁当はちがうものなのでしょうか」

「仕出し屋の弁当は、作って非常に短い間に食べることをコンセプトにしています」

「なるほど、だから膾を入れても生臭くならない、か」

それでもなお、滝沢には男の思考についてゆくことができなかった。まして目の前の恵比寿顔が、まるで心外だとでもいうように「さらに、です。ひとりで窓際に座っている男は、サングラスをかけているんですよ」といいだしたときには、正直いって、もう何ヵ月も心の中で佇みっぱなしのもうひとりのちっぽけな自分までが、息を吹き返して、続いて両手をバンザイさせたような気になった。

「やはりこれも偶然ですかね。どこかのデパートで偶然に居合わせたふた組み三人の男が、同じ店屋で同じ弁当を買って、しかも同じ電車に乗り合わせた」

ずっとふて寝していた脳細胞が、微かに目を開けた。

面白いじゃないか。とてつもなく面白い気はするのだが、答えが見つからない。

「きっと、ああした弁当ですから、金を払うときに店員は『生ものが入っていますから、早めに食べてくださいね』とでも、いったはずなのです。ところが二人組の中年男は、未だに手を付けようともしていない。彼らはぼくより先にこの電車の乗客となっていました」

「ああ、たしかに始発駅からいたかもしれない」

「すると、もう三時間近くもあのままですよ」

「………」

ようやく、男が先ほどいった言葉の意味がわかった。松花堂弁当を手渡す前に、男はたしかに「あなたも食べないのですね」といったのだ。「も」が意味する滝沢以外の対象は、二人の中年男だったのである。

「ひとりのほうは、貪るように、弁当を食べていたが、サングラスをかけたままでした」

「目が悪いのかもしれないでしょう」

「まさか、あなたもそうですが、目が悪くてサングラスをかけている人は、絶対にそのままで本なんか読みやしない。ホラッ、男の横にはちゃんと雑誌が置いてある。おまけにあのサングラスは、最新の型です。二重になっていて、色のついたフィルターを自由に取り外しができるはずなのに」

そして、と男が真っすぐに滝沢を見て「なによりも」と言葉を続けた。

「彼らがこちら側にいることが、なによりもおかしいのです。これもまた、あなたに当てはまることなのですが」

「こちら側とは、この後半分の車両？」

男がうなずいた。小気味がよいほど意地の悪い目付きになって、人差し指を目の前にたて、とっておきの呪文を唱える口調で、ひとこと。

「つまりこれらが意味することは、ぼくを除くこの後半分の車両に乗っている乗客は皆、〈町田の親父の逆〉だということなんです」

話をそらすつもりなんかないんですよ。その膝のうえの文庫本を貸していただけますか。いいですよねこの表紙のイラスト。池波正太郎本人が書いたものですね。うまいかヘタかなんて、ぼくにはわからないけれど、彼のセンスのよさが伝わります。

ええっと、三十四ページですね、町田の親父について書かれているのは。

『茶柄杓のようなかたちをしたものと、大きな鋏と、厚手の〔ハガシ〕を魔法のごとくあやつり、つぎからつぎへ職人（あえて、そういいたい）が何種類ものメニューを鉄板の上につくり出すのである。

ベースは、いうまでもなくメリケン粉を溶いて鶏卵と合わせたものだが、そのほかに牛の挽肉をボイルドしたものや、切りイカ、乾エビ、食パン、牛豚の生肉、揚玉、キャベツ、たまねぎ、鶏卵、こし餡、支那そば用の乾そば、豆餅などが常備されてい、店によっては、その他もろもろの材料を工夫して仕入れてくる』ですか。本当においしそうだ。池波家に原稿を取りにいった編集者は、たいていご馳走になっているそうですよ。池波正太郎が工夫したどんどん焼を。

ああ、町田の親父のことでした。別にどうということではないんです。ぼくも彼のエッセイのファンでしてね。それで〈どんどん焼屋の町田の親父〉については、少なからず興味を持っていたんです。

ところが、何度か読みなおすうちに不思議なことに気が付いたんですよ。エッセイのなかでは、町田の親父は悪い奴に洋食屋をだまし取られ、そこで一念発起して、屋台を引きはじめたとあります。少年であった池波正太郎ばかりでなく、大人までも魅了するほどの名人とも、書いてあります。けれど、それほどの名人がどうして、どんどん焼の屋台などはじめたのでしょうか。きちんとした腕があるなら、応援してくれる人はいくらもあったとは思いませんか。それが、かつての下町のよさだと、ぼくは思うのですけれど、ちがいますかね。大体、洋食屋からどんどん焼屋になるというのも、理解にくるしみます。まるでちがうものですよね。焼きそばは中華のメニューですし、その外の食材も、およそ洋食と関係があるとは思えない。

少しずつですが、ぼくの中で「町田の親父が屋台を引きはじめたのには、別の理由があったのではないか」、そんな考えが熟成されていきました。

まだあります。池波少年が弟子入りしようとして母親に怒られたことを話すと、

『～傍の老妻をかえりみて

「正ちゃんには、おどろいたね」

といい（略）』

このシーンを読んで、あれれと思ったのです。だって、屋台なのでしょう、それを引いて町々の縁日を回っていたのでしょう。さほど規模の大きなものではないことがここの記述から見て取れます。だったら、どうして年老いた奥さんなどつれて歩く必要があるのでしょうか。自分ひとりで十分じゃありませんか。その代わり奥さんは家にいて、仕込みなんかをするのが普通だとは思いませんか。

もしかしたら、屋台でなければならなかったのは、縁日という空間に必要な要素であったのかもしれない。そのために、不慣れなどんどん焼をはじめたのかもしれない。奥さんを連れて歩いていたのは、誰かに見せることが目的ではないのか。誰かに向かって「おれたちは二人とも元気だ」そういいたかったのだろう、と。そうなんです、どんどん焼の屋台を引いて、町々の縁日を回るという行為そのものが、どこかにいる、誰かに向かって発せられたメッセージじゃないのか、と考えたのですよ。もしかしたら、黙々とどんどん焼を作りながら「まだ、この姿は見付けてもらえないのか」そんな思いで、町田の親父は感情を昂ぶらせたこともあったかもしれません。

では。彼はだれを待っていたのでしょうか。やはり「縁日」がキーワードになっていると、思います。池波正太郎の数々のエッセイを読むと、縁日はまるで夢の空間のように描かれていますね。ぼくはいまでも、縁日ほど楽しいものはないと思っています。けれど、縁日は別の面も持っていることを、すでに子供の世界にはいないぼくは知っています。そこは数々の裏の世界の人間が、日々の糧を得るために生きる空間でもあるでしょう。そうした世界に身を投じた人かもしれませんね。男であるか、女であるか、そこまではわかりません。ただ、町田の親父についての記述に、

『悪いやつに店をだまし取られ、老妻と孫ひとりを抱えて〜』

とあります。店をだまし取られたのは本当でしょう。でもそれは、とても身近にいた「悪いやつ」であるかもしれませんね。だって、残されたのは老妻と孫ひとりなのでしょう？その孫の親はどこにいるのでしょう。どうして町田の親父は、孫の面倒まで見なければならないのでしょう。そこまで考えると、やはり町田の親父が誰かを待っていたとしか思えないのですよ。

その人物を見付けようにも、足跡はようとして知れない。わずかな可能性を信じて、自分と老いた妻が今でも元気であることがその人物の目に留まることを信じて、そしていつか目の前にあらわれてくれるのを待っている。それが池波正太郎のエッセイに書かれた、町田の親父の正体ではないか、そんなことを考えたんですよ。

少し、強引すぎますかね。けれど、まるっきりの見当違いでもないと思うのですが。そして、この車両の後半分に乗り合わせた乗客です。先程もいいましたよね、あなたを含め、あの窓際の男も、二人の中年男も、町田の親父とはまるで逆の目的を持った人であると。あなたはわかっているはずです。自分が……。

わあっ！　ちょっと……いや……どうして、こんなっ！！

——伊能由佳里。

その名前と、彫りの深い顔を思い浮べると、必ずといってよいほど頭の芯に鈍い痛みを覚える。ある種の忌まわしさをもって、記憶の瓦礫のしたに押し込めたはずの名前と顔である。

優しい顔である。かつて数人の友人と気のおけない「仲間」であった頃、伊能由佳里だけは、いつだって特別の存在であった。少なくとも、滝沢にとってだけは。

——だから、ぼくを簡単に許してはいけないんだって。

すでに幽明境を異にしたその人の顔に向かって、滝沢は必死に祈った。届くはずのない祈りであることは十分に承知の上で、それでもなお祈りを捧げずにはいられなかった。

もう一度、その名前を口にしようとしたが、できなかった。声が出ない。体が動かない。ああ、自分は眠ってしまったのだな、と認識したところで、光が弾けた。

「大丈夫ですか。誰かの名前を呼んでいたようですが」

目の前に恵比寿顔があった。

「ええっと」

「まさか、あんなことになるなんて思ってもみませんでした」

その言葉を聞いて、滝沢良平はようやく自分の身の上に起きた出来事を思い出すことができた。

「大丈夫ですか」と、もう一度男が尋ねたので、その恵比寿顔にはおよそ似付かわしくはない、怯えの滲んだ表情に向かって笑顔で応えた。自分では笑顔のつもりであったが、もしかしたらそうではなかったかもしれない。少なくとも、意識だけは笑ったつもりで、唇をひんまげた。

彼が「町田の親父」についての考察を終え、その逆の存在である（彼の論を借りるならば、だが）滝沢や、車両の後半分に乗り合わせた乗客について話を続けようとしたときだった。いくら声を低くしていたとはいえ、話し声が漏れ伝わらなかったとはいいがたい。それは、ほんの一瞬のことだった。突然、怒りの沸点に達した、反対列にひとり座っていたサングラスの男が、「やめろ！」と、大声をあげながら襲いかかったのである。

そこから先のことは断片的にしか記憶にない。網膜には焼き付いたのだろうが、脳細胞は映像の維持を拒否したようだ。

襲いかかる男と、突然立ち上がってそれを押さえようとする二人の中年男、ふたつの力のベクトルがどう動いたものか、三つの体が滝沢のいるボックスへと傾《なだ》れ込んできた。その先に、たまたま滝沢の、長旅で疲れ切った肉体があった。得意げに話をしていたのは、この恵比寿顔の男だ。怒りの矛先が偶然とはいえ滝沢に向けられたことに、なにがしかの天の配剤があるように思えてならない。

頰のあたりに触れると、鋭い痛みと、熱を持った感触とがあった。

「どうなりましたか」

「ああ、あの男ですね。先程の駅で、二人の警察官とともに下りました。ええそうです。二人の中年男は私服の警察官だったのですよ」

「あなたには、わかっていたようだ」

「はい。サングラスをかけたまま、弁当を食らう男と、すぐに食べなければ味が落ちると分かり切った弁当を前にして、手を付けようともしない二人の男。あの二人が新聞を読むふりをしながら、時折サングラスの男の方を見ていることに気が付いて、ああ、追う者と追われる者との関係が、両者にはあるのだな、と」

「けれど、同じ人種がここにはいましたよ。サングラスをかけ、せっかく買った駅弁に手を触れようともしなかった男が」

「あなたのことですね」

そういいながら、男は鼻のあたりを掻く仕草を見せた。もしかしたら、案外にこの仕草ひとつで気持ちを動かす女は多いのではないかと思われるほど、なにかしら人の気持ちを和らげる要素が、そこにある。

「例の男が、その二重仕掛けのサングラスをそのままに弁当を食べているのを見て、この男はたとえ食事をするときでさえ、素顔を見せることができないタイプの男なのだなと気が付きました。

あれは上林暁の小説でしたっけ。盲目の妻の日常を知るために、あえて停電の中で食事をするというのは」

男は、今では文学事典でしか知ることのできない、私小説家の名前をあげた。滝沢がその名前を知っているのは、先程夢のなかに登場したかつての友人が、その作家を愛読していたためである。

「駅弁のみならず、料理を味わうために色彩は、とても大きな役割を担っています。色のわからない料理の味気なさは、あえて試すまでもないほどです」

「なるほど、あの男はうまいまずいではなく、ただからだの欲求を満たすためだけに、食事を摂っていたと。けれどそれでは、説明不足ですね」

「あとは、中年男二人組の、席の位置関係です。人を見張るのに、同じ列にいたのでは都合が悪いでしょう。逆に、追跡者の位置を定めることで、追われる者がどこにいるのかも、わかる道理です」

「やはり説明不足ですね」

もしかしたら、と滝沢は思った。自分はこの男に会うために旅を続けているのではないか。そこには確かな根拠は、なにもない。だが唐突に、本当に唐突にそう思って、それが半ば真実であることを確信した。

「私は気が付かなかったが、きみは最初からこの席に座ったようだ。いま、きみが話してくれた推理には瑕疵《かし》はないでしょう。だが、それらを一瞬のうちに悟ることができるほど、神懸かり的な洞察力があるとも、思えない」

「まいったな。あなたのほうがよほど鋭い洞察力を持っているじゃありませんか。確かにそうです。私はまずこの席に座り、周囲を観察して先程の結論をえました。けれど……」

男が、言葉を淀ませた。

「いま、あなたは言いましたよね。ぼくがこの席に座ったことには気がつかなかった、と。それこそが、実は推理の始まりでした。どうしてこの人はぼくが座ったことに気が付かないのだろう。あの男も、二人組の中年男も、どうして席を立たないのだろうって」

「どうしてだろう」

「あの……。あなたは自分の世界に没頭されていたから気が付かなかったかもしれませんが、ぼくが車両に入ってきたときには、この周囲にも乗客は結構いたんですよ。けれどいつのまにか、いなくなっちゃった」

そういって、また鼻のあたりを搔いた。

「ええっと、自分ではわからないなんて言われますが、それも限度ものでしてね」

「なにが？」

「臭いです。体の臭い。実はもう十日も風呂に入ってなくて、自分でもひどい臭いがしていることはわかっているんです。まあ、それが幸いしてか、どんなに混んでいる電車に乗っても、ぼくのまわりだけは空間が広がって助かるのですけど」

「……!!」

「お分りですよね。つまり、ぼくが目の前に座ったにもかかわらず、それに気が付きさえしなかったあなたは、その、アレです。嗅覚に、異常があるのではありませんか」

滝沢は完全に言葉を失った。先ほど、仕草ひとつで女の気持ちを動かすことができるかもしれないなどと思った男に対する認識を、ひそかに改めた。

「嗅覚に異常があるなら、駅弁に手を付けないのも当たり前です。嗅覚なしに食べる食物なんて、たぶん粘土を食べるのと変わりがないのではありませんか」

男が、すまなそうにいった。

「そうでもないさ。多少の味くらいはわかるんですが、ね」

「そうでしょうね。これは謝らなければなりませんが、実は少しだけ試してみたんです。麻痺していいるのは嗅覚だけなのか、それともただ単に無頓着なのか、あるいは、味覚そのものがいけないのか。あなたがトイレに立った隙に、弁当に挟みこんであったレモンのスライスを絞って、その」

男が、窓際の烏龍茶の缶を指差した。

「道理で、少し酸っぱい味がした」

「ええ、そんな表情でした。だからこれは、嗅覚に異常があるのだ、味覚がぼやけているから、弁当を食べる気がしないのだと確信しまして。たぶん、料理関係の職業なのでしょう？ずいぶんとお詳しかったし。だとしたら、嗅覚の異常は、やはり致命的だろうなあ、なんて考えていたんですよ」

「まあ、料理人には戻れない」

もとより、戻るつもりなどなかった。料理とは癒しの業である。少なくとも、それを行なう資格が自分にないことくらいは、わかっているつもりだった。

「そんなことを考えながら周囲を見ると、他の席にも、奇妙な乗客がいるじゃないですか」

あとは先程の推理のとおりだ。例の男は、臭いに気づかうゆとりを持ち合わせてはいなかったし、それを追う男もまた、席を立つわけにはいかなかった。彼がどんな犯罪を犯したのか、知ることはできないし、知ろうとも思わない。しょせんは短い時間と、たまたま同じ空間を持ち合わせた、まったくちがう人種の人生である。

――まったく違う？　はたしてそうかな。

恵比寿顔の男の、先程の台詞が思い出された。

「だったら、どうして、私までもが〔町田の親父〕と、逆の人間だ、などと？」

「サングラスです。あたりが薄暗くなったせいで、本を読むのをやめたでしょう。読み続けたいなら、サングラスを外せばいい。度が入っていないことは、見ればわかりますからね。そうか、この人もサングラスを外すことのできない人種なのかな、と思っただけです」

――やはり、この男に会うための旅だったんだ。

「小さな出来事があったんだ。気持ちのどこかが破壊されて……それで嗅覚を失なってしまった」

電車が、終着の駅に着くことを、車内アナウンスが告げた。

「もうすぐですね」

「ああ、もうすぐ」

「また、どこかで会うことがあるかもしれませんね」

「たぶん……そうかもしれない。そうでないかもしれない」

「その時には、ちゃんと風呂に入っておきますから」

「かまいません。どうせ私にはわからない」

「いつか治ることもあるかもしれないじゃないですか」

「期待などしていないから」

「ぼく、三池修といいます。仲間内からはミケと呼ばれるブータローです」

「滝沢良平です。……です」

車内アナウンスの声が重なって、よく聞こえなかったようだ。耳に手を当ててこちらに横顔を向けた三池修に向かって、はっきりと言葉を区切って滝沢良平は告げた。

「滝沢良平です。殺人者で、逃亡者です」

参考文献／「食卓の情景」池波正太郎（新潮文庫）

切り取られた笑顔

柴田よしき

著者紹介　一九五九年東京都生まれ。青山学院大学文学部卒業。九五年『ＲＩＫＯ—女神の永遠』で横溝正史賞受賞。著書に『Ｐｉｎｋ』『フォー・ユア・プレジャー』『桜さがし』『貴船菊の白』『象牙色の眠り』『Ｍｉｓｓ　ｙｏｕ』『消える密室の殺人』『ゼロ』他

1

奈美《なみ》は自分をごく平凡な主婦だと思っている。

平凡とはどういうことなのか、どの程度に対して「ごく」なのか、そして主婦とは何なの

かについて深く考えてみたことなどはないけれど、「ごく平凡な主婦」という表現に違和感はまったく覚えなかった。

短大を出て四年間ＯＬをした。旅行社のカウンターに座って、新婚旅行の相談などを受ける仕事だった。もともと、社交的で友人も多かった奈美には、そうした仕事は向いていた。四年間は楽しく、瞬《またた》く間だった。先輩から資格をとってツアーコンダクターになってみないかとも誘われた。奈美自身、そうしたステップアップには強い魅力を感じたこともあった。

だが二十三歳の春、ひとつ年下の大卒の新入社員・高村孝史《たかむらたかし》と出逢ってしまった奈美は、自分自身のステップアップよりは孝史の気をひき、孝史に気に入られることを第一に考えるようになった。率直に、孝史が欲しかった。恋人としても、そして結婚相手としても。

そうした打算については今でも恥じてはいない。孝史の実家は資産家で、しかも孝史は三男坊。そこそこにハンサムでそこそこに身長もある。そして笑顔がとても心地よい。それだけ揃《そろ》っていて、何も感じない女はどこかおかしいと思う。だから奈美は、積極的に孝史を誘い、恋人になり、そして婚約した。結婚に際して孝史が奈美につけた注文はひとつだけ。専業主婦になること。無論、奈美は即座に承知した。

自分で選んだこの人生がどこか間違っていたなどとは微塵も思わなかった。実際、孝史は優しい夫なのだ。そして自分を愛してくれている。

この生活は、幸福だ。

奈美は一日に何度か、そう呟《つぶや》くことがあった。例えば洗濯物を干している時、鍋のシチューをかきまぜている時、そして風呂桶の内側をブラシで擦《こす》っている時。

あたしは幸せよ。

一度呟くと、その言葉は口から外に出て空気を伝わり、奈美の耳に戻って来る。奈美はその都度、確認する。

あたしは幸せ？

ええ、幸せよ。当たり前じゃないの。

乾いた洗濯物を畳《たた》みながら、また口に出す。

本当に幸せ？

決まってるじゃないの。幸せよ。

幸せよ。幸せよ。幸せなんだってば！


一日、一週間、ひと月、そして一年。

時と共に少しずつ、奈美は気付き始めた。

自分がその「絵に描いたように幸せな結婚生活」に、小さな不満を抱いていることに。

誰が悪いわけでもなかった。何かはっきりとした原因があったわけでもない。だがその豆粒ほどの不満は、着実に育ち始めた。

ある日、きっかけは訪れた。

かつて同じ短大で学んだ同窓生の須崎亜佐子《すざきあさこ》が、奈美が住む新興住宅地のそばの駅前に出来たマンションに越して来たのだ。亜佐子はまだ独身だった。だが、会社を辞めて今は退職金で充電中だと言う。

亜佐子からの電話で呼び出された奈美は、久しぶりに着飾って駅前に急いだ。

待ち合わせたファミリーレストランの窓際の席で、亜佐子は嬉《うれ》しそうに手を振っていた。

「久しぶりぃ」亜佐子の口調は昔と変わらない。「ナミナミ、すっかり若妻だね、もう」

奈美はその言葉に少し傷ついた。自分ではせいいっぱいめかし込み、鏡の前で何度も何度も点検してから出て来たつもりでいたのに、家庭に入って専業主婦となって三年。目の前にいる亜佐子の垢《あか》抜けた装《よそお》いや髪型と比べてみれば、自分のセンスがもはやすっかり糠味噌《ぬかみそ》臭くなっていることは明白だった。

少なくとも、学生時代に容姿や洋服のセンスで亜佐子に負けているなどと思ったことは一度もなかったのに。

「でも驚いた」

奈美はそれでも無理にとびきりの笑顔を作って、亜佐子の前に座った。「会社辞めちゃったの？」

「うん。ちょっといろいろあってさ、なんかOLやってるのにも飽きたなって。あたしももう二十七でしょ、人生考え直すとしたら、今かなぁってね」

「でも大胆だよね、アッコ。せっかく商社なんかに勤めてたのに、あっさり辞めちゃうなんて。もったいない気もするけど」

「そう？」亜佐子は笑顔のまま肩を竦《すく》めた。

「でも人生を無駄にしたらもっともったいないでしょ」

世間で名の通った会社で働くことが「人生の無駄」だと言い切る亜佐子に、奈美は密かな同情をおぼえた。多分、亜佐子はOL生活に嫌気がさしているのだ。

そう思うと奈美の気持ちは少し軽くなった。少なくとも、必要以上に亜佐子に引け目を感じることはない。お互い、不幸ではないにしても幸せではちきれそう、というわけではない同士、気晴らしにこうやってランチを共にするのは悪くないかもしれない。

「だけどアッコ、どうしてこっちのほうなんかに越して来たの？　結構離れてるでしょ、都心からは」

「上野《うえの》から一時間だもの、悪くないわよ。何しろ家賃が安いでしょう。魅力だよね」

亜佐子は、メニューを眺めたままの視線で、また小さく肩を竦めた。

「なんかさ、気持ち変えたいなって思ったら引っ越しがいちばんなのよ。知らない街で暮らすだけで、新しい自分になれそうな気がするんだよね」

奈美は思わず優しく言った。

「あたしは嬉しい。偶然でも、アッコが近くに越して来てくれて。ね、あたしのとこに遊びに来てよ。どうせあたし、昼間は何もしてないから」

「ご主人、帰りが遅いの？」

「出張ばかりなのよ。ほら、主人、ツアコンやってるから」

「そっか、ナミナミのご亭主、旅行社勤務だったね。でもすごくステキな人だよね」

「アッコ、会ったことあったっけ？」

「式も披露宴も出たじゃない、あたし。憶えてないかなぁ、ナミナミ。あたし、教会の前でナミナミが投げたブーケ、ちゃんと受け止めたんだよ」

「そうだっけ……あれ、アッコがキャッチしたの」

奈美は三年前に自分が胸に抱いていた鉄砲百合の白い花束を思い出した。披露宴では豪華にカサブランカを選んだが、式の時にはどうせ友達に投げてしまうのだからと安価な鉄砲百合にしたことまでついでに思い出して、奈美は心の中でクスリと笑った。

「でもアテにならないよね、花嫁のブーケなんて。あの時式に出てた同窓生でさ、結局あたし、いちばん行き遅れてるもん」

亜佐子は一瞬だけ、奈美がドキリとしたほど淋《さび》しげな顔になった。亜佐子が会社を辞めた原因が恋愛問題にあるのかもしれないと、奈美は漠然と感じた。

それでも、続く会話はそれなりに楽しかった。話題は学生時代の思い出に終始していたが、奈美にとってあの頃の日々を思い出すのはもう何年もなかったことだった。

可もなく不可もないファミリーレストランのランチメニューでも、毎日冷蔵庫の残り物を適当に温めて食べていただけの最近の奈美の昼御飯と比べたら、とても贅沢で華やかな味がする。勤めていた頃は雑誌のランチ特集に欠かさず目を通し、ワインのラベルが読めるようになりたいと本まで買い込んでいた自分が懐かしく思い出される。

勿論、夫の給料は悪くない。家計用にと毎月渡される予算の中でも、たまにランチを外で食べるくらいのゆとりは充分にあった。だが、一緒に食べに行ってくれる相手がいなくては、ひとりで外食などしても少しも楽しくはない。

そのことを口にすると、亜佐子は意外だという顔になった。

「でもナミナミの家って住宅地にあるんでしょ。ああした新興住宅地なら、昼間暇になる専業主婦って、結構いるんじゃないの？」

「みんな、子供がいるのよ」

奈美はフォークを置いて溜息を漏《も》らした。

「子供がいれば、幼稚園だ公園だって集まるところがあるから友達も出来るんだろうけど……近所にはマンションはなくて一戸建てばかりだから、新婚さんってほとんどいないし、転入して来る人もそんなに多くないし」

「友達、出来ないわけか」

亜佐子の一言が、奈美の心に刺さった。

そうだ……アッコの言うとおりだ。あたしには友達がいない。

「思わぬ落とし穴、ってわけね」亜佐子は呟いた。

「落とし穴……？」

「あ、ごめん。そんな深い意味じゃない。ただささ、ナミナミ、昔から友達多いタイプだったじゃない。社交的って言うか、社交好きって言うか。だから今みたいに遊んでくれる友達がいない状況って、結構辛いのかな、なんて思ったのよ……正直言うとさ、ナミナミの結婚って、あたし達同窓生仲間では嫉妬の対象だったし」

「嫉妬の……？」

「うん。だってあんなハンサムでしかも資産家の三男なんて、探したってなかなかいないでしょ。その上、新婚で住んだのが新築の一戸建て、注文建築でシステムキッチン付き、と来たら」

「土地が安いのよ、田舎だから。だから家のほうにお金がかけられただけよ」

「それにしたって贅沢よ」

奈美はようやく、結婚してから昔の友達がほとんど連絡をくれなくなった理由がわかった気がした。

「まあ、女も三十が近づくと、いろんなこと考えるってこと。気にしないで、ナミナミ」

嫉妬されていたというのは、悪い気分ではなかった。それだけ自分の結婚が、他人の目から見ても羨《うらや》むようなものだったということだろう……だが、その代償として自分がひとりぼっちになったのだということに、奈美は今初めて気付いていた。


食事の後、奈美は亜佐子を自分の家へと誘った。駅前から奈美の家へ行くには、バスで二十分ほどかかる。国道沿いのバス停で時刻表を眺めていると、亜佐子が不意に指さした。

「あれ！　あんなものが出来たのね、この辺にも」

亜佐子の指先の向こうに、『インターネットカフェ・ミントルーム』と書かれた看板があった。

「インターネットカフェ？」

「ナミナミ、知らない？　コーヒーとか飲みながらインターネットでネットサーフィンが出来るのよ」

「ネットサーフィンって、なに？」

「うーん」亜佐子は小首を傾《かし》げていたが、奈美の腕を摑《つか》んで歩き出した。「説明するより、やってみるほうが早いよ。結構面白いのよ。あたしも最近、ハマッてるんだ」

ミントルームは外観からして普通の喫茶店とは違っていた。家を建てる前によく見学に行った、システムキッチンのショールームと少し似ている。開放的に広くとられた店内には、普通の喫茶店のようなソファはなく、外国製らしい斬新なデザインの椅子とテーブル、その隣りに唐突にパソコンのディスプレイが点々と並んでいる。

空いている席に座ると、ウエイトレスではなく、Yシャツ姿の青年が寄って来た。

「操作はわかりますか?」

青年は営業用の爽やかな笑顔で言った。

「おわかりにならなければ、僕がお教えしますけど」

「あ、友達に教えても……」言いかけたところで亜佐子が軽く奈美の足先を蹴った。「あたし達、インターネットって何もわからなくて。教えて貰《もら》えます?」

「いいですよ」

青年は奈美と亜佐子の間に慣れた様子で座った。

「すみません、システムですので、飲み物をご注文いただきますが」

アイスティーを注文すると、青年はパソコンの上に指を置いた。

「難しいことは今は何も気にしないでください。ここではインターネットの楽しさをわかっていただくことを第一に、設定などは総てこちらにお任せいただいています。まず、このスタートと書いてある四角い部分、ここを、このマウスでクリックします。あ、クリックというのは……」

「それは、わかります」奈美は思わず言ってしまって下を向いた。「あの、勧めていたところでもパソコンは少し使ったことがあるものですから」

「そうですか」青年はまた、完璧な笑顔で言った。「それは失礼しました。それでしたらすぐ、慣れていただけますね。で、ここをクリックすると、当店のホームページが現われます。ここがスタートページになります。このパソコンはずっとインターネットに繋《つな》がったままの状態ですから、何も気にせずにこのページから好きなページへとサーフィンを楽しんでいただけます。ネットサーフィンというのはつまり、このＷｅｂページと呼ばれる無数のホームページを、波乗りするように渡り歩いて楽しむ、ということなんです。どんな分野のページを楽しみたいかによって、ここにリンク集があります。えっと、まずどんなことに興味がおありですか」

「映画なんか」亜佐子が言った。「洋画の情報なんてあります?」

「もちろん」青年は、奈美達にわかり易いようにゆっくりとマウスを動かした。「この、洋画、というタイトルをクリックします。すると、当店がお勧めする洋画関連のページのリンク集になります。ページのタイトルを見て、面白そうだな、と思ったタイトルをクリックすれば……」画面が変わり、そこにオードリー・ヘップバーンの美しい顔が現われた。「ね。これはオードリーに関するページですよ。ここを見飽きたら、この、戻る、というところをクリックして行けば、前に見たところに戻れます。途中で迷子になったら、このホーム、というところをクリックしてください。当店のページに戻れます。当店のお勧めだけでは満足出来なければ、この下にあるのが検索エンジンです。検索エンジンの使い方は、また後でお教えします。ともかくどうですか、まずご自分でやってみてください」

青年が立ち上がり、代わりに奈美を座らせた。奈美はマウスを手にした。

オードリー・ヘップバーンに関する記事に特に興味があったわけではないが、美しい写真と共に雑誌でも読むように気軽にインターネットを覗《のぞ》いているという感覚は、とても楽しかった。

横で眺めていた亜佐子も、自分の前のパソコンをいじり出した。インストラクターの青年が亜佐子の後ろに移動する。亜佐子はまったくの初心者のような顔をして青年の指導を楽しんでいる。そんな亜佐子の余裕を横目に、奈美はいつの間にか夢中でマウスをクリックしていた。

そのパソコンの画面の向こう側には、奈美の知らなかった世界が確かにあった。初めはプロが作ったらしい完璧に整理されたページを楽しんでいた奈美は、やがて、リンクの糸に操《あやつ》られて、一般の人達が思い思いの情報を載せている個人のホームページにたどり着いた。

奈美は衝撃を受けた。

あるページでは、自分が毎朝作る幼稚園の子供のための弁当を写真に撮り、作り方や苦労話などが短いコメントになっている。そのページを作った女性は、自己紹介で、自分を専業主婦だと語っている。年齢も奈美と一緒だ。また別のページでは、幼い子供のいる主婦二人が、読書感想文をぎっしりと載せたページを作っている。そしてまた、奈美より二歳若い商社に勤めるOLは、自分の顔写真と日記や趣味、といった普通なら世間に堂々と知らせるほどのものでもないごく私的な情報を、まるで芸能人の広報ページか何かのように誇らしげに展開していた。

インターネット、インターネットと言葉だけはしょっちゅう耳にしていたが、まさか、こんなことの許される世界だとは想像もしてみなかった。何の資格もなく特殊性もない一介の主婦やOLが、役に立つのか立たないのかわからないような私的情報を好き勝手に流すことの出来る世界。そしてそんな情報に対して寄せられている、信じられないほど多くの「反応」。

「あの……」奈美は思わず、画面から顔を離して隣りにいる青年に声をかけた。

「あ、何かわかりませんか？」青年は即座に奈美の横に来た。奈美は小さな声で恐る恐る言った。

「あの、あの……例えばあたしでも、こんなページって作れるものなんでしょうか」

青年の顔が笑みで弾けた。

「もちろんですとも」青年は力強く言って、どこから取り出したのか数枚のパンフレットを奈美の前に置いた。「当店では、自分でホームページを作ってみたい方のための講座も開設しています。またこれを機会にご自宅にパソコンを持ちたい方のための、購入やセッティング全般のご相談も承《うけたまわ》っております。ぜひトライしてみることをお勧めしますよ、ご予算は例えばですね……」

亜佐子が青年の背中越しに奈美の顔を見て、小さく顔を横に振った。

2

「高いわよ」奈美の家のリビングで、青年から貰ったパンフレットを眺めながら亜佐子はまた頭を振った。「高い。秋葉原《あきはばら》に行って一式揃えたらこの半額で済むわよ。あのお店、カフェのほうは宣伝のためで、こっちが本業ね」

「でもセッティングとか講師料とか込みでしょう？　あたし、自分でパソコンをちゃんと設定してあんなページ作る自信ないもの」

「ナミナミ、ああいうのやってみたいの？」

奈美は紅茶を啜《すす》りながら頷《うなず》いた。

「あれなら誰にも迷惑かけないで、外出もしないで出来るでしょう？　あたし……アッコはもう気が付いてると思うけど、この生活にちょっとうんざりと言うか……とても退屈してるのよ。何不自由ない生活なのに贅沢だってことはわかってる。わかってるけど、それでもね、今のままだといつか、爆発してしまいそうな予感がするの」

「爆発って……」

「だって……ほんとにあたし、何も建設的なことってしていないんだもの。家事なんて、一所懸命すればするほど虚《むな》しいのよ。だっていくらやったところで、後に何か残るわけじゃないでしょう？　どんなに家の中を綺麗にしたって時間が経てばまた汚れるし、どんなにおいしい夕飯を作ったって、食べてくれるのは主人だけ。何でもいいの、ほんと、何でもいいからね、何か、形になって残って、そしていろんな人から反応が貰えるようなこと、してみたいの」

　亜佐子は暫《しばら》く奈美の顔を見ていたが、やがてフン、と苦笑いした。

「まあさ、わからなくもないけどね。でも、こーんな広くて素敵な家に住んで、あーんなハンサムで優しそうな旦那を持ってる女がそういうこと言うと、カチンと来る女は多いと思うよ」

「ごめんなさい」

「あたしに謝らないでいいわよ。ナミナミが正直な気持ち話してくれてるのはわかるもの。周囲からは贅沢って思えたって、結婚の真実なんかしてみないとわからないもんなんだろうし。ま、それならさ、あたし、コーチしてあげようか、インターネット」

「ほんと？　いいの？」

「いいわよ、どうせ今はプーなんだし。このパンフに書いてあるようなお金払う気があるなら、パソコンと接続環境一式揃えてホームページ作るソフトも買って、ついでに二人で何回か豪勢なランチ、出来るわよ。そうだ。ナミナミって人好きのする顔してるし、写真もちゃんと入れなくちゃね」

「写真？　そんなことまで素人《しろうと》で出来るの？」

「簡単よ。ほら、駅前にあるプリントショップで写真のスキャンしてくれるから……あ、これなんかいい！」

亜佐子はリビングボードの上に飾ってあった、奈美と孝史が二人で写っている新婚旅行先でのスナップを取り上げた。それは確かに、自分が持っている写真の中でもいちばんのお気に入りだった。普段はほとんど着ない真っ赤なゴルフシャツを着てそこに写っている奈美の姿は、自分でも、なかなかフォトジェニックだと思っている。

「これをトップページにどーんと載せたら、人気出ると思うなー。あ、なんかあたし、やる気になって来た！　こうなったらナミナミを、インターネットの有名奥様にしちゃおう！」

亜佐子はいたずらを思いついた子供のような目で奈美を見ながら、嬉しそうに笑った。

＊　＊　＊

奈美の上達は早かった。時間はたっぷりあったし、結婚前の貯金はほとんど手つかずで残っていたから、パソコン関係を揃えるのにも何ら問題はなかった。亜佐子は週に何度か奈美の家に来て、ホームページ作りの計画からページのデザインまで、細かくアドバイスしてくれた。二週間ほどで、何とか個人のページとして格好がつく程度のものが出来上がった。内容は、奈美が日頃感じた日常生活の中での小さな出来事に関してのエッセイもどきと、自分の得意料理のレシピ、それに旅行社に勤めていた時代のエピソードを中心にした、小説もどき。いずれも、書いた奈美自身が、こんな素人の文章を誰が読んでくれるのだろう、という程度のものだった。だが亜佐子は、それがいいのだと言う。

「プロの文章なら本屋さんに行けばいくらでも手に入るじゃない。ナミナミみたいな素人の人妻の心や私生活が覗けるから、こういうページがウケるのよ」

亜佐子に言われて、そんなものなのか、と思いながら、奈美はそのページをとうとう、インターネットのＷｅｂページとして公開した。

亜佐子がせっせと検索エンジンに登録したり、同じ様なコンセプトのページにリンク依頼のメールを書いたりしてくれたおかげで、公開してから二週間ほどで反応が現われ出した。見知らぬ人からメールで感想が寄せられたのだ。奈美は嬉しかった。自分の作ったものに対して誰かが反応を返してくれる。そのことが、単純に喜びだった。奈美は夢中になって、毎日ページの更新に励んだ。感想メールの数も、次第に増えて来た。

やがて、次の就職先が見つかったという亜佐子がたまの日曜日ぐらいにしか訪れなくなってからも、奈美はひとりで関連の雑誌や手引き書を読み、他のページを渡り歩いて研究したりしながら、ホームページの完成度を高めようと努力を続けた。そんな奈美を夫の孝史は面白そうに眺めているようだったが、奈美のしていることに反対などはしなかった。

奈美は結婚して初めて、充実を感じていた。最早、退屈などはどこかに消えてしまって、日常生活のひとつひとつが「ホームページの題材に出来るかも」というだけで面白かった。そうした自分の心の変化を、奈美はまた文章にしてページに載せた。すると、意外な反応が返って来た。それまではどちらかというと男性からの反応が多かったのに、女性からメールが来るようになったのだ。それもほとんどが、奈美と同じ、「普通の主婦」からのものだった。奈美自身が少し前まで抱いていた、漠然とした「退屈」を多くの主婦が同様に抱いていることを、奈美は知った。そして奈美が公開しているそのページの存在が、彼女達にある種の希望を与えていることも。

奈美は、胸が熱くなるような感動を覚えた。生まれて初めて、自分が誰かの役に立ったのかもしれないと感じた。奈美はその気持ちを素直に書いて掲載した。また反応が大きく返って来た。奈美のメールボックスは、ほとんど毎日、いっぱいになった。奈美は亜佐子に相談し、掲示板、と呼ばれる特殊なスペースをページの中に設《もう》けた。そこではメールでのやり取りではなく、公開された中でページを見ている人達との「対話」が出来る。

奈美のページの掲示板はすぐに、主婦達の井戸端会議場となった。そしてそこに書き込まれる様々な、世間一般から見たら「どうでもいいような悩み」に、奈美は真剣に、そして親切に答え続けた。奈美の文章は自分でも決して上手ではないと思う。それがかえって、奈美の人柄を感じさせて好評だった。

やがて、インターネット関連の雑誌から取材の依頼などが舞い込むようになった。奈美は孝史に相談したが、実名を出さなければ別に構わないと言われ、取材にも応じるようになった。奈美のページの閲覧数は益々増え、アクセスカウンターの数字は、半年で一万を超えた。

そんなある日、その相談は舞い込んだ。

それは、二十五歳の独身ＯＬからの不倫相談だった。初めは掲示板に書き込まれていたのだが、内容がディープになるに従って、彼女とのやり取りは掲示板からメール交換へと移っていった。

彼女の「不倫恋愛」自体はすでに過去のことだった。彼女は仕事を通じてその相手と知り合い、恋に落ち、よくある経過をたどって離別し、仕事を辞めたらしい。そして結婚紹介所の勧めで何人かの男性と付き合ってみたが、不倫相手の煮えきらない態度から感じてしまった結婚生活そのものに対する幻滅から抜け出せず、悩んでいると言う。

奈美は出来るだけ誠実に彼女の問いかけに答えた。奈美の立場からしてみたら、妻のいる男性と交際出来る女の心理自体、不可解な側面は多い。奈美自身は、孝史との結婚を初めから前提として恋愛するような性格だったのだ。だが、そうした考え方の違いを正直に述べた上で、奈美は自分がいかにして結婚生活の退屈と焦燥から抜け出したかを語った。結婚は決して、人生の墓場などではない。気持ちの持ちよう、心のありようによって単調な繰り返しの毎日の中にも新しい発見はあり、刺激は受けられると。

『要は、自分がその中でどう生きるかの問題なんだと思います』

奈美は書いた。

『自分が少しでも輝けるように、自分の笑顔を自分自身で好きになれるように、前を向いて頑張っていれば、きっと幸せになれるはずです』

彼女からは熱い感謝の言葉と共に、一枚の画像が届いた。

『たった一枚ですが、彼との楽しかった思い出です。あなた以外の誰にも見せたことはありません。彼と別れて、きっぱりと破ってしまおうとしたのですがどうしても出来ず、これまで机の引き出しにしまっていました。今日、これを取り出し、あなたにお見せすることで踏ん切りをつけます。これで最後です。あたし、結婚して新しい幸福を得たいと思います。本当にありがとうございました』

画像には、二人の人物が写っていた。ひとりは現代的な顔立ちをした快活そうな女性で、黒いTシャツの上にさりげなくダイヤモンドのペンダントをさげるような、洗練されてはいるがどこかあざとさの感じられるセンスをしている。その感覚が、彼女と交わしたメールでの会話とあまりそぐわないということの違和感は、しかし、彼女の隣りに写っていた男性の顔ほどには奈美に衝撃を与えなかった。

彼女の隣りでとびきりの笑顔を見せているその男は、間違いなく、夫の孝史だった。

3

「そう。楽しそうで羨ましい」奈美が言うと、受話器の向こう側で亜佐子が複雑な溜息を漏らした。

「自分で選んだ道だから楽しくないはずはないけどね……でも、正直に言うとね、もうホームシック気味」

「そんなこと言わないで頑張ってよ。アッコがアメリカで成功すれば、あたしにも励みになるし」

「うん……ありがと、ナミナミ。それにしても不思議だね。あの日ナミナミと一緒にインターネットカフェなんか冷やかさなかったら、二人ともこんな仕事には就《つ》かなかったもの。W ebデザイナーになろうなんて、あたし、ナミナミのページ作りを手伝ってみるまで、考えたこともなかった」

「あたしも想像もしなかった……離婚アドバイザーだなんてね」奈美は本当におかしくなって、思わず笑い転《ころ》げた。「でも、あたしのページを見てスカウトの人が来た時にね、あたし、やっと天職に巡り会えたような気がしたのよ。結局あたし、誰かの話を聞いてそれに答えたり一緒に考えたりするのが、異様に好きだったのね」

「ナミナミのページ、途中からコンセプトが変わったけど、それが注目を集めたのよね」

「そりゃ、普通の主婦が家庭の幸せについて開いていたページが次第に女の相談所になって、遂《つい》には当の主宰者が離婚しちゃったなんて過程を生々しく実況中継しちゃったんだもんね」

　亜佐子が不意に黙ったので、奈美は国際電話に何か事故でも起こったのかと思った。だがやがて、亜佐子の声がまた流れ出した。

「ナミナミ、実はね」

「うん？」

「もう少しはっきりするまで話さなくていいって彼は言ってたんだけど、どうしてもこれ以上、ナミナミには内緒には出来なくて……あのね、あたし、来年の春に結婚することになったの」

「ほんと！　おめでとう、アッコ！」

「うん、ありがと。でも……あのね、結婚相手なんだけど……高村さんなの。ナミナミの元の、ご亭主」

奈美は一瞬、呆然とした。だが声が震えるのを無理に押さえつけながら言葉を選んだ。

「そう……それは驚いたわ」

「ほら、高村さん、ナミナミと離婚してからすぐニューヨークに転勤になっていたでしょ。去年あたしがこっちに来た時、他に日本人の知り合いっていないからつい、何かと相談にのって貰ったりして……でも、信じて、ナミナミ。あたし達の付き合いって、こっちに来てからなのよ。日本にいる時は何でもなかったの。ほんとよ」

「いやね」奈美はまた無理に笑い声をたてた。「そんなことはわかってるわよ。もう高村と離婚して丸二年経つのよ、彼が新しい恋愛をして再婚するとしたって、あたしには何も口出し出来る権利なんてないし、第一、口出ししたいとも思わないわよ」

「そうだけど、でも……」

「アッコ」奈美は商売柄身につけた、人に信頼感を与えるようなしっかりとした、それでいて温かく聞こえる声で言った。「本当に気にしないで、絶対に幸せになって。あたしが今の仕事に巡り会えてこんなに充実していられるのは、アッコのお陰よ。だから本当に感謝しているの。離婚したあたしが言うのも変だけど、高村はいい人です。あたしとの失敗があるからよけい、アッコのこと大切にすると思うわ。だからもう、何も言わないで。心からおめでとうって言わせてちょうだい」

心からおめでとう、か。

柄にもなく泣き出した亜佐子との電話を何とか切って、奈美はひとり笑いしながら肩を竦めた。

あたしも随分、嘘吐《うそつ》きになったものだ。

本心は嫉妬と口惜しさで、受話器を叩きつけそうになったのに。

今になってみてもまだ、奈美は、孝史と離婚しなくてはならないところまで泥沼化してしまったあの結婚生活が、不思議でしょうがない。孝史に対しては何も不満など感じていなかったのに、たったひとつの疑惑が持ち上がっただけで、やることなすこと総てが、悪いほうへ悪いほうへと転がり出した。

不倫は終わったことだったのだ。考えてみれば、奈美がそれを過去のこととして許せば、何でもないことだった。だが一度孝史の不実さに触れてしまってからは、孝史の言葉のひとつひとつ、仕草《しぐさ》のひとつひとつに嘘の匂いが感じられるようで、奈美には総てが苛立ちの種となった。帰りの遅さも出張の多さも、疑うことを始めた奈美にとっては、一切が疑惑の対象となった。つまらないことでの口論も、日を追って増えていった。その反動で奈美はホームページに没頭し、真夜中までパソコンに向かうようになった。二人の間に会話は次第に少なくなり、背中合わせの時間ばかりが過ぎていった。やがて孝史の同僚だと名乗る女性からたまに電話がかかるようになり、それが奈美の苛立ちに拍車をかけた。言葉のバレーボールは次第にはげしさをおび、傷つけ合いも深刻になっていく。だが、奈美には止められなかった。少なくとも、自分には落ち度がない以上、自分から折れることは出来なかった。言葉の弾みで「離婚」の一言が出た。そして孝史は、その一言を真に受けた。最後の最後に離婚届に判を押した直後にも、まだ奈美には半分実感が湧《わ》かなかった。それほどに、一度坂を転がりだした雪玉は、奈美の想像もつかなかったほどの大きさに膨《ふく》れ上がっていたのだ。

総ては、あの写真から始まったのだ。

だが、あれを送って寄こした女性にどの程度の罪があったのか、奈美には判断出来ない。少なくともあの女性は、悩んでいた。他人の夫を横取りしようとした自分を全面的に肯定していたわけではなかった。彼女に幸福になって欲しいと願った自分の気持ちには嘘はなかったと、奈美は思いたかった。

奈美はパソコンを立ち上げた。奈美の担当は、インターネットを通じての離婚相談に対する回答だった。毎日、会社から転送されて来る数十通のメールを読み、答えを書く。だが仕事の前に、奈美はもう習慣になっているWebページ巡りを始めた。主として自分と同じ様なインターネットでの女性問題の相談を扱うページを読むのだが、リンクの流れによっては、その他の様々なページへも渡って歩く。

今日はいつのまにか、普段は覗いたこともない作家の個人ページにたどり着いていた。それがたまたま奈美がよく読んでいる作家のページだったので、奈美は暫く楽しんだ。それからリンクをたどり、もう一人だけ、と別の女性作家のページにジャンプした。

心臓が停まるかと思った。

そこに、「あの女性」の顔があった。

それは確かに、二年前に奈美のページに相談を持ちかけた、二十五歳・OLの顔だった。見間違えのはずはない。黒いTシャツに胸元のダイヤまで一緒だ。

それでは彼女は、不倫を清算した後で作家としてデビューしたのか。そうだとしたら、自分の助言が彼女の人生を変えたのかもしれない……

奈美はある種の興奮を覚えながら、そのページを読み始めた。だが興奮は、ほどなく激しい怒りへと変わった。

プロフィールを読んだだけで、何もかも真っ赤な嘘だったことがはっきりした。

その作家、西城《さいじょう》かすみは十代の後半で漫画家としてデビューし、数年前に作家に転向していたのだが、OLなどしていたことはないし、第一年齢も、奈美より上だった。彼女が旅のエッセイを書いていることに奈美は注目した。孝史との接点は、これだったのだ。多分、雑誌の仕事か何かで知り合い、そのまま不倫関係になったのだろう。

この女は、自分をからかったのだ。

奈美を孝史の妻と知った上で、奈美のページに相談を持ちかけ、嘘八百を並べて奈美とメール交換するようになった。彼女の目的は、まるでイタチの最後っ屁のように、不倫の清算のおまけに何も知らない妻にあの写真を送りつけることだった。

何という狡猾で、そして残忍な女！

こんな女の策略に踊らされて、自分は孝史を失ったのだ。

なるほど作家なら、嘘はお手の物じゃないか！

奈美は、そのページのメールの宛先へと、メールを書いた。

『拝啓　西城かすみ様

あなたはもうお忘れかと思いますが、二年前にあなたから大切な相談を受け、お答えした者です。本日、偶然にこのページを見つけまして、あなたの正体を知りました。さて、わたしはあなたからお預かりした写真の画像を所持しております。あなたのされたことが総て嘘であり、悪意による嫌がらせであったとわかった以上、この画像をいつまでも手元に置いておく気分にはなれません。それをどうしたらよろしいかについて、ぜひ折り入ってご相談したく思います。あなたからのお返事がなければ、当方でこれを世間に公表してくださる媒体を探し、処置を頼みたいと思います。なお念のため、何もかもお忘れだとおっしゃられると困りますので申し添えますが、ここに写っているあなたの不倫相手の男性は、私の元の夫です。その写真の撮影された時点では元、ではありませんでしたが』

本気で画像を公開するつもりなど勿論ない。そんなことをしては、せっかくの幸せを摑みかけている亜佐子が不幸になる。だが、そのまま泣き寝入りをするには腹が立ち過ぎていた。奈美はそのメールと共に、フロッピーの中に記録したままずっとしまってあった「あの画像」を添付して送った。

西城かすみからのメールの返事は、半日ほどでやって来た。奈美の言っている意味はまるでわからないが、あんな画像を勝手に作られては迷惑だという内容だった。ちゃんと話を聞きたいので、事務所に来て欲しいと書いてある。奈美は恐れなかった。非は全面的に向こうにあるのだ。それに、金か何か強請《ゆす》り取ろうとしている犯罪者のように扱われるのは我慢出来ない。奈美は了解し、指定された時刻に、西城かすみの事務所へと向かった。

4

自宅のドアを開けた時、電話が鳴り出した。

奈美は無視することにして靴を脱いだ。

一気に襲って来た疲労と、腹の底が冷え冷えとするような恐怖で、奈美は廊下に座り込んだ。

どうしてあんなことになってしまったのか。

だが、考えても仕方ないのだ。

幸い、西城かすみのパソコンのハードディスクの中には、奈美が送ったメールの画像もそのまま残っていた。奈美はそれを消して来た。

悪いのは彼女だ。彼女なのだ。

西城かすみは認めなかった。奈美に対して打った芝居も、あの画像の中で笑っている自分と孝史についても、いや、孝史の存在さえまるで知らないと言い張った。

一言詫《わ》びてくれていたら……悔し紛《まぎ》れのイタズラだったのだと言ってくれていたら、諦《あきら》められたに違いない。過去のことが許せずに孝史との関係を破局にまで追い込んだ責任は、自分にだってあることは重々承知している。だがそうだとしても、最初のきっかけは西城かすみと孝史が作ったのだ。自分は被害者だったのだ！

それなのに彼女は、奈美を蔑《さげす》んだ目で見ていた。哀れな犯罪者だと思っていた。

それが許せなかった。

一旦切れた電話が、また鳴り出した。

奈美は無視してキッチンへ行き、コップ一杯の水を一気に飲んだ。電話はまだ鳴り続いている。

奈美は舌打ちし、ゆっくりと受話器を取った。

「……もしもし？　ナミナミ？」

声は、亜佐子だった。

「今、日本は夜中だよね。ごめんね、こんな時間に。でもどうしても、ナミナミに謝っておきたくて」

「アッコ、高村のことだったらもう……」

「違うの！」亜佐子は涙声だった。「違うの、そのことじゃなくて、写真のこと」

「……写真？　何の話？」

「ああ」亜佐子は泣き出した。「やっぱりナミナミ、気付いてなかったのね！　あたし……

あたしまさか、ナミナミが気が付かないなんて思わなくて……気付いてすぐに怒ってくれると思っていたから、そしたら謝るつもりだったのよ。でも、でも、どうしてあんなイタズラしたのかそれをナミナミにわかって貰うつもりだった……」

「アッコ」奈美は疲れ切っている頭を奮い立たせて、受話器に向かった。「何の話をしているんだか、ちゃんと順序よく説明してちょうだい」

「ナミナミのページで不倫の相談したOL、あれね、あたしなの」

奈美は耳を疑った。ゆっくりと頭を振り、それから言った。

「……不倫の相談って?」

「孝史さんとのツーショット写真を送りつけたOLのことよ! ナミナミ、あれが原因で孝史さんとうまく行かなくなっちゃったって、あたし、そんなこと知らなくて……孝史さんから離婚原因を聞いた時にね、孝史さんもよく考えてみるとわからないって言うの。どうしてなのか、突然ナミナミが自分の行動にやかましく口を出すようになって、それでいつの間にか喧嘩ばかりしているようになったって……それであたし、やっとわかったの。ナミナミ、孝史さんが不倫したって信じていたんだって。だけどあの写真を送った後、ナミナミが何もあたしに言って来ないんで、もしかしたらイタズラだって気付いていないのかと思ってメール入れたでしょう?」

「……メール……?」

「入れたのよ！　本当よ、信じて！　ああ……そのメールが届かなかったんだ……あたし、それでもナミナミが何も言って来ないから、てっきりイタズラを許してくれて、あたしがメールに書いた、そんなイタズラしたわけも理解してくれたんだと思っていた！　まさか……まさか誤解したままだったなんて……」

「アッコ、それはつまり、あの不倫相談は、全部アッコの冗談だったってこと……？」

「違うわ！　相談の内容は本当のことだったのよ。あたし本当は、ナミナミに相談したかった。あたしが会社の上司と不倫して会社辞めたこと、ナミナミに聞いて貰いたかった。でもね、でも……あの綺麗で大きなおうち、片づいて素敵なリビングを見たら、どうしても言えなくなっちゃったの。だって、だってそうでしょ！　あたしは一所懸命仕事して、何とかひとりで生きて行きたいと頑張った。嫌な仕事も辛い残業もこなした。生理でお腹が痛くて立っていられないような時でさえ、有休は取らなかった。それなのに、それなのに、結局恋をしただけでクビになっちゃったのよ！　でもナミナミはどう？　腰掛け仕事でチャラチャラと数年働いただけで、あんな何もかも揃った生活を何の苦労もなく手に入れてる！　あたし……悔しかったし、何だかばかばかしくなっちゃって……言えなかった。でもナミナミがホームページにのめり込んでいる姿を見ている内にね、もしかしたらナミナミも本当は幸せじゃないのかもしれないと思い始めたの。それであの相談、書いてみたのよ。ナミナミがどんな風に考えてくれるのか知りたくて。ナミナミは一所懸命答えてくれた。それはとても嬉しかった。だけど……最後が……何だかあたし……許せなかった」

「許せない……？」

「そうよ。だってナミナミ、自分のことしか考えてないんだもの……結婚生活って、二人で作っていくものでしょ、違う？　それなのにナミナミの考えは、自分が少しでも輝けるようにすればいい、そんな答えだったよね？　ナミナミの答えには、夫である孝史さんのことは何も書いていない。あたしには、そんな風に受け取れてしまったのよ……ごめんなさい……それであたし、以前にナミナミのページに貼る写真をスキャンしたデータから、隣りに写っている孝史さんのデータを切り取って、偶然見つけた作家の画像とくっつけて、あんなもの作って送りつけたの。だけどナミナミ、すぐ見抜くと思っていたのよ。だってあの写真、ずっとリビングに飾ってあって、毎日ナミナミが見ていたものだったでしょ？　あの孝史さんの笑顔にナミナミが見覚えがないわけがないし……それにあの作家の写真も、同じやつが時々雑誌とかに出ていたし。それなのに次の日もナミナミが何も言って来ないから、あたし焦って、ごめんなさい、だけどあたしの気持ちもわかってねってメール出したのよ……ああ、信じてナミナミ、あたし、あたし本当に、孝史さんとあなたの仲を壊したくてあんなことしたんじゃない……」

奈美は、受話器の向こうから聞こえて来る亜佐子の泣きじゃくる声をぼんやりと聞きながらパソコンのスイッチを入れ、自分が西城かすみに送りつけた画像を画面に表示して眺めた。

そこには確かに、新婚旅行で奈美の横で笑っていた、あの孝史の笑顔があった。

どうして自分がそのことに気付かなかったのか、奈美は考えた。答えはすぐに見つかった。

奈美は、その写真をリビングに飾って眺める時、自分の顔しか見ていなかったのだ。そして自分のホームページを作るために、その写真から自分の笑顔を切り取って、インターネットの海に向かって誇らしげに飾ったのだ。横で笑う伴侶を失った孝史の笑顔は、取り残された夫の笑顔は、もはや自由だった。その隣りに亜佐子がどんなデータを合成してしまおうと、奈美に文句は、言えない。

自分の顔だけを見つめ続けるためならば、二人で写っている必要などはなかった。

自分の幸福だけを追い求めるならば、結婚生活など必要はないのだ。

二人で笑い合っている瞬間を愛《め》でるために、その写真は飾られていなければならなかった。だが奈美は、自分の笑顔だけを愛でたのだ。

電話はいつの間にか切れていた。ニューヨークは今、何時なのだろう? 泣き崩れた亜佐子の隣りに、孝史はいたのだろうか。

机の上のパソコン雑誌は、まるで神様がそこを開いて奈美に見せようとしたかのように、開きっぱなしになっていた。

『メールが届かないことってあるんですか？』初心者の質問。

『いろいろなケースが考えられますが、いちばん多いのはメールアドレスの間違いです。普通の郵便でしたら、住所が間違っていれば送り主に戻すことができますが、インターネットでは、もし間違ったアドレスが有効で誰かが受け取ってしまった場合、それが返送されることはありません。気を付けましょう』

『誰がメールを送ったのか調べることは出来ますか？』

『普通の場合ですとプライバシー保護のためにそうした調査は出来ませんが、犯罪に関係している場合や、犯罪と認定出来るほど悪質な嫌がらせなどの場合には、警察がプロバイダに対して情報の提示を求め、それに応じる形でプロバイダ情報が提供されることはあり得ます。また、メールがサーバから削除されていなければ、内容を読むことも可能です』

もし彼女がサーバのメールに削除の指定をしていなければ、あたしが送ったあのメールと画像は、まだサーバに残ったままなのだ。そしてあたしは……ハードディスクからデータを削除してしまった……彼女が死んだ後で。

弾みだった。冷静に話し合うつもりでいたのに、どうしてあんなに激高してしまったのか。亜佐子と孝史とが結婚するという事実が、意識していたよりもずっと深く、自分を追いつめていたのか。

自分を強請《ゆす》り屋だと罵《ののし》る西城かすみの黒いブラウスの胸に、きらきらと光っていたダイヤモンド。

その輝きが、あの時奈美にこう言ったのだ……もう取り返しはつかないわよ、馬鹿な女！　どうせ打算の結婚生活だったんだから、夫の浮気ぐらい許して当然でしょ？　食べさせて貰ってあんな家にまで住まわせて貰って、呑気にパソコンなんかいじって遊んでいただけのあんたに、あの男はもったいなかったわ。あの男があんな生活に満足していたのは、たまにあたしと遊んでいたからじゃないの。感謝して欲しいくらいのもんよ！　だけどザマはないわね、結局親友に取られちゃってさ。あんたって本当に身勝手で嫌な女よね、投げてやる花嫁のブーケには安い百合を使い、自分のためには豪華な花にしたりして。それで最後はお笑いじゃないの、その安い花束を受け取った女に、夫を取られちゃったんだからさ！

あはははは………

奈美は飛び掛かっていた。西城かすみに、いや、その輝く小さな、そしておしゃべりな石に向かって。

揉み合い、倒れた彼女の額《ひたい》が大理石のテーブルの角にぶつかって飛び散った赤い血の色が、奈美の目の前に蘇《よみがえ》る。

切り取られた笑顔と共に写っていた、あの素敵なゴルフシャツと同じ、赤い色。

ドア⇅ドア

歌野晶午

著者紹介　一九六一年福岡県生まれ。東京農工大学環境保護学科卒業。八八年、島田荘司氏の推薦を受け、『長い家の殺人』でデビュー。著書に『安達ヶ原の鬼密室』『放浪探偵と七つの殺人』『ブードゥー・チャイルド』『正月十一日、鏡殺し』『さらわれたい女』他

1

――年越しそばで殺人――

元旦の新聞にその記事を見つけた時、世の中には馬鹿なやつがいるものだと、山科大輔《やましなだいすけ》は

あきれかえった。

東京の神楽坂《かぐらざか》に葉隠《はがくれ》という蕎麦屋《そばや》がある。老夫婦が切り盛りする、間口一間《まぐちいっけん》の小さな店である。品書きはなく、黙って席に坐っていれば、じきに蒸籠《せいろ》が運ばれてくる。北海道産の蕎麦の実をまるごと挽《ひ》いて粉にして、蓼科《たてしな》の水で練りあげた、黒く太い蕎麦だ。更級《さらしな》蕎麦のような上品な喉ごしはないが、風味が豊かで食感は力強い。その素朴な味を求めて、遠く静岡、宮城あたりから足を運ぶ者も少なくない。

葉隠は午後から店を開け、蒸籠百枚を売り切ったところで暖簾《のれん》を降ろす。最近は雑誌でも紹介されているので、夕方行ったのでは、まずありつけない。大晦日《おおみそか》ともなるとなおさらで、開店前から行列ができる。頑固者《がんこもの》の主《あるじ》は、大晦日でも百食分の蕎麦しか打たないのである。

一九八三年の大晦日も、百人きっかりで店じまいとなった。五十人ほどが食いそびれたが、一人を除いて、三々五々別の蕎麦屋に散っていった。納得しなかったのは百一番目の客である。その男は、暖簾をしまいはじめた老婦人に詰め寄った。店内に押し入って主に直談《じかだん》判《ぱん》した。しかし主は信条を曲げず、だから男は主を殺した。蕎麦切り庖丁で頸動脈をスパッとやったのである。

まったく馬鹿げた事件だと山科は思った。法被《はっぴ》に襷《たすき》掛けの老主人、漆《うるし》塗りの蒸籠、ぐらぐら煮立った大鍋、蕎麦粉にまみれたまな板、大ぶりの庖丁、噴き出す鮮血――絵柄はなかなか良いものがあるが、動機は滑稽《こっけい》の一語につきる。飢えてもいない人間が、たかだか蒸籠一枚のために人生を棒に振ったのだ。

しかしその記事を嗤《わら》った二日後、山科は蕎麦屋殺しの心境を知ることになる。

山科大輔は大学生だった。四年前群馬から上京してきて、以来ずっと中野の東栄荘《とうえいそう》に下宿している。

この正月、山科は帰省しなかった。卒論が遅れていたのがその理由である。実家には就学前の甥が二人いて、とても論文に取り組めるような環境ではなかった。

東栄荘は典型的な学生下宿——四畳半一間に半畳の流し場、便所共同、風呂なし——なので、正月には蛻《もぬけ》の殻《から》になるだろうから、論文に集中するにはもってこいだと山科は考えた。

はたして思惑《おもわく》は当たり、クリスマスが終わったころから、一人、二人と抜けていき、ここで年を越したのは、山科のほかには一人だけだった。

だから卒論がはかどったかといえば、そうではない。静かすぎてかえって落ち着かないとテレビをつけ、歌合戦から駅伝、駅伝から隠し芸へとはしごして、知らず酒もちびちびやっていて、はっと我に返った時にはもう、上りの新幹線が二〇〇パーセントの乗車率だと報じていた。

それでようやく山科は褌《ふんどし》を締《し》め直した。一月三日の夜のことである。

ところがそこに恩田《おんだ》道夫《みちお》がやってきた。

恩田は東栄荘の住人である。歳のころは四十半ば、この下宿で唯一の社会人だった。社会人といっても勤め人ではない。恩田は自称山師で、金脈銀脈を求めて日本全国の山々を歩き回っているという。ひと月旅に出て、戻ってきたかと思ったら、今度はふた月姿をくらます。東京に戻ってきても、部屋にいることはほとんどない。多摩川や平和島に行って舟遊びをするのだ。だから山科は、恩田は実のところ、全国の競艇場をめぐっているのではないかと想像していた。

その恩田道夫が新年早々ふらりと戻ってきた。今回彼が下宿を出ていったのは、昨年の、やはり松の内のことだったから、実に一年ぶりの帰館ということになる。

「十年に一度のでかい仕事だった」

恩田はそう言って富山の地酒を差し出してきた。一緒に飲もうという合図である。せっかくエンジンがかかったところなのにと山科は困惑したが、恩田はかまわず炬燵《こたつ》に足を入れて、論文の資料を乱暴に押しのけ、つまみの袋を次々と並べはじめた。やれやれと、山科は紙コップで乾杯した。

同郷ということで、山科はこの男に好かれていた。旅から戻ってきたら必ず土産をもらったし、吉原でおごってもらったこともある。

山科はしかし、どうしてもこの男を好きになれなかった。まず、話がつまらない。彼の話には二つの事柄しか出てこない。土地土地で買った女と競艇である。山科はもちろん女性に関心を持っているけれど、他人の濡れ事を聞かされても胸が悪くなるだけだ。酔いに比例して下品さも増す。競艇にはまるっきり興味がない。

そして恩田は酒癖が悪かった。説教したり暴れたりしないだけましかもしれないが、いったん飲みだしたら止まらない。こちらがギブアップしても、じゃあ一人でやるからと、部屋を出ていこうとしない。結局山科は彼が酔い潰れるまでつきあわざるをえず、おぶって部屋まで送り届けるはめになる。

それでも山科が恩田と絶縁できないのは、上京して右も左もわからないころ、東京のあちこちを案内してもらったことに妙な恩義を感じているからだった。神楽坂の葉隠を教えてくれたのも恩田だった。

一月三日の晩も恩田は長尻だった。女と競艇の話で一人盛りあがり、ほとんど一人で一升瓶を空けてしまうと、本棚に収めておいた秘蔵の四合瓶を目敏《めざと》く見つけ、勝手に封を切るのだった。

吟醸酒も半分空いてしまったころ、恩田がビニール袋を差し出してきた。白菜の漬け物だった。

「庖丁がないから食べられませんよ」

もうそろそろお開きにしようという意味を込め、山科は言った。

実際、山科の部屋に庖丁はなかった。料理は女のすることだと育てられていたので、四年間ずっと外食と弁当で通してきた。パイナップルは缶詰で我慢し、林檎《りんご》は丸ごと齧《かじ》った。

「だいじょうぶだって」

しかし恩田は婉曲《えんきょく》な表現を理解する頭を持っていなかった。空いたトレイの上に漬け物をあけると、ニッカーボッカーのポケットから折り畳み式のナイフを取り出した。

「なんだよ、その目は。俺が持ってちゃおかしいか？」

白菜を切りながら恩田は唇を尖らせた。

シルバーメタリックの柄の中央に「U．S．」の刻印——恩田のナイフは米軍が公式に採用しているカミラス社のアーミーナイフだった。柄の中にはナイフのほかに、缶切りやドライバーなど、戦場に欠かせないアイテムが格納されている。もちろん山歩きにも大いに役立つだろう。恩田の垢抜《あかぬ》けない風体には不釣り合いだが。

しかし山科が恩田を睨《にら》みつけたのは別の理由からだった。恩田はかなり酔いが回っているとみえて、ナイフを動かすたびに漬け物の汁をあちこちに飛ばすのだ。

「流しでやってくださいよ」

見かねて、山科は言った。恩田は素直に従った。しかし立ちあがりざま、よろめいて、炬燵の天板をひっくり返した。紙コップがぽんと跳ねあがり、論文用紙の上に落ちた。あっという間に万年筆の文字が滲《にじ》み、三十枚の原稿がおしゃかになった。

山科はカッとなった。だがこの時はまだ理性の範囲だった。

「また今度にしましょう」

怒気を抑えて恩田の肩を叩いた。

「これがうめえんだよ。農家のおばちゃんの自家製でよぉ」

恩田は聞く耳を持たなかった。千鳥足《ちどりあし》で流し場に歩むと、流し台に直接白菜を置き、しゃっくりをしながらナイフを入れるのだ。しかし思うように手を動かせず、指先も一緒に切ってしまった。

「あーあ、言わんこっちゃない。帰りましょう。送っていきますから」

山科はナイフを取りあげると、恩田の背後をすり抜けて、ドアの引き手に手をかけた。

「農家のおばちゃんの自家製でよぉ。農家のおばちゃんがよぉ、自家製でよぉ」

恩田は傷ついた指を舐めながら、もう一方の手をぶんぶん振り回した。

その手が山科の鼻っ柱に入った。

刹那《せつな》、山科はこの男を刺したくなった。

だから胸を刺した。

ナイフの先から奇妙な感触が伝わってきた瞬間、山科の理性が復活した。だが、遅かった。

あっと思ってナイフを引いたら、ぶわっと血が噴き出してきた。

山科は反射的にナイフを再度押し込んだ。すると血の噴出は止まった。

「おわぅっ」

奇怪な声を漏らしながら、恩田は両手を広げ、ゾンビがそうするように迫ってきた。山科は後ずさりしたが、背後は行き止まりで、ドアにぶちあたった。

部屋全体が揺れた。

「ういっひっ」

今度は山科が奇妙な叫びをあげ、恩田の体を向こうに突いた。恩田は、脚と背筋を伸ばしたまま、踵《かかと》を支点にして、その場にひっくり返った。まさに朽ち木倒しだった。

恩田はそれっきり起きあがろうとしなかった。苦悶の声も漏らさなかった。

なるほど人はこうやって殺人を犯すのかと、山科は得心した。

2

即座に救命治療を施せば恩田道夫は助かったかもしれない。しかし山科大輔は救急車を呼ぼうともしなかった。恩田の死を望んでいたのではない。放心していたのだ。流し場に立ちつくし、恩田の心臓に突き立った、鈍く輝くナイフの柄《え》を見つめていた。

三十分もそうしていただろうか、山科はようやく事態を呑み込んで、おそるおそる恩田の体に手を伸ばした。

脈は完全に停止していた。左右の頰を交互に張ったが、血色の悪い唇の間からは、か細い息さえ漏れ出てこなかった。

山科は震えた。セーターを二枚も重ねて着ているというのに、歯がカチカチ鳴った。脈拍は上昇し、鼓動は耳まで届くようで、それこそ今にも心臓が喉から出てきそうだった。

四つん這いで恩田の体から離れ、山科は吟醸酒の四合瓶を摑み取った。指が震えて蓋《ふた》を開けられない。

「殺意はなかったんです。ただナイフを刺したくなっただけなんです。本当です。あんなにあっけなく服を破り、するりとした感触で体に吸い込まれていくとは思いませんでした。まして それで死んでしまうなんて。本当です。信じてください」

あらぬ方を眺めながら山科はそんなことをつぶやいて、やっと開いた瓶の口に唇を押しつけた。酔いにまかせて、何もなかったことにしてしまおうと思った。しかしどれだけあおっても、背後の死体は消えてくれなかった。

乱れた薄い頭髪、天井に向いた白目、唾液に濡れた無精髭、熊手《くまで》のように曲がった十本の指、左胸の輝き、「U. S.」の刻印、アメーバの形をしたセーターの染み、血の臭い。なにもかも現実だった。

山科は絶望し、しかし逃げ道を求めてラッパ飲みを続けた。

これは正当防衛ではないのか？　恩田に殴られたので、身を守ろうと構えたところ、折悪くナイフを握っていて、しかも刃先が正面を向いていて、そこに恩田が突っ込んできた。有能な弁護士を雇えばそう弁護してくれないだろうか？

　いやしかし殺人の罪は免《まぬが》れたとしても、人を死なせてしまったことには変わりない。親には顔向けできない。友人たちも去っていくだろう。就職の内定取り消しも必至だ。

山科はいま一度酒瓶を傾けた。今度は逃避のためではなかった。彼は恩田の脈を確認した時から、うっすらと意識していた。破滅したくないのなら、取るべき道は一つしかないと。

最後の一口をぐいとあけ、そして山科は殺人の隠蔽《いんぺい》を決意した。すると体の震えがぴたりとおさまった。

　山科はまず窓に目をやった。東の窓にも南の窓にもカーテンがおりている。部屋の入口はもちろん閉じている。

「よし」

　山科は自らを鼓舞すると、次に確認すべきことは何だろうかと腕組みした。すぐにわかった。音だ。

　恩田に迫られた際、ドアにぶつかって、部屋が激しく揺れた。恩田が倒れた際にも大きな音がした。また、自分は憶えていないけれど、恩田は胸を刺されて叫び声をあげたかもしれない。それらの音を第三者に聞かれた可能性は？

　東栄荘で年を越したのは、山科のほかにもう一人いる。だがそいつは深夜のアルバイトに出ていて、明け方近くまで部屋を空けている。ほかの住人が帰京してきた様子もない。

敷地内の別棟には大家が住んでいる。七十過ぎの老婆だ。彼女は耳が遠いので安全パイだ。問題は、正月ということで訪れてきている子や孫だ。彼らの耳に届いただろうか。覗きにこなかったので、聞こえなかったと判断してかまわないだろうか。

いや待てよとしばし考え込み、やがて山科は思い出した。暮れに家賃を払った際、大家が愚痴《ぐち》をこぼしていたではないか。長女と三女は海外で長男は温泉で次女はスキーで今年の正月はお通夜だ、と。

「よし」

山科はまた声を出した。だんだん体が火照ってきた。

この部屋の異状は誰にも知られていない。殺人の隠蔽は充分可能だ。ではどうやって隠蔽する？

何よりもまず死体を処分しなければならない。ではどこに棄てる？　車は持っていないし、人間が入るほど大きな「黒いトランク」もない。バラバラにして、何度かに分けて運び出すか？　しかし庖丁を持っていない。鋸《のこぎり》もない。恩田のアーミーナイフでは解体は無理だろう。

山科は目を閉じた。ここが一番の難所だと思った。殺人は目撃されていないのだから、死体さえ処分してしまえばどうにかなるのだ。その後死体が発見されたとしても、山科大輔に疑いがかかることは、まずない。自分は恩田を快く思っていなかったけれど、それは決して表に出さなかった。小さないざこざも起こしていない。ほかの下宿人の目にはむしろ、二人は仲が良かったと映っていることだろう。真の気持ちを表に出したのは、つい先ほどの一瞬間だけなのだ。

夜が明けるのを待って刃物を買いに行くしかないのか。四日ともなれば店も開いているだろう。しかし刃物を買ったことから足がつきはしないだろうか。それに臭いの問題もある。今の時期は死体を二、三日放っておいても腐りはしないだろう。けれどそれは「そのまま」放置した場合だ。解体すれば腐臭とはまた別の臭いが発生すると考えられる。戸締まりして作業に臨んでも、おんぼろ下宿ゆえ、臭いは外に漏れるだろう。今の時点では隣人は帰省しているけれど、明日もそのまま田舎にとどまる保証はない。安全のためにはやはり今夜中に作業を終えてしまいたい。しかし時刻は二時を回っている。今夜中といっても、もう幾時間も残されていない。何の道具も持っていない自分が、明るくなるまでに何ができるというのだ。

そこまで考え、山科は突如として笑い出した。

いくら自分に動機がないとはいえ、この部屋で死体が発見されたら言い逃れのしようがない。だから死体を遺棄《いき》しようと考えた。だが、処分とか遺棄とかいう語感にまどわされ、物事をつい大げさに捉えてしまっていた。死体はなにも山奥に棄てる必要はないのだ。この部屋から出してしまえば、それでこと足りる。

たとえばそう、恩田の部屋に運べば、それで完了。これなら車もトランクも庖丁もいらない。ばかばかしいほど簡単な作業だ。

そうとわかったら実行するまでだ。山科は腰をあげ、グレーのセーターを脱ぎ捨てた。返り血で汚れていたからだ。下宿には人がいないとわかっていたが、用心するに越したことはない。鏡に向かって顔のチェックも行なった。こちらの汚れはさほどではなく、爪でこすったら造作《ぞうさ》なく落ちた。したたか飲んでいるが、頭はしっかり機能している。素面《しらふ》の時より冴えているかもしれない。

「まず部屋のドアを開けておく。死体は引きずらないで運ぶ――」

指を折って注意事項を確認しながら、山科は恩田の体を跨《また》ぎ越した。恐れはとうに消えていた。

だが流し場に足を踏み入れ、山科はぎょっと立ちつくした。

ドアにも返り血が飛んでいた。自分のセーターほどではないが、白い化粧合板のところどころが赤黒く汚れていた。ドアの下部に張っておいた、年末年始のゴミ回収のお知らせも汚れていた。

山科はあわてて畳の間に戻り、懐中電灯を探し出すと、その光をタイル張りの床に当てた。体をかがめ、光の輪を舐めるように動かす。流し台も、上から下まで目を凝らす。

立ちあがり、山科はふうと息をついた。汚れているのはドアだけだった。ぶわっと噴出したあと、すぐにナイフを刺しなおしたのがさいわいしたらしい。ナイフが栓の役目をはたして血の流出を防いでくれたのだ。

少し救われたものの、しかし山科が危機に面していることは間違いなかった。

血液は洗剤で落ちるのだろうか。いや、たとえ見た目は綺麗になったとしても、ルミノール反応が出る。いやしかし、死体が発見されるのは恩田の部屋なのだ。現場でないこの部屋には鑑識は入ってこないのではないか。いやしかし万が一の事態を想定すれば――。

頭がくるくる回った。そして山科はもう一つ大変なことに気づいた。

ドアの上部にはまっている、五センチ四方の装飾ガラスにひびが入っていた。恩田の体重を受けてぶつかった際にそうなったのだろうが、このひびを警察が怪しむのではないか？

山科は頭を掻きむしった。血もひびも些細《ささい》な疵《きず》であり、全体の中ではほとんど目立たないと思う。けれど犯罪者の多くは、ほんの擦り傷が原因で命を落とす。ほころびはただちに繕わなければならない。警察というウイルスが侵入してくる前に、予防注射は打てるだけ打つべきなのだ。といって、どうすれば血痕を消去でき、ひびを修復できるのか。特殊な薬品を購入したりガラス屋を呼んだりしたら足を残すことになるので、かえって傷口を広げてしまう。

「何かある。うまい方法が必ずある。考えろ。考えろ」

絶望しそうになる己を叱咤《しった》して、山科は目を閉じた。頭皮に十本の指を立て、頭の血行を促進した。眉間《みけん》を強くつまみ、こめかみを指圧した。

そして、ついに天から声が降りてきた。そのエレガントなアイディアに、山科は思わずおおと声をあげた。

恩田の部屋とドアを交換すればいい。恩田の死体は彼の部屋で発見されるのだから、そのドアが血で汚れていても何の不思議もない。いやむしろ血痕が残っていたほうが真実味が増す。そしてこの下宿のドアは引き戸だから、交換は容易だ。

山科は早速、自室のドアを外してみることにした。レールは室内側についている。血痕に触れないよう注意しながら戸の両脇に手をかけて、ぐいと上方に持ちあげた。そして手前に引く。最初のうちは、滑車《かっしゃ》がレールに引っかかってうまくいかなかったが、ドアの位置を左右にずらして試みるうちに、はずれた。

「よしよし」

何度もうなずき、山科は部屋を出た。

東栄荘は二階建てで、一階に一―五号室が、二階に六―十号室がある。忌《い》み数の四と九も使われているので、各階五部屋ずつの構成だ。山科の部屋は十号室、二階の一番奥で、恩田の部屋は反対側の角部屋、六号室である。六号室の前には階段があって、一階とつながっている。東栄荘には入口が一つしかなく、二階の住人も下の玄関で靴を脱いであがってくることになる。

ところで、多くの集合住宅がそうであるように、東栄荘の各世帯も対称構造になっている。たとえば山科の十号室は、廊下から見て右手に流し台があるが、九号室の流し台は左手にある。八号室は右手で、七号室は左手だ。つまり奇数番号の部屋と偶数番号の部屋では、室内の構造が正反対になっている。それに合わせて、奇数番号の部屋と偶数番号の部屋では、ドアの向きが違っている。二階の場合、奇数番号の部屋のドアは右側に引き手があり、偶数番号の部屋では左側だ（一階では、奇数が左、偶数が右となる）。

なんて強運なのだろうと山科は思う。もし恩田が九号室に住んでいたなら、あるいは自分の部屋が七号室だったら、ドアの交換は不可能なのだ。この運さえ手放さなければ、人生最大の難関は突破できると思われた。

山科は、すぐには六号室に入らず、階段を降りた。住人の不在を確かめるためである。玄関には各部屋ごとの郵便受けが設けられているので、それを覗けばよい。

予想どおり、四、六、十の三部屋を除いて年賀状が詰まっていた。四号室の住人は、アルバイトに出ている男だ。

念のため山科は四号室の前まで足を運んだ。ドア上部の小窓は真っ暗だ。しばらく聞き耳をたてたが、寝息も聞こえない。山科は安心して階上に戻った。

恩田の部屋には鍵がかかっていた。山科は舌打ちをくれて十号室に戻り、恩田の体を探った。

乱れた薄い頭髪、天井に向いた白目、唾液に濡れた無精髭、熊手のように曲がった十本の指、左胸の輝き、「U・S.」の刻印、アメーバの形をしたセーターの染み、血の臭い。なにもかも現実だった。けれど山科は何も感じなかった。いま彼がさわっているのは恩田道夫ではなかった。魂の抜けた死体、すなわち物体だった。

鍵はズボンのポケットにあった。高崎観音のキーホルダーがついている。山科はそれを持って六号室に行った。

恩田の部屋は、埃と湿気の入りまじった、古雑巾にも似た臭いに満ちていた。山科は口で息をしながら電灯のスイッチを探った。素手でさわるようなへまはしない。滑り止めのついた軍手をはめている。

室内はがらんとしていた。炬燵と衣装ケースと小さなテレビがあるきりで、殺風景なことこのうえない。こんな部屋であるにもかかわらず、同宿の住人を訪ねる際にもきちんと施錠する恩田を、山科はひどく滑稽に思った。

部屋にはカーテンもない。だがこれからの作業を覗かれる心配はない。二面の窓には雨戸がたてられている。

炬燵の陰にボストンバッグとダウンジャケットが投げ捨ててあった。旅装を解くなり山科の部屋を訪ねたと物語っている。

ステンレスの流しは濡れている。恩田が帰宅後手を洗ったのだろう。流し場のタイルには、うっすらと埃が積もっている。足跡が残りそうだ。だがあとで乱しておけば問題ないだろう。畳の間に近い柱に立てかけてある木刀は護身用か。

ひととおり観察を終えると、山科はドアに向かった。血痕とガラスのひび割れを除けば、十号室のドアと寸分違わないように見える。ドアの下部に清掃局のお知らせが張ってあるところまで同じだ。そっくり交換して問題ない。ただし廊下側の面には、号室を示すプラスチックの板が貼りつけられているので、あとでそれを貼り替える必要がある。

山科はドアの両端に手をかけた。このドアも簡単にはずれた。斜めに傾けて廊下に持ち出す。廊下は狭いので、車を切り返すようにして少しずつ出していく。急ぐあまり柱を傷つけては墓穴を掘る。

ドアを出し終えると、山科はそれを十号室の前まで運んでいって、廊下の壁に立てかけた。そしてあらかじめはずしておいた自室のドアを廊下に出し、六号室まで運び、慎重に室内に収めた。

恩田の部屋には神様がいる。流し場の鴨居《かもい》に板を渡して神棚とし、神殿の形をした白木《しらき》の置物と、白磁の器と、破魔弓《はまゆみ》と、お札を置いている。

「うまくいきますように」

山科は神棚を見あげて柏手《かしわで》を打った。

ここが一つのヤマだった。見た目は同じドアだが、微妙な寸法の違いから、枠に収まらないかもしれない。

山科は祈りながらドアを持ちあげ、まずは上端を溝に挿入した。これはうまくいった。次に、ドアを溝いっぱいに持ちあげたまま、下端をレールに近づけていった。神様神様と心の中で唱えながら、ドアの下部を爪先で向こうに押しやった。

一度の試みで、あっけないほど簡単にはまった。おそるおそるドアを開閉してみると、滑るように動いた。やや緩すぎる気がしないでもないが、しかし滑車がレールから脱線するようなことはなかった。

続いて施錠の確認。ドアを閉じた状態で、引き手の上部についた楕円形のつまみを右に回す。九十度回ったところで、かちりと音がした。引き手に手をかけてみる。動かない。鍵の取り付け位置にも狂いはなかった。

やはり運がある。山科は大いに気を良くして十号室に戻った。

今度は十号室に六号室のドアをはめる。これは思いのほか苦戦した。先ほどとは逆にはまりが悪く、やっとはまっても、開閉するたびにギイギイと嫌な音をたてた。レールに蠟を塗れば少しはましになるかもしれないので、これはよしとすることにした。

ドアの交換を終え、山科は時計を見た。午前三時だった。作業にかかってから三十分ほどしか経っていない。

次に山科はカッターナイフと接着剤を手に取った。号室を示すプレートを貼り替えるためである。

この作業は思いのほか手間取った。ドア板とプレートの間にカッターナイフの刃を入れて、徐々にプレートをはがしていこうと考えたのだが、力の入れ方を少しでも誤ると、プレートと一緒にドア表面のプリントまではがれてしまう。結局この作業には一時間を要した。慎重に慎重を重ねて貼り替えたので、仕あがり具合は申し分なかった。

細かい手作業に神経が疲労したが、しかし山科に休息は許されない。さていよいよ死体の運搬である。

引きずると背中に痕が残るので、抱えあげて運ぶ必要がある。胸にはナイフが突き立っているので、より慎重な扱いを求められる。

山科の頭の中にはすでに運搬法が描かれていた。まず、十号室の中で死体を百八十度回転させ、頭をドアの方に向ける。次に死体の上半身を起こす。自分はそれと背中合わせに坐る。その状態で背後を探り、死体の両手を頭上に持ちあげる。自分の体を前にかがめ、背中に死体の上半身を載せる。呼吸を整え、腰に気を集中させて立ちあがる。

恩田は小柄だし、こちらは高校までキャッチャーをやっていたのだし、充分可能だと山科は考えた。

はたして青写真どおりに持ちあがった。立ちあがる際、バランスがとれずに何度かしくじったが、いったん立ってしまえば軽いものだった。老婆のように丸めた背中に恩田を仰向けで寝かせ、山科はゆっくりと歩を進めた。こういう運動は柔軟体操でさんざんやらされた。

死体に触れているというのに、山科は少しの気味悪さも感じていなかった。恐怖も、罪悪感も。いまの彼の心境は、ジグソーパズルに熱中している時と一緒だった。足を一歩踏み出すたびにピースが一つはまり、徐々に絵柄が見えてくる。さらに完成に近づきたいから、次の一歩を踏み出す。アルコールが人の心を麻痺させてしまったのかもしれない。

山科は六号室に達すると、畳の間に少し入ったところで足を停め、恩田の体を静かに降ろした。上半身が畳の間で、下半身は流し場。十号室で倒れた時そのままだ。

モノとしての死体に背を向けて、山科は十号室に戻った。作業の峠は越した。あとは細かな飾りつけを施すだけだ。だが気を抜いてはいけない。飾りつけしだいで印象は百八十度転換する。

山科は一升瓶を六号室に運んだ。つまみの袋と、恩田が使った紙コップと割り箸も、六号室の炬燵の上に移した。白菜の漬け物とビニール袋は流しに置いた。吟醸酒の瓶も持っていきかけたが、ラッパ飲みしたことに気づき、あわててやめた。瓶の中に自分の唾液が入っている。

独り寂しく飲んでいた恩田を賊が襲った——そういう状況だ。賊とはもちろん強盗だ。物盗りのしわざにするのが手っ取り早い。

山科は恩田のズボンを探った。ポケットの財布には、現金で十万円入っていた。札だけ抜き取り、財布はその場に放った。次にボストンバッグを探った。金目のものはなかったので、中身の服だけそこらにばらまいた。衣装ケースと押入れにもめぼしいものはなかったが、ここも引っかき回しておいた。

続いては指紋の処理である。山科の指紋がついているのは、ナイフの柄、一升瓶、つまみの袋、元十号室のドア、の四つだ。これらの表面をハンカチで拭って、新たに死体の指紋をスタンプする。紙コップ、割り箸、漬け物の袋、の三点は恩田しかさわっていない。ナイフの柄、一升瓶、つまみの袋、の三つは小さいので、処理はたやすい。厄介なのはドアである。ドアをはずして室内に持ち込むか、それとも死体をドアのそばまで連れていくか。

山科は即断し、ドアをはずした。畳や柱を傷つけないよう注意しながら明るい光の下に持っていき、裏表を丹念に拭いた。室内側の面の扱いは特に注意する必要があった。血痕をこすってはいけない。清掃局のチラシも、いったん画鋲《がびょう》をはずして、裏面まで拭いた。チラシの下に隠れていたドアの部分も忘れずに拭く。

拭き終えたら、死体のそばまでドアを運び、指紋をスタンプする。この際も、血痕に触れないよう注意する。引き手や鍵のつまみには、特に念を入れてスタンプする。チラシにも画鋲にもスタンプする。そしてチラシを元の位置にとめ、ドアを戻す。

これで完璧だろうかと山科は室内を見渡した。死体の位置と格好に不自然さはない。バッグや衣装ケースの中身の散乱具合も絶妙に思える。

「いけない」

大変なやり残しに気づき、山科は思わず声をあげた。鍵だ。先ほどこの部屋を開けるために恩田の鍵を拝借していた。それを返さなければ。しかしそのまま返しては身の破滅だ。今や恩田の鍵でこの部屋は開かない。この部屋のドアに合うのは十号室の鍵なのだ。したがって、鍵とキーホルダーをつけ替える必要がある。

山科はズボンの左ポケットから高崎観音のキーホルダーを取り出した。これが恩田の鍵。右のポケットに入っているのが山科の鍵だ。こちらには革のキーホルダーがついている。山科は二つの鍵を交換し、高崎観音のキーホルダーを死体に返却した。もちろん指紋の偽装も怠《おこた》ってはいない。

さてこれで完璧だろうと、山科はあらためて室内を見渡した。炬燵の上が整然としていることだけが気にかかったので、紙コップを倒し、ポテトチップスの屑《くず》やさきいかの切《き》れ端《はし》を散らし、そうして山科は六号室の明かりを消した。残る作業は十号室の掃除だ。

その時、階下でガラガラと音がした。

ドアの引き手に手をかけたまま、山科は凍りついた。

再度ガラガラと音がした。続いてパタパタと歩く音。何者かが下宿に入ってきたのだ。

山科は暗闇で息を殺し、神経を耳に集めた。同時に猛烈な速度で頭を回転させた。

（便所へ行こうと思って通りかかったところ、この部屋のドアが開いていました。留守のはずなのにおかしいなと覗いたら、恩田さんがああやって倒れていました）

しかし言い訳の台詞は必要なかった。足音は階段をあがってくることはなく、階下で部屋のドアが開閉される音がした。どうやら四号室の男がアルバイトから戻ってきたらしい。ドアの窓から侵入してくる廊下の明かりに時計をかざすと、五時を回っていた。

山科はもうしばらく暗闇の中で待機した。ガスをつける音や鼻歌が、かすかだが響いてくる。音は思った以上に抜けるようだ。事件発生時に四号室の男が在室していたらと思うと背筋が寒くなる。

五分待ったが、鼻歌がやむ様子はなかった。このまま彼が寝つくのを待っていては夜が明けてしまうので、山科は作業を再開することにした。万が一にもそんな事態は発生しないだろうが、片づけが終わらぬうちにこの部屋を覗かれたら破滅につながるので、施錠して十号室に戻るべきだろう。

山科は暗闇を這って死体を探した。この部屋を封鎖するためには元十号室の鍵が必要で、それは先ほど死体に持たせてしまった。

山科は死体の爪先を探りあてると、そこから臑《すね》、腿と手でたどった。死体はずいぶん冷たく、硬くなっていて、暗闇であることも手伝って、さすがに薄気味悪さを感じる。

ポケットから鍵を抜き取ると、山科はゴキブリのようにドアまで這い戻った。そしてそっとドアを開け、隙間から廊下に出て、そっとドアを閉め、六号室を施錠した。

階下からの鼻歌はまだ聞こえる。山科は忍び足で十号室まで戻った。このドアは交換後滑りが悪くなったので、ことさら慎重に開閉しなければならない。

ようやく室内にたどり着き、山科はほっと息をついた。思いきり顔を洗いたいところだが、水が落ちる音が下に響くとうまくないので、コップ一杯の水で我慢した。

四号室の男が怨めしい。しかし、ドア交換や死体運搬の際に戻ってこなくて助かった。あの作業はどれほど慎重に行なっても、音と振動を完全に消すことはできなかっただろう。

ひと息つき、山科は片づけにかかった。炬燵の天板を拭き、炬燵布団に落ちたつまみの屑を払い、畳の上のゴミを拾う。通常ならたいした作業ではないのだが、下に響かないようにと気をつかうので、息苦しささえ覚える。

ゴミは黒いビニール袋に集めた。吟醸酒の四合瓶もその中に突っ込んだ。返り血を浴びたセーターは別のビニール袋に入れた。下に着ていたセーターやズボンには血痕らしきものは認められなかったが、念のため処分することにした。どうせだからと、靴下とブリーフも捨てることにした。

新しい服に着替えながら山科は、ゴミ回収の予定表に目をやった。新年の回収は四日からとなっていた。

ついていると、山科はあらためて思った。証拠は一刻も早くこの部屋から出すべきだ。といって、清掃局が休みの間に捨てたのでは、清掃車が回ってくるまでに、猫やカラスに袋を破られるおそれがある。だがその心配はなくなった。四日とはつまり今日である。清掃車がこの地区にやってくるのは午前中だから、遅くとも夕方には、危険な品々は広大な処分場に埋もれる。

山科はゴミ袋を持って部屋を出た。もう鼻歌は聞こえなかったが、足音に注意し、息も殺して階下に降り、玄関を出た。

外はまだ暗かった。月の明かりに息が白く映える。

ゴミ置き場には、すでに山ができていた。山から落ちた袋の中には、ぱっくり裂けて中身が覗いているものもあった。

山科は、自分の袋を山の頂上に積むような愚はおかさなかった。いったん山を崩し、自分の袋を土台の部分に据《す》えて、その上に他人の袋を積みあげた。夜が明けたら新たなゴミが増えると予想されたので、それらが乱暴に捨てられても山が崩れないようにと、上部をできるだけ平らにしておいた。

山が完成したとたん、急に山科の膝が震えはじめた。さほど寒くはないし、恐怖や不安も感じていないつもりなのだが、膝が笑って止まらない。

そして、また忍者のようにして部屋に戻らなければならないのかと考えると、山科は気が遠くなる思いだった。許されるなら、このままゴミの山に埋もれて眠ってしまいたかった。

3

やっとの思いで部屋にたどり着くと、山科は炬燵にもぐり込んだ。ちょっとひと休みのつもりだったのだが、それまで抑えつけていた疲労が一気に襲いかかってきて、あっという間に眠りに落ちた。

意識を連れ戻しにきたのはノックの音だった。続いて、

「山科さん、山科さんっ」

と怒ったような声が響いた。大家だ。彼女は耳が遠いので、やたらと大きな声で喋る。

「はい、います」

山科は朦朧《もうろう》としたまま応えた。

「山科さん、いるんでしょ」

大家は聞こえないらしく、なおもドアを叩いた。

「います、います。何ですか？」

山科は大声で応えなおした。

「あなた、お昼、まだでしょ」

「はい」

「じゃあうちにいらっしゃい」

「はい」

「一人じゃおせちを食べきれないのよ。手伝ってちょうだいよ」

そう言って大家は去った。

山科はもっと眠りたかったし、空腹感もなかったが、あとあと変に勘繰《かんぐ》られてはまずいと思い、疲れた体に鞭を入れた。

炬燵を這い出した山科は自分の臭いに顔をしかめた。生ゴミの臭いがする。ゴミ置き場をあさったまま寝てしまったからだ。これも処分だなと、山科は着衣をビニール袋に脱ぎ捨て、新しい上下に着替えた。それから顔と手を入念に洗い、髪を整え、コロンを振って、部屋を出た。

施錠しようとして、山科は重大なやり残しに気づいた。

鍵の交換を完了していない。死体に元十号室の鍵を渡さないまま、ゆうべの作業を終えてしまっていた。

しかし山科はそのまま階段を降りた。食事の前に死体をさわるのはぞっとしなかったし、六号室は施錠してあるのだから、一秒を争って鍵を返すこともないかと思った。

大家のところには先客がいた。

「おめでとうございます。今年もチケットを買ってくださいね」

四号室の学生は獅子のような髪を掻きあげ、人なつっこく笑った。

彼、信濃《しなの》譲二《じょうじ》は東稜《とうりょう》大学の一年生である。しかし以前ほかの大学に籍を置いていたとかで、歳は山科と同じか、あるいは上に見えた。信濃はロックバンドでドラムを叩いていて、しばしばライヴのチケットを山科に売りつけてきた。山科は音楽には興味がないのだが、いつも彼の押しに負けて、無駄な金を使うはめになっていた。チケットはゴミ箱に直行である。

最近のロック・ファッションがそうなのかもしれないが、信濃はいつも黄色いタンクトップ一枚だった。今日も鳥肌ひとつたてることなく、隆々とした二の腕を露出させている。靴下を穿いているのも見たことがない。雪の晩も、ぺたぺたとビーチサンダルを鳴らして銭湯に通うのだ。

食卓には三段のお重が並べられていた。それも、ほとんど手つかずの状態だ。子や孫が帰ってこないとわかっていても、もしかしたらと淡い期待を抱き、いつもの年と同じように丹《たん》精《せい》込めて作ったのだろう。しかし誰も訪ねてこないまま三箇日が明けてしまった。

「恩田さんも呼んだんだけどね」

雑煮《ぞうに》の椀を配りながら大家が言い、山科はドキリとした。

「恩田さん？」

信濃が首をかしげた。

「もう次の仕事に出かけたのかねえ」

「恩田さんって、誰ですか？」

耳が遠いことを思い出したらしく、信濃が大声で訊きなおした。

「六号室の恩田さんよ」

「へー、あそこは空き部屋じゃなかったんですか」

「ああ、信濃さんは四月に入ったから知らないんだね。恩田さんは去年のお正月から留守にしていたんだよ」

大家はそして、恩田が山師であることを説明した。不在の際の家賃は現金書留で送ってきているらしい。

「今朝起きたら、玄関先におみやげが置いてあったのよ。ゆうべ遅くに帰ってきたようね」

「そういえば、明け方帰ってきたら、靴箱に見慣れない登山靴があったっけ」

信濃は雑煮の餅を口に運んだ。ソクラテスのように髭もじゃなので食べにくそうだ。

「そのお礼かたがた部屋に行ったんだけど、いやしない。あの人もほんと落ち着かないわね」

いないとはつまり、ノックをしたが返事がない、ということだ。部屋を覗いていたら、こうやってのんびり雑煮を食っていられない。だいいち山科が鍵を締めてしまったのでドアは開かない。鍵をかけて出て正解だった。

「競艇ですよ、競艇」

山科は言った。

「それはないでしょう」

信濃が言う。

「今こちらに来るために靴箱からサンダルを出したけど、例の靴はあった」

「じゃあ疲れて熟睡しているんだ」

山科は重箱の上でおどおど箸を動かした。早晩死体は発見されるとわかっていても、どうも落ち着かない。心なし、胃もキリキリしはじめた。それでも平常を装うため、山科は快活に喋り、食を進めなければならない。

蜜柑《みかん》が出され、ようやく拷問の終わりが見えた時、非常ベルのようなけたたましい音が鳴り渡った。この家の呼び鈴は主の耳に合わせてそうなっている。

「恩田さん、やっぱり留守みたいよ」

戻ってくると、大家は言った。

「どうしました？」

恩田の名前が出たので、山科は思わず尋ねた。

「運送屋さんが、恩田さんの荷物を預かってくれだって。あんなにたくさん、うちも困るのよねえ。あなたたち、腹ごなしに、上まで運んでくれる？　勝手に開けて悪いけど、あの人の部屋に入れちゃいましょう」

そう言いながら大家は漆塗りの手箱を開けた。

次の瞬間、山科はわっと叫びそうになった。

手箱から現われたのは鍵束だった。下宿の合鍵だ。恩田が留守のようなので、六号室の鍵を開けて、荷物を中に入れようというのだ。

しかしこの鍵束にある六号室の鍵では六号室は開かない。山科がドアを取り替えたからだ。

鍵が合わなかったらどうなる？　ほかの部屋の鍵も試してみるだろう。そして十号室の鍵が穴に収まる。回す。ドアを開ける。死体がある。警察を呼ぶ。なぜ十号室の鍵で六号室が開いたのかということになる——。

大家が茶の間を出て、信濃がそれに続いた。山科も、とにかくついていくしかない。

大家は鍵束を握りしめている。鍵束は細長い木でできていて、穴が十個穿《うが》ってあり、その穴に黒い紐を通して鍵をぶらさげている。これをどう奪い、二つの鍵をどう交換するというのだ。加えて、元十号室の鍵も、まだ死体に返していない。神様に時間を止めてもらわないことには到底不可能だ。

恩田の荷物は五つあった。どれも蜜柑箱ほどの大きさの段ボール箱で、信濃が三つ、山科が二つ抱えた。送り主は恩田本人だった。日用品や洗濯物なのだろう。

大家が先頭に立ち、下宿の階段を昇っていく。一段、二段、三段——山科は絞首台に向かっている心境だった。

大家はとうとう階段を昇りきり、大声で恩田を呼びながら六号室のドアを叩いた。中から反応はなく、大家はドアの引き手に手をかけた。当然、開かない。大家は鍵束を顔に近づけ、目を凝らすように細くした。

その動きを見た刹那《せつな》、山科の体が神に操られた。先を行く信濃の横をすり抜け、段ボール箱を廊下に投げ置くと、

「見えませんか？　どれ、僕がやりましょう」

山科は大家の手から鍵束を奪い取った。不自然さはなかったかしらと思ったが、今は振り返っている場合ではない。

束の中から十号室の鍵を見つけ、鍵穴に差し込み、回す。そしてドアを開ける。電灯のスイッチを入れる。

大家が悲鳴をあげた。

「どうしました⁉」

山科はそう言って部屋を覗き込み、

「恩田さん！」

と死体に駆け寄った。

「さわらないで！」

信濃も部屋に入ってきた。大家は入口の柱に抱きついて、あうあう口を震わせ、半分白目を剝いている。

「僕は大家さんを介抱する。君は警察を。早く！」

山科は大声で信濃を追いたてた。信濃は電話を引いていないから、大家の電話を使うことになる。電話の前まで三十秒、通報に三分――山科は素早く計算すると、大家を廊下の隅に連れていった。

「坐って楽にしてください。いま水を持ってきます」

そう言い残して山科は十号室に飛んだ。部屋に入り、まずは死体に返すべき鍵をポケットに突っ込んだ。続いて合鍵の交換。二本の紐をほどいて（ああ、なんでこんなにきつく結んであるのだ！）、鍵を入れ替えて、紐を結ぶ。そしてコップに水を汲むと、座布団も持って部屋を出た。

大家を横にして、頭を座布団で支えてやる。信濃の足音は、まだない。大家の手が届くところにコップを置いてやり、山科は六号室に入った。ドアに背を向ける格好で大家を寝かせたので、部屋の出入りを見られる心配はない。ポケットから元十号室の鍵を取り出す。トレーナーの裾《すそ》で拭う。死体の指に握らせる。

鍵をニッカーボッカーのポケットに収めたその時、階段を駆け昇ってくる音が聞こえてきた。山科は、イグアナが疾走するように四つん這いでダッシュして六号室を出た。

「腰を抜かしてないで、さあ、大家さんを部屋まで連れていきましょう」

一秒の差で信濃が姿を現わし、廊下に這いつくばった山科を促した。

無死満塁は三重殺で切り抜けた。

4

警察の事情聴取が終わって部屋に戻り、平常心平常心と言い聞かせて論文用紙に向かったが、山科は一文字も書き進められなかった。

事情聴取は、思いのほかあっさりしたものだった。身分と恩田との関係を尋ねられただけだ。昨晩どこで何をしていたのかと訊かれたら、耳栓をして論文を書いていたと言うつもりだったのだが（外出していたと嘘をつくよりもボロが出にくいと山科は思った）、何も尋ねられなかった。

しかし近いうちに形式的にせよアリバイを尋ねられることになるだろうし、その際「これを書いていました」と論文の実物を見せた方がよいだろうから、山科は部屋に戻って論文用紙に向かうことにした。真の実物は恩田に酒をこぼされてだめになったので、滲《にじ》んだ文字を拾いながら、ダミーをこしらえようというわけである。ところが、ただ書き移す作業すら、手につかない。

廊下の方から警察官たちの話し声が届いてくる。山科は耳をそばだてる。けれど複数の声が混じっているので、よく聞き取れず、イライラする。ドアを開け放てば少しは聞きやすくなりそうだが、それは行動として不自然な気がするし、何かわかりました？　おかしな点は？　と直接尋ねるわけには、まさかいくまい。

山科はこらえきれず、部屋を出た。信濃譲二に話を聞こうと思った。事情聴取は信濃とは別だった。彼は山科が受けていない質問をされているかもしれない。警察から何かを聞いているかもしれない。どんなに小さな情報でもいい。敵の動きを少しでも多く把握しておきたいと山科は思った。

四号室からは派手なロックの音が漏れていた。割れた歌声に電気ドリルのようなギター、階段を転げ落ちるような不規則なドラム、雷鳴のようなラッパ——音量はさほどでもないが、死者を送るにふさわしい音楽とは思えなかった。

信濃は山科を快く招き入れた。適当に坐ってくれと言われるが、相変わらず空間を探すのにひと苦労だ。ここは恩田の部屋とは対照的に、物があふれている。その大半が音楽関係の物で、ステレオセットが部屋の半分を占め、襖《ふすま》をはずした押入れは、上段下段ともに棚を設けてレコード置き場となっている。窓を塞ぐように積まれた大小の黒いケースの中はドラムなのだろう。長身の、いかにもバンドをやっていそうな優男の車に、あの黒いケースが積み込まれるのを見たことがある。

ステレオセットの前には黒いレコードジャケットが投げてあって、「Earthbound」と白抜きされていた。

「君は何を訊かれた？」

信濃は流し場でコーヒーを淹《い》れていたが、山科は待ちきれず尋ねた。

「そちらと同じですよ」

「僕が訊かれたのは、身分と恩田さんとの関係だけだけど」

「私もそれだけです。しかし次回はもっと突っ込まれますよ」

「アリバイかい？」

「それもあります」

「アリバイを尋ねられるといっても、それは形式的な手続きだろう？」

「違います」

予想外の答に山科は身構えた。

「これはおかしな事件です」

信濃がコーヒーを持ってやってきた。

「何がおかしいの？」

山科はつとめて平静に尋ねた。

「わかりませんか?」

信濃はぎょろりと目を開いて山科を見つめた。山科はかぶりを振って視線をはずす。

「現場の状況を思い出してください。死体のそばに空の財布が転がっていた。ボストンバッグや衣装ケースがかき回されていた」

「へー、そうだったの。動転して、部屋を観察する余裕なんてなかったよ。すると恩田さんは強盗にやられたんだね」

山科はとぼけた。

「違います」

また予想外の答が返ってきた。

「違わないだろう。部屋が荒らされていた。財布の中身が抜かれていた。物盗りの犯行じゃないか」

山科は作り笑顔で信濃の肩を叩いた。すると信濃もニヤリとして、

「強盗が部屋の鍵を持っているのですか?」

「鍵?」

「私たちが死体を発見した際、六号室には鍵がかかっていた。鍵をかけたのは誰ですか? 恩田さんは中で死んでいるのだから、犯人をおいてほかにない」

「ああ、そうだね」

「しかしどうして犯人は鍵をかけたのです？　私が強盗なら、目的を達して部屋を出たら、そのまままっすぐ逃げますよ。施錠なんかしない。だいいち見ず知らずの家に押し入ったのだから、施錠したくても鍵がない」

山科はようやく意味を呑み込んだ。強盗が戸締まりをして逃亡とは、確かに理に適《かな》っていない。そして原因は自分にある。昨晩、あるいは昼を呼ばれる前に鍵を返しておけば、この不自然な密室は発生しなかったのだ。しかし、まさかあんな形で死体発見となろうとは予想していなかった。

「何かのトリックを使って、鍵を使わずに施錠したんじゃないかな」

山科は必死に頭を働かせた。

「内側のつまみに結びつけた糸を廊下から操作する、とか？」

「そうそう」

「なぜそんなめんどうなことを？」

「それは、ほら、死体の発見を遅らせたかったのだよ。発見を遅らせることで、逃亡はより安全になる」

「そういう目的で密室工作をすることはあるでしょうね」

山科はほっとしてコーヒーをすすったが、

「しかし今回の事件にはあてはまりません」

信濃はまた言下に否定する。

「警察によると、恩田さんのズボンのポケットに部屋の鍵があったそうです。密室を作りたいのなら、犯人はその鍵を使うのではありませんか？　ところが鍵は奪われていない。しかし六号室が施錠されていたのは事実ですから、山科さんがおっしゃるように、何らかのトリックが使われたことになる。行動として実に矛盾しています」

「恩田さんの鍵に気づかなかったとか」

山科は逃げ道を求める。

「室内をあれだけ荒らしておいて、鍵を見つけそこなったはないでしょう」

「ドアは室内側から施錠したんじゃないの？　で、窓から逃げた」

「窓は二面とも鍵がかかっていました。雨戸も閉まっていました」

「それじゃあ、ええと、そうだ、犯人は合鍵を持っていたんだよ。だから恩田さんの鍵を奪う必要はなかった」

「つまり犯人は恩田さんの知人だと？」

「そういうことになるかな」

「合鍵を渡すほど信頼していた人間に殺されたのですか」

「そういう事件はよくあるじゃないか。恋人を殺すとか」

「恋人が強盗を働いたのですか」

「それは君、強盗のしわざと見せかけるためだよ。動機は金じゃない」

「だったら部屋に鍵をかけないでしょう。密室の中で死体が発見されたら、警察は真っ先に合鍵を持つ人間を疑うのですから」

「いつもの癖で、つい鍵をかけてしまったのかも。人間にうっかりミスはつきものだ」

山科は自分のことを言っているようだった。

「その可能性はあるでしょうね」

はじめて信濃に肯定されたが、しかし山科の気持ちは好転しない。

「どうしました？　真っ青ですよ」

山科が黙りこんでいると、信濃が顔を覗き込んできた。

「大家さんのところで食べすぎて……」

山科は胃を押さえた。実際、密室の問題を出されてからというもの、キリキリうずいている。

「日本茶に替えましょうか」

「いや、部屋に戻って横になるよ。おじゃまさま」

山科は腰をあげた。お大事に、と言って信濃はステレオに手を伸ばしたので、山科はそのまま身を翻した。ところがすぐに、

「そうそう、ドアのこと、気づきました？」

あやうく山科は声をあげそうになった。

「ドア上部の小窓にひびが入っていたでしょう」

「気づかなかったな……」

「あ、そうですか。じゃあいいです。お大事に」

そのそっけなさが、かえって恐怖を煽《あお》る。山科はたまらず振り返った。

「ひびがどうしたって？」

「大家さんに尋ねたところ、きのうの昼間廊下を掃除した際にはひび割れていなかったそうです。とすると、あのひびは事件と関連があるとも考えられる。恩田さんと犯人が格闘した際、ドアにぶつかったとか」

「そうとはかぎらないだろう。恩田さんが誤って割ってしまったのかもしれない。彼は酒飲みだから、酔っぱらって、よろけて」

「そうかもしれませんが、いずれにせよ、きのう大家さんが掃除したあとにできたものです。新しいひびだという事実が重要なのですよ」

信濃はのらりくらり言いながら、レコードプレイヤーの針をあげた。

「だから新しいひびがどうしたのさ？」

「ひびが入ったということはすなわち、ガラスに力が加わったということです。しかしあの飾り窓は非常に小さい。わずか五センチ四方です。拳や肘も入りません。となると、力は直接ガラスに加わったのではなく、まずはドアに加わり、その振動がガラスに伝わってひびを作ったのではと考えたくなります。かなり激しく振動してね」

「僕は耳栓をして論文を書いていたから……」

「誰もそんなことは尋ねていませんよ」

うっ、と山科の喉が詰まった。

この男の意図が摑めない。ただの推理マニアなのか、それとも山科大輔が犯人だと睨んで誘い水をかけているのか。しかし先ほど受けた事情聴取より突っ込みが厳しいのは事実であり、だから山科は胸苦しい。

そんな山科の焦燥をよそに信濃は、ターンテーブル上のレコード盤を取りあげ、人さし指で皿回しのように回転させてから、もう一方の手に持ったジャケットの中にすとんと落とした。

「ところで、六号室の神棚はご存知ですよね？」

レコードジャケットを胸に抱き、信濃は山科に向き直った。

「あ、ああ。流し場の」

「神棚を覗いたところ、埃が積もっていました。まる一年掃除をしていないので、それは当然のことです。ところが奇妙なことが一つあった。埃が乱れた気配がないのです。ガラスにひびが入るほどドアが振動したなら、この古い建物のこと、神棚も揺れ、埃が乱れるのではないでしょうか」

山科はまた声をあげそうになった。

「ところが目を凝らしても、神殿の置物や器がずれた様子がない。ねえ、変でしょう？　大家さんによると、ひびが入ったのは昨日の昼以降。なのにそんな最近にドアが振動した形跡はない」

「嘘だ」

山科はつぶやいた。

「君の身長では神棚を覗けない。背伸びをしても無理だ」

この男は自分を引っかけようとしているのだと山科は確信した。

「脚立《きゃたつ》を使えば覗けますよ」

「脚立？　そんなものあの部屋にはなかった」

「警察が持ってきました」

「それを借りただと？　それこそ嘘だ。警察が君を現場に入れるはずがない」

「ええ、頭を下げても無理でしょうね。だから勝手に入って、勝手に拝借しました。おかげで私は要注意人物です。いま警察が一番疑っているのは信濃譲二でしょうね」

信濃は涼しい顔で言った。

それでも山科はこの男の言葉を信じられなかった。しかし、たとえ信濃が想像で喋っているにしても、神棚の埃が乱れていないのは事実である。十号室で壊れたドアを六号室に移したのだから。

山科は頭に血を集めた。この、破滅を招く想像を、信濃に捨てさせなければならない。

「木刀だ」

思いつくのと同時に山科は言った。

「六号室に木刀があったのを君は見ただろう」

「見ましたよ」

「ひびを作ったのは木刀だ。賊に抵抗するために、恩田さんは木刀を握り、振り回した。それがガラスに当たった。ガラスに直接当たれば、それもひびを作る程度の当たり方なら、ドアはたいして振動しない。神棚の埃も乱れない」

喋りながら山科は、とっさの思いつきにしてはかなり良くできていると感じた。ところが信濃は愉快そうに髭をさすって、

「木刀、ね。重要な証拠ではある」

と謎めいたことを口にした。

どういう意味だと問い詰めたい気持ちと、へたにかかわっては大怪我するのではという恐怖心が、山科の中で相半ばした。

「さてそろそろアルバイトに行く時間だ」

躊躇していると信濃が立ちあがった。

「警察はね、いま材料集めをしています。益のあるなしは考えず、とにかく片っ端から材料を拾い集めている。選別作業に入るまでには、まだいくらか時間があります。ほんのいくらか」

どういう意味なのか理解できなかったが、山科の背中を幾筋もの汗が流れ落ちた。

5

熱病患者のような足取りで部屋に戻った山科は、炬燵の中で眠りに落ちた。

たとえ現場に不自然な点があるとはいえ、山科大輔を犯人と示す具体的なものは何一つ存在しないじゃないか。けれど信濃の口ぶりはどうだ。あれははったりなのか。いや、彼はもっと深いレベルで何かを摑んでいるように思える。いったい何を摑んでいるのだ。それに対して自分はどう対処すればよいのか。木刀がどうのと言っていたが、あれはどういう意味なのか。木刀はもともと六号室にあったものだ。偽装工作とはいっさい関係なく、手を触れてもいない。

疑問も不安も漠然としていて、考えれば考えるほど山科の頭は渦を巻き、混乱は睡魔を連れてきた。

といってぐっすり眠れもしない。うとうとしては、何かとてつもなく恐ろしい夢を見て、全身汗まみれで飛び起きる。目覚めたらもう一度考えようとして、しかし眠気が頭を曇らせて、夢にうなされる。山科の心と体は離ればなれになっていた。

何度目かの悪夢の中で信濃の声がして、はっと体を起こすと、実際に山科を呼ぶ声が聞こえた。信濃が部屋のドアを叩いていた。時刻は午前五時半。アルバイトを終え帰宅してきたところか。すると山科は半日間廃人状態だったらしい。

「その顔からすると、決断はまだのようですね」

山科がドアを開けるなり、信濃はそう言った。

「決断？」

山科は首をかしげた。

「お互い、とぼけるのはやめにしましょう」

「とぼけるって……」

「とっとと自首して楽になりましょうよ」

半日前信濃の部屋を出た時から山科は、いつかはこの瞬間が訪れると予感していた。けれど実際にその時を迎え、山科は激しく震えた。

「先ほど言ったように、昼間の現場検証は材料集めです。警察はまだ犯人を特定していないと思われます。しかし材料は充分揃っているので、一両日中に分析を終えるでしょう。あなたにはもう時間が残されていません」

「どうして僕が……」

山科はそう言うのがせいいっぱいだった。

「犯罪の事実が発覚する、あるいは犯人が明確に判明する以前に、犯人が自らの犯罪を捜査機関に申告する。自首とはそういうことです。山科大輔の逮捕状が請求されたあと、実は私が殺しましたと名乗り出ても、それは自首とはなりません。刑も軽減されません」

「どうして僕が……」

山科はしかし繰り返す。

「どうしてあなたが犯人なのか説明したら覚悟を決めますね？」

「どうして僕が……」

「立ち話もなんですから、まあ坐ってください」

壊れてしまった山科を押しやって、信濃が室内に入ってきた。そして信濃は流し場からドア全体を眺め渡し、ふんふんとうなずくと、次にドアの側面に鼻づらをくっつけ、これまた満足そうにうなずいて、

「真実を知る者に推理を語って聞かせるなど野暮のきわみですが、お望みとあらば仕方ない」

と山科と差し向かった。

「六号室に木刀がありましたよね。恩田さんはあれを何に使っていたか知っています？」

山科は応えない。

「知りませんよね。知っていたら、あなたのことだ、この点に関してもぬかりなく偽装したに違いない。

あなたは木刀の両端を観察すべきだった。そうすれば、どうしてでこぼこしているのだろうと疑問を覚えたに違いない。そしてハッと意味を察し、六号室の引き戸の側面——鍵とは反対側の側面——を見たはずだ。続いて敷居と柱の交差部分にも目を凝らした。するとどちらも微妙にへこんでいて、やはり木刀はつっかい棒として利用されていたのだと確信を持ったはずだ。恩田さんはああ見えて、用心深い性格だったようですね。

ところが私が六号室の入口を観察したところ、敷居と柱の交差部分にはへこみが認められましたが、戸の側面は綺麗なものでした。おかしな話です。そして今この部屋のドアの側面を見たところ、へこみが認められました。ますますおかしな話です。まるで二つの部屋の間でドアが交換されたみたいじゃないですか。でもどうしてドアが交換されなければならないのでしょうね。何かのおまじないですかね。山科さん、お心あたりがありますか？」

信濃は、さも愉快そうに髭をさすった。

「木刀が傷んでいたからといって、つっかい棒に使われたとはかぎらない」

山科はもはや観念していたが、そう言わずにおれなかった。すると信濃はますます嬉しそうに、

「おやおや、このあたりで観念しないと、恥ずかしさに首をくくりたくなりますよ」

と言って炬燵を這い出し、流し場の隅にちょこんと腰を降ろして、

「この文字を読んでください」

ドアの下部に張ってある清掃局のお知らせを指さした。その部分の文字は「一月四日」だ。しかし山科は黙っていた。

「読めない？　なんだ、目が悪いのか。それじゃあ間違っても仕方ない。私が読むからよく聞いてくださいよ。『一月四日』と書いてあります。この地区の収集開始日です。さて次に、ここを読みあげますよ」

信濃の指が張り紙の一番上に移った。

「『年末年始のゴミ収集について、東京都清掃局、カッコ、昭和五十七年度、カッコ閉じ』――いやあ、山科さんはずいぶん物を大切にする方なのですね。しかしこういったものを後生大事に使っていては、清掃局に迷惑をかけるので、来年からはよしてくださいね。今年は昭和五十九年、つまり昭和五十八年度なのだから」

山科からいっさいの表情が消えた。感情も失った。焦土のような頭の中に、信濃の弁舌が記号として流れゆく。

「六号室のドアにも、これと同じようなお知らせが張ってありました。どの部屋でも見かけるありふれたものなので、私もその重大さをあやうく見逃すところでした。『昭和五十八年度』の文字をね。

恩田さんがこの下宿を出たのは昨年の年始です。戻ってきたのは今年の一月三日。昭和五十八年の年末に不在だった人が、どうしてその年末年始のゴミ収集のお知らせを手に入れ、部屋のドアに張ることができるのでしょう。

ドアの交換を疑うきっかけは、実はそこなのです。埃の乱れや木刀は、そのあとで発見しました。

私はまず、大家さんに話を聞きました。彼女が恩田さんの留守中に部屋に入り、チラシを張ったかもしれないからです。しかし大家さんに否定され、ドアの交換は決定的となりました。

では誰が交換したのか？　答はあまりに明瞭です。私を除いてこの下宿にいるのは山科さんだけなのだから。私が交換した？　いえ、それは不可能です。四号室と六号室では、ドアの引き手の位置が左右逆になっています。

ほかの下宿人が帰省する前に交換したかもしれないだろう、と反論されるかもしれませんが、これもダメ。引き戸のレールは室内側についているので、施錠した状態で廊下側から取り外すことはかないません。ドアを交換するためには解錠する必要があり、そのためには恩田さんが持っている鍵を使うしかなく、したがって三日夜の時点で下宿を空けていた人間は嫌疑の外に置くことができます。

結局、ドアを交換できたのは山科さんしかいないのです。ではなぜあなたはドアを交換しなければならなかったのか——」

「もうよしてくれ」

山科はやっと口が利けるようになった。

「君が思っているとおりさ」

大きく息を吐き、山科は頭を抱えた。

「一つだけ言わせてください」

信濃は不満そうに唇を突き出して、

「時間がないと急かしているのは、ゴミ置き場を見たからなのです。警察はゴミ置き場を引っかき回していました。もしも山科さんが、四日の午前中に清掃車が来ると思って証拠物件を、たとえば血のついた服を捨てていたとしたら、警察はそれも手に収めています。今年のゴミ収集は五日に始まるのですからね」

「ありがとう」

山科は頭を下げた。皮肉ではなかった。

「礼はいりません。私はあなたを救いたいのではない。ただ、そういう選択肢もあると言いたかっただけです。先ほどちょろっと言ったように、自ら首をくるという選択肢もあります。私はこれで帰りますので、お好きなように」

照れ隠しするように言って、信濃はドアを開けた。

「君、刑務所に入ったことある？」

去りゆく背中に、山科は声をかけた。

「残念ながらありません。人生の思い出に、一度は体験するのも悪くないと思っていますが」

信濃は首をすくめた。

「じゃあわからないね」

「何がです？」

「刑務所、暖房入ってるかなあ」

そう捨て鉢な台詞をつぶやいた時、山科の瞼に、老いた母の顔が浮かんだ。

朝霧

北村　薫

著者紹介　一九四九年埼玉県生まれ。早稲田大学文学部卒業。高校の国語教師を務める傍ら、八九年『空飛ぶ馬』で作家デビュー。九一年『夜の蝉』で日本推理作家協会賞受賞、九三年より執筆活動に専念。著書に『リセット』『盤上の敵』『スキップ』『冬のオペラ』他

一

職場の先輩同士の結婚式である。

「何でもやりますから――」

勿論、そういった。しかし、司会の器でもなく、挨拶をするほどの貫禄もない後輩の役回りといえば、大体、決まっている。受付の席に座って、御挨拶しつつ、お祝いを受け取るのだ。

母上が、箪笥《たんす》の奥からパールのネックレスを出してくれながら、脅かした。

「御祝儀泥というのがいるから、気をつけなさいよ」

披露宴の始まる時間が近づいた頃、式服を着て現れ、《――あ、どうも御苦労様でございます。後は引き受けましたから、お席の方にどうぞ、どうぞ》とやるらしい。

初対面の人の集まるところ、というのがミソである。最初にやった人はアイデア賞だ。新聞か何かで読んだ記憶があるから、確かに、そんな商売も存在するのだろう。しかし、実際に遭遇する可能性など、恐ろしく低い筈だ。親というのは、細かいことまで心配してくれるものだ。

玄関から外に出たら、庭の物干し竿の端に赤蜻蛉《とんぼ》がとまっている。透明な羽根の先だけが、コーヒー牛乳にちょこんと浸けたように、焦茶色になっていた。

会場は青山のホテル。回転ドアの横手に、お客様の一覧があった。上の段が、本日の御婚礼。《何々、何々御両家結婚披露宴、どこどこ》と白字で書かれた札が、ずらりと並んでいる。

――ふーむ、お祭りの寄付の連名みたいだな、というのは、勿論、口に出さず、思っただけである。

中に《飯山、天城》という一枚があった。どちらも知っている私だが、同性ということもあり、天城さんの側を受け持つ。

エスカレーターで上に行く。受付の席には、もう、新郎の、大学時代からの友人がいらしていた。

テーブルには海老茶の葡萄唐草模様の布が掛かり、漆の箱が置かれている。その照りを見た時、私は、《ああ、天城さん、本当に結婚するんだなあ》と思った。

頭を下げて応対するのが役目で、これといって難しいことはない。皆な、早めに来るから、芳名録のページも、どんどん先に進む。

その内に《あれっ》と思うことがあった。新郎側に来たお客さんの中に、見覚えのある人がいた。

出版関係者なら、何かの折りに会った、という可能性がある。しかし、そうでもない。まったく違うところで見かけたような気がする。

こちらのお客様に頭を下げながら、片方の耳をダンボにして、隣のやりとりを聞く。話振りからすると、どうやら、学生時代からのお仲間らしい。挨拶を頼まれたようだ。だから受付は、お役御免なのだ。

だとすると、私との接点はない筈だ。勘違いだろうか。

その人は、休憩用のソファに座る。考えて来た言葉を、反芻《はんすう》し始めたようだ。そこを、視力一・二の眼で、改めて見ると、眉の形が、我が家のお隣の坊やに似ている。つい、この間までは、前の通りや駐車場をトコトコ歩いていたのに、今や堂々たる（というのも変だが）小学生。道で出会っても、軽く目礼するぐらいで、もう、《お姉ちゃん》などとはいってくれない。その子に似ている。やや上がり気味の、凛々しい眉だ。

……だから、見たような気がするのかな。

いただいた熨《の》斗袋《しぶくろ》は、後ろに回る。目立たぬように現金が抜かれる。こういう場に慣れている人がいるらしい。お金はお金で切りのいい数にし、手早く輪ゴムをかけて、整理してしまう。袋は袋でまとめられる。テーブルの箱に、熨斗袋がなくなっても寂しいから、幾つかが前に戻って来る。金の水引が、ちょっとずれているのがあった。私は、位置を直しながら、その形を改めて正面から見た。そして、ふと思った。『西遊記』でお眼にかかったことがあるな、と。

左右から来た波が真ん中で出会って、くるりと両側に輪を描いたような形と、色の金が、孫悟空の頭の輪を連想させたのだ。

悟空がいうことをきかないと、三蔵法師がむにゃむにゃと呪文を唱える。そうすると頭の輪が、キリキリ締まる。これには暴れん坊のお猿さんも音を上げる。外から来る痛みだから、頭痛薬を飲んだって駄目だ。

お猿さんの乗る雲は觔斗雲《きんとうん》、持っているのは如意棒だった。あの金輪にも名前はあったろうか。

しかし、熨斗袋で『西遊記』を連想する娘も、あまりいないだろう。そこで私は、ふと、水引を額に当て、誰かに見せ、《孫悟空！》と叫んでみたくなった。額の金と、胸元のパール、着ているワンピースの濃紺のベルベットが、少なくとも色だけは調和する筈だ。

勿論、披露宴の受付で、そんなことは出来ない。やったら、かなり怪しい奴である。ただ——何というか、そんな他愛のないことを、思いつくがままに、咄嗟《とっさ》に実行出来た時代が私にもあったのだ。

結婚式という場だから、そしてまた、お隣では飯山さんのお友達たちが、手が空くと、学生の頃に返って、親しく談笑しているから、そんなことを考えたのかも知れない。

二

予定の人達がめでたく全員来たところで、私達も会場に入った。

みさき書房の編集部は、ひとところに固まって席が設けてある。

「おう、御苦労さん」

榊原さんの隣に滑り込むと、いつもの怒ったような声でねぎらってくれた。

正面を見ると、媒酌人の席には、社長が緊張した面持ちで座っている。奥様の方は、にこやかに落ち着いている。

カードになっている本日のメニューなどを見ている内に、司会が第一声を上げる。

「お待たせいたしました。新郎新婦の御入場でございます」

さっと会場が暗くなり、ライトがドアに向かう。現れた主役お二人もまた、男性の方が堅くなっているようだ。もっとも、舞台に上げられて困っているようなところが、いかにも飯山さんらしいのだ。新婦の落ち着きぶりもまた天城さんらしい。ただ、顔付きの方は、いつもの細縁の眼鏡をしていないせいで、ちょっと変わって見える。

飯山さんがリラックスしたのは、お色直しの入場からで、かけられた声に満面の笑みを浮かべ、眉を上げ下げして、おどける余裕も見せ始めた。

そこからも挨拶が続いた。どこかの大学の教授という肩書の人が、テーブルのサラダのことから口を切り、こう続けた。

「——ホテルの名前のついたものに《ウォルドーフ・サラダ》というのがございます。これは、ニューヨークのウォルドーフ-アストリア・ホテルから起こったので、サイコロ状の林檎、セロリ、クルミをマヨネーズであえたものです。《ニース風サラダ》といえば、ツナにトマト、オリーブ、アンチョビー、ゆで卵が入っています」

一体、こんなところで何をいい出すのかと思ってしまう。

「――共にちょっと大きな英和辞典なら出ております。ちなみに、お調べになりたい方は、《ウォルドーフ》の綴りは、《W-a-l-d-o-r-f》。《サラダ》の方は《S-a-l-a-d》。――ところで、この《サラダ》の項目には《サラダデイズ》という決まり文句も出ている筈です。こちらは《未熟な青年時代》という意味ですが……」

となって、シェイクスピアの引用から、二人に贈る言葉となっていった。おや？　と思わせる、なかなかに巧い導入だ。

英語の教授、シェイクスピア。……そういえば、おかしなゲームの出て来る話があった。《当然、読んでいそうで、実は未読の本をあげる》という遊びだ。

五人でやるとする。自分が挙げた本を、他の四人が読んでいたら四点、三人なら三点といった具合。ゲームの名前が《屈辱》。熱くなった英文科の教授が思わず、大秘密を口走る。

――『ハムレット』と叫んでしまうのだ。

あれは確か、デイヴィッド・ロッジの『交換教授』だ。

そこで私は、はっとした。謎が解けた。

さっきの男の人の正体が分かったのだ。まだ私が大学四年で、卒論を書き上げようとしていた秋のことである。私は、もう、みさき書房でアルバイトを始めていた。その時、飯山さんに、ベルリオーズの『レクイエム』の券を貰い、サントリーホールまで聴きに行った。その時、隣で本を読んでいた男の人がいた。

本の好きな人間は、人の読んでいる本が気になるものだろう。ちらりと見ただけでも、変わった本だったからよく覚えている。一体、何だろうと、心に引っ掛かっていた。それが去年、ロッジの『素敵な仕事』を読んだら、面白くてたまらない。さて、この作者は、他にどんな本を書いているのだろう、と手を伸ばしたのが、『交換教授』だ。読み始めてしばらくして、あの時の本だと分かった。

スワローという登場人物の名前も、《う、ぅ、ぅ》という繰り返しが何行も続くところも覚えていた。

「……そうか」

思わず、声に出して、つぶやいてしまった。しかし、隣の榊原さんは私のことなど気にせず、ワインとビールを交互に、水のように飲んでいる（とはいうものの、実際、水なら、こんなに飲める筈がないけれど）。

「……それにしても」

こんな偶然があるのかしら、御祝儀泥に会う確率と同じぐらいに珍しいことではないか。孫悟空は山の下敷きになり五百年待って、やっと三蔵法師に会えた。孫悟空だからよかった。並の人間ならミイラになっている。いやいや、これは五百年経とうと、会えないぐらいの率ではないか——と考えて、すぐに思い返した。

偶然などではない。あの時、飯山さんの持っていた券は、《一枚》ではなかったのだ。

考えてみると、《ベルリオーズの『レクイエム』》も、飯山さんというより、天城さんの趣味に思える。

要するに、デートしようと画策したが、日程が折り合わなくなってしまった。だから、あまった切符は二枚なのだ。

そこで、どうしたか。クラシックのコンサートは安くない。普通に考えたら、引き受けてくれる友達を探すだろう。一人捕まったのが、あの男の人だ。ところが、次の犠牲者（ベルリオーズさん、すみません）が見つからない。《まあ、一枚売れたんだから、よしとするか》といって、職場の女の子にあげた。こんなわけだろう。

──筋が通るではないか。

三

飯山さんと、そういう仲の人なら、結婚式に来て、挨拶しても不思議はない。疑問が、すっきり、解決するのは気持ちがいいものだ。

私は、その人が、司会に紹介されて立つのを、嬉しく見守った。中肉中背で、穏やかな顔立ちをしている。はっきりした眉の下の眼が、新郎新婦を見た。

「飯山さん、天城さん、おめでとうございます」

マイクを通して、声が流れた。要領のいい、暖かい話だった。最後に、その人は《やれやれ、無事に務めを果たせたぞ》と《お幸せに》を一緒にしたような無邪気な微笑みを浮かべ、すっと頭を下げた。

「何だあ？」

榊原さんが、鞘当てをされた侍のように、ぎょろりと睨む。

「え？」

「馬っ鹿に派手に、拍手したな」

「そうですか」

数年前にでも、音楽会で何時間か隣り合った仲だ。肩入れしたくもなる。それに、本が好きという共通点もある。

石垣りんの『焔に手をかざして』を読んでいたら、こんなことが書いてあった。終戦直後、野菜や米などを買出しに行った若い石垣さんは、駅で、警察の闇物資取り締まりがあるという声を耳にした。《思いあまって、そばにきた中年の男性に「今日は取締りがあるのでしょうか」と尋ねました。その人が何と答えたか覚えていませんが、覚えているのはその人こそ刑事だった、ということです》。大勢が警察に連行された。ところが《駅前で私の尋ねた人がテキ方の中にいて、取調べを待つ私が開いていた文庫本をのぞき「ピエル・ロチですね」と言葉をかけられました。読んでいたのは〝お菊さん〟。その人が耳打ちすると担当官は、お米以外の物をみんな持たせて帰してくれました》。

　この、つい何の本か、覗いてしまう気持ちも、ほのぼのと通じる連帯感も、実によく分かる。

　ところで、そう、『交換教授』を読んで思ったことがある。

　学生時代に新潮文庫の伊藤整、『鳴海仙吉』を、神田の古本屋さんで買ったことがある。店先の、百円均一の文庫の中にあった。奇麗な本だったが、さすがに時代がつき、パラフィン紙のところどころに、江戸紫（色ではなく、海苔の佃煮の方）でもぽとりぽとりと落としたような染みが出来ていた。《現代日本の弱気なオデュッセウスの彷徨》と、帯に書いてあった。読んでみて、何より、章によって講演になったり、手記になったりする手法が面白かった。

　『交換教授』もそうだ。ある章が、書簡になったりする。どちらも、主人公が大学の英文科の先生だというのも繋がる。これはジョイスという存在を考えたら、当たり前のことかも知れない。ただ、それより、もっと面白かったことがある。『鳴海仙吉』の最後の章は《戯曲》の形式になっており、『交換教授』の最終章は映画の《脚本》になっているのだ。

　いうまでもなく、物語の構成要素となる書簡や講演、手記、各種の記事などというものは、それぞれの《登場人物》が書いたり、しゃべったりしたものだ。しかし、終章の《戯曲》《脚本》をまとめたのは《作者》なのだ。つまり、これは、他の挿入とは、まったく異質のものである。いってみれば、《形の違う、もう一つの地の文》なのだ。《地の文》なら、戯曲にすることも、脚本にすることもない――というわけではない。ここに置かれれば、それもまた、紛うかたなき《小説の文章》そのものに変じるのだ。

『交換教授』と『鳴海仙吉』。洋の東西と時間を越えて、申し合わせたように、結びがそういう形になる。これが表現の必然というものなのだろう。また、ロッジも伊藤整も、その内に評論家としての資質を持っている。そういう人が現代において、《小説》の筆を執る時、こういう形態に至るのもまた当然の生理なのかも知れない。

私は、そんなことを、あの男の人に向かって、遠くから話しているような気になった。

その他にも、ちょっと聞いてみたいことがあった。

ロビーにいた時、あの人は、これからしなければならない挨拶のことを考えていたようだ。それで手一杯だったろう。けれど、――帰りの電車では、何を読むのだろう。

歌があり、マンドリンの演奏があり、両家を代表してのお礼の言葉があった。

お開きになって、入り口のところに立った花婿、花嫁の前を通る。天城さんがすっと手を出してくれた。握手する。

ロビーに出たところで、編集部の仲間が輪を作る。榊原さんが、引き出物をぐっと突き出して、

「おめえ、受付だったろう」

「はあ」

「俺の友達が、葬式の受付やっててさ。引換券渡して、《お帰りに、引き出物をお受け取り下さい》ってやって、怒られたことがある」

編集部長の小杉さんが、

「葬式は記帳だけで、品物は後じゃないの」

私は、数少ない経験から、いった。

「あ、うちの方は当日に渡しますよ。そういうものだと思っていましたけれど」

習わしは、ところによって違うものである。

「だけど葬儀だったら、何人来るか、数がつかめないだろう」

この疑問は、私自身が母上に投げかけたことがある。だから、答えられる。

「多めに頼んで、残った分は業者が引き取ることになってるんです。お葬式の後っていろいろ大変でしょう。遺族が発送だのなんだの気を遣うより、当日、皆なが持って帰ってあげた方が親切じゃないですか」

「本日はどうも――」振り返ると、飯山さんのお父さんが深々と頭を下げている。「お世話になりまして、まことに有り難うございます」

場にふさわしくない話をしているところだったから、ちょっとあわてながら、

「……いえ」

律義に私にまで、頭を下げに来てくれたらしい。

そうこうしている内に、飯山さんを取り囲んでいたあの人たちのグループの姿が見えなくなってしまった。側に行って、《『レクイエム』を聴きにいらしていたでしょう?・》と一言いいたかった。

ちょっと、——残念である。

四

そういえば以前、年の暮れの大掃除をしていた時のこと、押し入れの奥の茶箱を開け、手製の和綴じ本を見つけたことがある。曾祖父の訳したグリム童話だった。題して『家庭小説獨逸昔々譚』。

『交換教授』や『鳴海仙吉』ではないが、それも一編ごとに、翻訳の文体を替えていた。訳す作品に応じて、狂言風にしたり浄瑠璃風にしたりと、趣向をこらしていたのだ。

改めて、《うちの御先祖もやるもんだね》と思った。父方の叔父さんも、父も読書家である。そうなれば、間を繋ぐ祖父のことが気になる。夕食の時に、聞いてみた。

「おじいちゃんも、本が好きだったんだよね」

父が答える。

「ああ、沢山あったな。汗牛充棟だ。めぼしいのを龍麿と分けた」

龍麿というのが叔父さんの名前である。江戸時代の学者からとったという。あやかりたい、というわけだろうが、一世が徳川の世の人では、どうしても古めかしい名前になってしまう。当人には迷惑だったかも知れない。

「自分で何か書いたっていうことはないの」

「学生の頃、童話劇を雑誌に投稿したら、入選したそうだ」

「へえー。長いの？」

「いや、寸劇らしい。どこかの劇団が映画館で上演したといっていた」

「映画館で？」

「昔は、そういうこともあったんだよ。今みたいに、文化会館だの、ホールだのがなかったからな」

「その台本は残ってないの？」

「ああ」

「残念」

そういうと、父は少し考えて、

「日記ならあるぞ」

「え？」

気になるのではないか。

「うん」

有名人のそれを読むのとは違う。他人事ではない。まるで、タイムマシンに乗ったような気になるのではないか。

父は食事を終えると、二冊のノートを持って来てくれた。表紙は灰色の布張りである。元々がそうなのか、色あせてしまったのか、よく分からない。

「いつ頃の？」

「おじいさんが、大学生だったんだから、昭和一桁だな」

「独身？」

「そりゃそうだ。高輪の知り合いのうちに下宿して、三田に通っていたんだ」

「その頃の大学生って値打ちがあったんでしょ？」

「ま、生きてたわけじゃないから、実感としては分からないけれど、《学士様なら嫁にやろ》とかいったそうだから、今とは違うだろうな。しかし、不景気で就職は大変だったらしいぞ」

「あ。『大学は出たけれど』だ」

「そんなところだ」

開くと見返しは薄い水色だ。ぱらぱらと見る。万年筆の横書きである。大分、崩してある。昔の人らしく、助詞の《は》は《者》、《に》は《尓》などを使ってある。書道をやったことはないが、大学の、影印本を読む――簡単にいえば、昔の本を写真版で読むわけですね――授業で、入門の入門ぐらいなら齧《かじ》っている。歯が立たないということはないだろう。仮名遣いは、無論、旧だが、私的なものだから、ところどころ破格も混じっているようだ。

ふと思いついて、顔を上げ、

「お父さんのはないの？」

「日記か？」

「うん」

「――あったら読む気か」

「うん」

「じゃあ、燃しとかなきゃあな」

「ずるいなあ」

五

祖父の日記は、《一月九日》から始まっていた。新しい年ということでノートを買い、筆を執り始めたのだろう。一日の分が、かなり長い。やはり、書くことが嫌いではなかったのだ。《一月廿一日》のところに、こうある。《島原氏のベルグソンの哲学、認識論は今日で終つた。ベルグソンの説は、日頃、僕の考へてゐたこと故に「而り」と同感した》。

この哲学者の名前は、戦前の本を読むとよく出てくる。何だか分からないけれど、《ああ、おじいちゃんも、ベルグソンをやっていたんだ》と思う。哲学に関する考察は私には荷が重い。しかし、次のような話は面白い。

《私は先生に直観の体験に就いて質問してみた。先生はその後、ベルグソンを訪ねた時のことを話した。帰り際に、雨が降つてきて、雨傘をもつて行けといふのを拒み、地下鉄道の停車場へ急ぐと、汽車に乗る迄ぢつと、顔を雨に濡らしながら見てゐたといふ》。

パリ辺りの出来事だろうか。《汽車に乗る迄》とあるが、地下鉄なら、入り口から入るまでだろう。それはともかく、はるか昔、公に知られることなどあり得ない日常の中のこんな瞬間が、確かに存在したわけだ。フランスの哲学者は、東洋の訪問者を見送りつつ、顔を雨に濡らしたのだ。

それを知る時に感じるのは、祖父が《田町の森永で、お書に温いコーラスとパンを食べる》と書いているのを読む時の、懐かしい気持ちと似ている。

さて、昭和初頭とはいっても、何年のことなのだろうと見ていくと、こんな一節があった。《議会解散。貴族院十時、衆議院一時四十分開催、濱口氏の演説後、犬養氏の質問ありて、未曾有の政治的見物なりきといふ。夜、ロンドンの軍縮会議の放送があつた。ロンドンから日本へ迄聞へる。向ふは朝だといふではないか。何と奇怪な近代文明であらう。それ故、奥さんなどは恐ろしく気味わるがり、レシーバーを耳にあてるのを恐れてゐる。鈴ちゃんが笑ふ。終日、若槻全権の声が明瞭に聞こへた》。

これだけ材料があれば分かる。年表を見ると、昭和五年のことだ。

一方、ここから、私的なこともちらりとはうかがえる。

昔の大学生の下宿生活というと、すぐに浮かぶのは、漱石の『こゝろ』だ。もっとも、あれは明治のことだから、祖父の時代でも、すでに何十年も前のことになる。しかしながら、こういうくだりを読むと《鈴ちゃん》というのは《お嬢さん》かな、と思ってしまう。《奥さん》の様子を見て笑っているのだから、お手伝いさんではないだろう。

そう思って探してみると、一月に一回ぐらい、この名前が顔を出す。

《鈴ちゃんが、高女の仲間と上野に行く》。

《鈴ちゃんが、『唐初美術』を返しに来た。また一冊持つていく。勉強家なり》。

《鈴ちゃんが、半日がかりで蓄音機のレコード入れを蜜柑箱を工夫して拵へた。中々よくできてゐる》。

《鈴ちゃんがマフィンを焼いたと持つて来てくれた。奥さんが焼いたのかといふと、わたくしです、といふ》。

やはり、鈴ちゃんは下宿屋の娘だ。いや、父も《知り合いのうちに下宿して》といっていた。商売でやっているのではないらしい。ラジオがあったり、《関屋敏子の『ソルベチの唄』のレコード》(グリーグの『ソルベーグの歌』ではないかと思う)を聞いたりしている。当時としてはかなり余裕のある家だったろうと思う(ところで《関屋敏子》というのはソプラノ歌手。『広辞苑』をひいたら、出ていたのでびっくりしてしまった。有名な人なのだ)。

《鈴ちゃん》は、そこの、お嬢さんということになる。

違うということは分かっていたのだが、念の為、父に聞いて、祖母の名前を確認してみた。

――《鈴》ではなかった。お話のようにはいかないものである。

六

みさき書房で、今、私が担当し進行中の本に、落語の演出についてのものがある。書いていただくのが落語家の春桜亭円紫さん。もうかなり長いこと、お付き合いをさせていただいている。――《お付き合い》などというのは、勿論、生意気なので、実態としては、こちらが一方的にお世話になってばかりいる。

その円紫さんの落語をいくつか、速記の形で載せ、演者による違いなどについて説明していただこうというわけだ。ただし、手に取りやすいものにしたいので、あまり厚くはできない。どれを採り、どれを切るかの判断が難しい。

人情話から、いかにも落語らしい滑稽なものまでバラエティーに富んだものにもしたい。

十一月に入ったところで、その何回目かの打ち合わせがあった。お茶を飲みながら、『三味線栗毛』の速記をチェックしてもらい、演題に関する原稿のゲラを見ていただいた。

一段落したところで、円紫さんがいう。

「もうすぐ師走ですね」

「――まだまだですが？」

「そういっちゃあ、話が繋がらない」

「すみません」

「暮れの噺というといろいろありますが、さて、極月十四日といえば？」

「討ち入りですね」

「はい。それを控えましてね、今月の末に忠臣蔵の落語会があります」

「あ、それは面白そうですね」

「いらして下さい」

場所は有楽町のホール。司会の方の説明を兼ねたおしゃべりを間に置いて、たっぷり三席。円紫さんは、関西落語界からいらした師匠の『質屋芝居』と、こちらの協会の会長さんの『中村仲蔵』にはさまれて、『淀五郎』をやるそうだ。

「ええと、《三段目から道行き》、次が《四段目》の噺で、最後が《五段目》ですね」

「ほほう。これは御立派だ」

と、円紫さんは微笑む。初めて、お会いした頃に比べて、頰の辺りが豊かになったようだ。

「そうですか」

「忠臣蔵の何段目にどういうことがあるか、今は、知らない人の方が多いでしょう」

「寄席に行くと、分かるようになります」

落語には、芝居の話が多い。代表が忠臣蔵だ。七段目、茶屋場の真似をしていた小僧が階段から転がり落ち、《上から落ちたか》《いいえ。七段目》などという、そのものずばりの落ちもある。

「歌舞伎の方は、御覧になりますか」

「はい。最初は、父がつけているテレビを一緒に観ました。大学生になったところで、とにかく、《『忠臣蔵』の通しぐらいは知らないと話にならない》と思って、一通り観ました」

歌舞伎座には《一幕見》といって、一幕だけ天井桟敷で安く見られる制度がある。それも、何度か利用させてもらった。

「落語には、お客さんは皆な、歌舞伎を観ている筈だと、――それを前提にして作られているものが多いでしょう。ところが、世の中が変わって来た。その辺は、つらいところです。例えばね、『質屋芝居』なんか、僕は大好きです。聴いていても、やっていても、とにかく気持ちがいい」

これはもう、殆ど『忠臣蔵』三段目松の廊下喧嘩場、つまり師直のいじめと、堪り兼ねた判官が斬りかかるところ、そのままである。定吉が蔵の中で、芝居の世界に没入して演じてしまう、という設定だ。

「気持ちがいいのは師直でしょうね」

「そうですね。刀に手をかけた判官に向かって、《その手は、な、ん、だっ》。――すっきりします。時によっては、さらに《え。な、ん、だ、よー》と下品に押してしまいます。芝居だと、師直は、どんなに嫌な奴でも品がなくてはいけないといいます。しかし、こちらはもう、これが、いいたくて堪らなくなってしまう。自転車で坂を降りるようなものです。風を切ってね」

「意地悪ですねえ」

円紫さんは、にこりと頷き、

「はい。――逆に判官の方はつらい。気持ちがいいのは《伯州の城主、塩冶判官高定を――》と調子を張って、位を見せるところぐらいでしょう。交互に出来るこちらはいいが、判官をやる役者さんは大変でしょうね、ストレスが溜まる一方だ」

「しかも、その《口惜しい、口惜しい》という気持ちを、切腹して由良之助と眼を合わせるところまで、持って行かなければいけないわけですものね」

「はい。今度、僕がやる『淀五郎』がそこのところですね」

判官をやる筈だった役者が病に倒れた。抜擢されて急遽《きゅうきょ》、大役を演じることになったのが、若い沢村淀五郎。ところが四段目になって腹を切っても、花道の由良之助が舞台まで来てくれない。「近う、近う」といわれても動かない。由良之助役者は、ベテランの市川団蔵。淀五郎の芸に満足出来ず、《あんな判官の側に行けるか》と来てくれないのだ。淀五郎にはどうしていいか分からない。満座の中で生き恥をかき続けることに耐えられず、死を決意する。暇乞いに来た淀五郎から、その話を聞いたのが名人中村仲蔵。破顔して、こうしなさい、と教え出す。

「円紫さんの独自の演出はあるのですか」

「もう見事に完成されている話ですからね。動かしようがありません。僕がやるのも、ほとんど、先代の師匠そのままです」

そういいながら、円紫さんはカセットテープを取り出し、私によこす。あっけに取られてしまう。

「何ですか」

「これが僕の教科書。先代の『淀五郎』です。ダビングして来ました。聞いてみて下さい」

はてな。考えてみた。

「……《ほとんど、そのまま》ということは、どこか、細かいところが違うわけですね。ひょっとしたら、そこが分かるかどうか、試験ですか」

円紫さんは、顎を撫でながら、

「まあ、そんなところです」

「やっぱり、意地悪です。《その手はなんだ》といわれそうです」

「いやいや」と、首を振り、「斬りかかられてはたまりませんから」

もし分からなかったら口惜しいが、しかし、興味はある。第一、ここで逃げ出すわけにもいかない。テープを受け取って、バッグに入れた。

「――ここに出て来る《仲蔵》が、次の噺の主人公ですね」

名門の子でなければ出世など出来なかった歌舞伎の世界で、いわば一兵卒から元師にまで上り詰めたのが、この人。

忠臣蔵五段目にちらりと出て来る悪人、定九郎は強烈な印象を残す。それまでは古風に演じられていた定九郎を、写実の筆で描きなおし、観客をうならせたのが仲蔵だという。

「演出ということでいえば、この噺などがいい例ですね。僕は子供の頃から、彦六の正蔵師匠のを聞いて育ちました。後から圓生師匠が始められた。そのお二人のものが見事にポイントが違う。実に面白いですね」

「彦六さんのは、《仲蔵の奥さん》の比重が大きいですね」

「――何しろ《夢でもいいから持ちたいものは、金のなる木といい女房》ですからね」

と、円紫さんは、彦六演出に出て来る都々逸《どどいつ》を口にした。

「どちらがお好きですか」

「はい、圓生師匠のもまことに結構なものです。いうまでもありません。――しかし、先程も申し上げたようなわけで、僕にとっての『仲蔵』は、正蔵師匠のものなんです。ただし、一ヵ所、気になるところがあります」

「といいますと？」

口惜しいのはこういう時だ。私は間に合わず、高座で聴けなかったからだ。しかし、『中村仲蔵』は彦六の十八番。テープならあるし、テレビの《思い出の名人芸》で見たりもしている。その記憶を巻き戻してみたが、よく分からない。

円紫さんがいう。

「仲蔵が、定九郎のモデルとなる侍に、会うでしょう」

「はい」

どう演じたらいいかと思い悩んでいる時、にわか雨に追われて飛び込んだ蕎麦屋で、仲蔵は、《これこそ自分の演じる定九郎だ》という侍に会う。

「その時、着ているもののことなどを、しつこく聞いた。そこで、仲蔵はいわれてしまいます。――《お前は役者だろう、俺の姿を写して舞台に出したら、ただではおかない》と」

「あ。そうですね」思い出した。円紫さんのいいたいことも分かる。「それだと、伏線になってしまいますね」

「そうなんです。五段目の舞台が大好評、めでたし、めでたしといったところで、聞き手の頭には、侍の言葉が残っています。落ちをいって頭を下げても、噺は終わらないのです。演者が、わざわざ台詞としていったのですから、侍は必ず文句をいいに来る筈です」

「伏線だったら、解決しなければなりませんものね」

「どうします？」

考えるまでもない。方法は、一つしかないだろう。

「……最後にあの侍が現れる。しかし、あまりに舞台が素晴らしいので感嘆し、かえって褒めて去って行く。……そうなるしかありませんね」

「はい」

「しかし、それではくどい。折角の噺に、余計な尾鰭がついたような感じになってしまいます」

円紫さんは頷き、

「そういうことです。だから正蔵師匠の、《この姿をな、見物に見せていると苦情をいいに行くぞ。いいか、ただじゃあすまねえ》というのは、僕にとってはね、……噺の中の刺なんです」

「彦六さんは、どうしてそんなことをいわせたんでしょう」

「それは分かります」

「え?」

「僕は、師匠の『仲蔵』は何度も聴いています。噺というのは生き物ですからね、その時によって違うものです。同じ一本のテープを繰り返し聴いても見えないことが、ある時、ちらりと見えたりする。——師匠は、時にね、今の侍の言葉の後に、《冗談をいいながら》と付け加えることがあるんです」

「……なるほど」

「最初にそれを聴いた時には、あっといいましたね。速記にも、それの入っているものと、いないものがありますが、とにかく師匠の腹はそこにあるんです」

「はい」

「しかし、腹は分かっても、こういう台詞は、噺全体に暗い影を落とすと思います。——圓生師匠の浪人は、しつこく聞かれて、わけが分からぬままに無礼な奴だというだけです。ここは、こちらの方がいいと思います」

七

祖父の日記は、手書きのため、読み取りにくいところが随所にある。普通の本のようにはかどらない。しかし、何とか昭和六年に入った。

昔の人にとって、歌舞伎はごく一般的な娯楽だったと思うが、おじいさんは、特別に興味を持っていたようだ。観劇は勿論、二月の十三日には、仲間と一緒に、六代目菊五郎の開設した俳優学校を見学に行っている。

踊りと並んで、ちょうど円紫さんとの話で出た五段目の授業をやっていた。どういうことが行われていたのだろう。また、渥美清太郎による《演劇史の明治時代》という講義があったという。《豊や丑之助等が聴いてゐる。何とかいふ若い女形が綺麗に化粧をしてゐた。丑之助の起立、礼でお辞儀は面白い》と書かれている。平凡社の『歌舞伎事典』を調べたら、昭和六年の丑之助は、亡くなった尾上梅幸である。やはり、それだけの時間が流れているのだ。

また、ちょうど、この頃、トーキーの名作が公開され始めている。七月十九日の日曜日には二本立てを観に行っている。

《道玄坂キネマで、モロッコ、巴里の屋根の下をやつてゐるといふのでゆく。三十二度とかの暑さを我慢して、活動を一年半振りで見る。これは上半期の二大傑作なのださうだ。モロッコは非常によい》。

大学生活に関する文章を読むと、この年に送るのが、祖父の、学生最後の夏、秋になるらしい。それも過ぎ、ちょうど十一月に入ったあたりに、奇妙な記述があった。

《忍　破脳袖毛太譽太勘破補煆摸補泉當察勘空太周摸随以擲法補雲観勇露無》

何だろうと思って見ると、こんな説明がしてある。

《判じ物だ。鈴ちやんがお判りになりますかと持つて来た。考へてゐると、今度はお寺に行かうといふ。嫌だと言ふとプイと行つてしまつた。しばらくしてまた顔を出し、最前の紙を返して下さいと言ふ。お寺、と言はれたから、これは上に忍と書いてあるのが、戒名の上の梵字や空の字のやうだと言ふと、珍しく蒼い顔をして紙を奪つて行つてしまつた。すでに引き写してあれこれ考へてゐたところだ。ここにまた書いておく。もし判つたら鈴ちやんにいつて驚かしてやらう》。

わけが分からない。

その後のところをしばらく見てみたが、この暗号めいたものについての記述はない。結局、何のことか分からなかったようだ。

八

週末には鎌倉に行く仕事があったので、そのまま足を伸ばし、神奈川の西のはずれに住む高岡正子《しょうこ》の家に泊めてもらうことにした。

正ちゃんは大学時代からの友達である。今は高校の先生をやっている。仕事に就いてしまうと、会う機会もまれになった。

「よお」

改札口まで迎えに来てくれていた正ちゃんは、相変わらずの調子で片手を挙げた。カーキ色の男っぽいジャケットに、濃紺のパンツだ。

「お待たせ」

「ううん」

正ちゃんは、降ろした手を、そのままジャケットの大きなポケットにさし入れる。親指が、ポケットの縁から顔を出している。爪の先に小さな、食紅でもさしたような染みが付いている。赤のサインペンの跡らしい。

「しばらくぶりだよ、この町に来るの」

大学三年の頃に来たのが最後だ。風景も随分変わっている。

「新しいお店が出来てるだろう」

「そうだね」

十一月の夕暮れ時の空は、大きく灰色の布を被せたように単調で、下の方にわずかに、うっすらと白い筆を入れたような雲の縞模様が見える。

「明日は海を見に行こう」

「いいね」

「埼玉の奴には、海さえ見せておけばいいんだ」

「ただなんだから、結構じゃない」

「そりゃあそうだ」といってから、正ちゃんは私が肩から吊るした黒いバッグを見やり、

「重くないか」

「重いよ」

「体が折れそうだぞ」

「大丈夫、慣れたから」

私も最初は、天城さんの大きな荷物を見て驚いたものだ。

そういえば、仕事の途中から正ちゃんと会うのは初めてだ。今までは大体、日曜日に東京で落ち合っていた。

「いつも、そんなの抱えてるのかい」

「こうなることが多いね。だって、紙って重いじゃない。だから、原稿が重い、本が重い、ゲラが重い、資料が重い。——で、こうなっちゃうの」

「ふーん」

「正ちゃんの通勤の時は？」

「あたしは車だから」

「そうか」

正ちゃんの家は、小料理屋である。名字が高岡なのに、どういうわけか屋号は吉田屋という。表を行くとお店になってしまうので、横手から入る。

二階の正ちゃんの部屋に入る。お茶うけには、土地の名物の、砂糖をまぶしたピーナツが出た。

「うちに来た時、正ちゃんが、ピーナツ持って来てくれたことがあったじゃない」

「そうだっけ？」

「あったのよ。——だけど、こっちの砂糖バージョンはね、この部屋で食べたの。初めて、ここに来た日に」

と、つまんで、口に入れ、カリッと齧る。ピーナツと砂糖の崩れる感じが、歯に快い。

「……それはそれは。出すものが代わり映えしなくて、すみませんねえ」

「いいえ。——それが、お茶にあって、とっても、おいしくてさ。覚えてない？　私、正ちゃんにお店まで連れてってもらったのよ。それで、めったに来られないと思ったから、大枚はたいて、袋入りの一番大きなやつ買ってってたんだよ。春の、ぽかぽかした、あったかーい日だった」

正ちゃんは、はあーん、と昔を見る目になり、

「そういえば、そんなことが……あったような気がするな」

「ところがさ、これって甘いからあきるのよね」

「ほう」

「うちに帰って、自慢げに出したらさ、父も母も姉も、一皿つまんだだけなの。買って来てまえ、私は《おいしい、おいしい》といいはってね。栗鼠《りす》が胡桃でも抱えるように抱えて、かなり頑張ったんだけど、――これが減らないのよね」

「……ふうん」

「とうとう、半分ぐらい湿気《しけ》させちゃった」

正ちゃんは、腕組みをして、

「――下げようか、これ」

私は、笑って、

「違うのよ。だから、懐かしいの。そんな頃の自分を思い出すの。思い出の味よ」

「そんなもんですかねえ」

「うーん。お豆がいいから、やっぱり、おいしい」

私はまたカリリ。正ちゃんもつられてカリリ。

九

よもやま話に花を咲かせていると、下から、お母さんらしい声が呼んだ。正ちゃんは、とんとんと階段を降りて行く。

やがて、親子電話の子機を持って上がって来た。

「電話だぞ」

思いがけない。

「私に？」

「いや」

「え？」

正ちゃんは、受話器を手渡しながら、

「──あたし達に」

何が何だか分からないままに、耳に当てると、

「さあ、誰でしょう」

おっとりとした声が聞こえて来た。

「江美ちゃんだ！」

今は結婚して九州にいる。学生時代には、三人娘で、よく一緒に行動した仲だ。こう並べると九、三、一になる江美ちゃんである。

「そっちにもかけたのよ。埼玉に。おうちの人が、正ちゃんのところに泊まるっていってたわ。――つまらない」

「何が」

「だって、本当に正ちゃんのところにいるんだもの」

「じゃあ、どこにいればいいのよ」

「別にどこでもいいけれど、そこにさえいなければ、ね、後で《こらこら》という楽しみがあるでしょう」

「悪趣味ねえ」

「とにかく、揃っているなら一網打尽だわ」

「一石二鳥でしょう。二人だけなんだから」

「まあね。――とにかく用件は正ちゃんに伝えておいたから、そちらから聞いてちょうだい」

「何よ、それ」

「えへへ」

正ちゃんが様子を察して、何かを抱える格好になり、ねんねんころりをし、頰擦りして見せる。あまり似合わない。

「……あ、そうなの」

突然なので間抜けな言葉しか出て来ない。

「そうなのよ」

「お祝いしなくちゃあ」

正ちゃんがいう。

「おい。まず、《おめでとう》だろうが」

いけない。

「おめでとうっ」

「ありがとう」

「いつ、生まれるの」

「来年の五月頃みたい」

学生結婚をしたせいか、子供の話はなかなか出なかった。しかし、考えてみれば、とうの昔にお母さんになっていてもおかしくない。

「じゃあ、夏には、二人で、赤ちゃんの顔を見に行くね」

「楽しみにしてるわ」

正ちゃんが受話器を返し、戻って来て、

「あの子も、お母さんか」

江美ちゃんによく似た赤ちゃんの姿が目に浮かぶ。

「似合うわよ」

「そうだな」

私は、姉のいっていたことを参考に、

「ねえ、お祝いだけど、赤ちゃん用のものは、貰ってだぶることがある。だから、よちよち歩きし始める辺りの幼児服の、洒落たのなんか、どうかしら。――お母さんとしても《後、もう少しでこれが着られる。もうちょっと――》っていう楽しみがある。やっと着られたとなると、どうしたって写真に撮る。撮ったところで、プレゼントしてくれた相手に、一言添えて送りたくなるでしょ。そこでまた旧交が暖められた上に、あの赤ちゃんがこんなになった、あの時のベビー服が、こう着られていると贈った方にも分かる。おまけに、そういう服なら、いくらあってもいいから、だぶって困るということがない」

「――あのねえ」

「なあに」

「相変わらず、あれこれ考える、くどい奴だな」

「でも、それっていいと思わない」

結局、出産の知らせが入った五月頃に、二人で買いに行くことに決まった。

「そうそう。くどくどと考えるといえばさ――」

私は壁に寄せかけてあったバッグから、祖父の日記を取り出し、あの謎の文字の載っているページを示した。

「何だい、こりゃ」

私は、これが祖父の日記であることと、鈴ちゃんというのが、下宿の娘さんであることを説明した。

「この辺りが、昭和六年。――つまり、正ちゃんが小学生の頃ね」

「バカモノ」

「話の種になるかと思って、持って来たのよ。どう、先生、ひらめくことはない？」

正ちゃんは目を細くして、眺め、

「そりゃあ、こう漢字が並んだら、真っ先にやるのは字数の勘定だな」

そして、人差し指の先で、文字を押さえて行く。

「私もやったわよ」

「ええと、一つだけ浮いている《忍》を別とすれば、やっぱり《破》から《無》まで《三十一文字》だ」

「見た目にも、それぐらいだものね」

「となれば、これは、どうしたって和歌だろう」

「うん」

「とすると、漢字一字がひらがな一字に当たるわけだ」

「うんうん」

正ちゃんは、万年筆の青い字を、しばらく睨んでいたが、

「うーん。そこから先には行けないなあ。万葉仮名じゃあないし……」

「この一字だけ離れている《忍》に関しては？」

「そりゃあまあ、以下の歌は、《忍ぶ思いを歌ったものです》というメッセージかなあ」

「すると、鈴ちゃんはおじいさんが好きだった？」

「《おじいさんが好き》っていうと、変だけど、まあ、そう考えた方が面白いよねえ。——ええと」と、首をひねり「この字は何だい」

指さしたのは、冒頭。《破》の次にある《𦞂》。これは、私も分からなかった。

「漢和辞典で調べたら、字体は違うけど、要するに《窓》のことらしい」

「おお。つまりだよ。《窓》を《破》って、わたしのところに来て下さいっていうんだよ。情熱的じゃないか」

「窓破れて山河あり？」

「まぜっ返すなよ」

「それから後は、《袖の毛が太いのを誉められた》の？」

正ちゃんは、口をとがらせ、

「分かったよ」

「第一、そんな風に、字に漢文調の意味を持たせちゃったら、前提が崩れちゃうでしょう。《漢字一字が音を示している》という」

「どうしろっていうんだよ。キミの考えはあるのかい」

「いえ。――私も、正ちゃんと同じように考えて、行き詰まったの」

「そんなところだろうよ。だって、それぐらいしか考えられないもの」

「でもね、《鈴ちゃん》は、これが《お判りになりますか》と持って来たんだよ。解けっこないものだったら、そんなことしないんじゃない」

「いやあ、そんなことといったってさ、ここにあるのは、日記の一ページの、そのさらに何行か、じゃないか。物事っていうのは、その時代、場所に置いて、初めて分かる場合が多いだろう。例えばさ、この暗号の鍵も、当時だったら誰にでも分かるものだったかも知れない。だけど《今》は《その時》ではない。そういう意味からいってもさ、現代のあたし達が解こうなんていうのは難しいんじゃないの」

「それはいえるけどね」

って仕方ないよ」

正ちゃんは首を振りながら、

「三人寄れば文殊の知恵のところを、あたし達は目下二人しかいないしね。分からなくった

十

翌日は、海を見、波の音を聞いた。凪《な》いだ、穏やかな初冬の海だった。

正ちゃんは、前髪を風になぶらせながらいった。

「海の側に住んでいるっていうのはさ、荒れた海も見られる——見るっていうことなんだよ」

「というと？」

「観光とかで来る人は、台風なんかの時には来ないだろう。大体、海のいい顔だけ見て帰って行くんだ」

「ああ、そうだね」

「男と女でさ、結婚するところまで付き合うっていうのは、そういうところまで見るっていうことなんだろうね。この青のかけらもない、どす黒く染まって、泡を立てて渦巻いて来る海を。——それでも逃げちゃいけない、向き合わなきゃいけないわけだ」

歩くと、足の下で、砂がさくりさくりと音を立てる。

正ちゃんの男眉も、あの男の人にちょっと似ているなと思った。

私は、お昼過ぎに東海道線に乗った。学生時代には、私と話していて、くつろぐと自分のことをボクといった正ちゃんだった。今回は、それが出なかった。ちょっと寂しい気もするが、後ろだけ向いて生きているわけにはいかない。

電車に揺られながら、あの文字のことを考えた。正ちゃんは、文殊の知恵に一人足りないといったが、私の文殊菩薩なら円紫さんだ。今度会えるのは、月末の落語会の後である。勿論、その時、この《問題》について聞いてみるつもりだった。

円紫さんは、この前、演出に関して《伏線》ということを話題にした。提示したそれは、後で生きなければならない。

そう考えると、この《問題》にも伏線があるような気がした。はるか以前にお会いした時、円紫さんは、軽井沢の追分で見たという、数字の羅列を、私に示した。

《八万三千八三六九三三四七一八二四五十三二四六百四億四六》

首をひねる私に、円紫さんは、その読み方を教えてくれた。

《やまみちはさむくさみしなひとつやによごとみにしむももよおくしも（山道は寒く寂しな一つ家に夜毎身に染む百夜置く霜）》

歌だったのだ。

そういう読みを、私に見せてくれた人なのだ。こんな昔の謎々も、陰に日の差すように照らして、何らかの答を見せてくれるかも知れない。

十一

忠臣蔵の落語会は、デパートの上にあるホールで行われた。広い会場が満席の盛況だった。

最初の『質屋芝居』は、本来、上方のものらしい。今回は、関西の師匠がやった。

さて、次が円紫さんの『淀五郎』である。

今日は、私の方からも聞いてみたいことがある。しかし、その前に、円紫さんから出された、この『淀五郎』の《問題》を考えなければならない。

先代のテープは、勿論、繰り返し聞いて来た。残念ながら、円紫さんの『淀五郎』はテープになっていないから、カンニングは出来ない。

いつも以上に、一所懸命聴いた。円紫さんがいっていたように、ほとんど型通りだった。自分らしさがあまり出ていないから、音の記録から除いたのだろう。しかし、それは、つまらないということではない。そう演じるしかない噺なのだ。

先代との違いなど、何もいわれずに聞いたら分からなかったかも知れない。しかし、有り難いことに何とか——答が見えたような気がする。

最後の師匠の『中村仲蔵』が終わってから、外に出、広い通りの向こうの喫茶店に入る。ここなら比較的遅くまでやっているということで、円紫さんに指定された店だ。

自分の出番はすでに終わっていたから、円紫さんが来るのも早い。席に着くなり、そう聞いて来た。

「いかがでしたか」

私は上目遣いになり、恐る恐る答えた。

「……《いけねえ、しくじったな》」

円紫さんは、にっこりして、ココアを頼んだ。

「当たりですか」

「はい」

ほっとする。

「あの台詞が『淀五郎』の《刺》だったわけですね」

「そういうことです」

先代のテープでは、こうなっている。《近う近う》と呼ばれても、花道から動こうとしない団蔵を見、淀五郎がつぶやく。――《いけねえ、しくじったな》。

「そういわれてみると、なるほど、あの一言で、『淀五郎』という話は空中分解してしまいますね」

「そうなんです。彼が、あそこで瞬時に《自分が失敗したこと》と、《下手であること》に気づいてはまずいんです」

円紫さんの淀五郎は、その場面で、いぶかしげに《どうしたんだろう》といった。何が起こったのか、飲み込めないのである。

「楽屋で、団蔵に向かった時の淀五郎の気持ちが、違ってきますものね」

「はい。頭を下げる淀五郎に、団蔵は《今、呼びにやろうと思っていた》といいます。明らかに叱ろうというわけです。それに向かって、淀五郎がいいます」

私は、その場面を思い返しながら、いってみた。

「――《判官の側に由良之助が来ないという、ああいう型があるんでございましょうか》」

「そうですね。――うぶで生真面目な、淀五郎です。自分に非があると悟っていたら、決してこんなとぼけたことはいわない筈、というより、いえない筈です。ひたすら、頭を下げるでしょう」

私は、頷き、

「《そういう型があるのか》といわれて、団蔵は、まあ、今流にいうなら切れてしまうわけですよね。実に自然です。《型があるのか》は、とても巧い台詞ですね」

「ええ。この言葉には、淀五郎の若さがあり、純朴さもあります。また、誰も知らない突拍子もない型でも名人団蔵なら知っているのではないか、という雰囲気も出ます。これは動かせない。――となれば、前の《いけねえ、しくじったな》が、まさしく《いけねえ》のです」

円紫さんは、置かれたココアを一口飲み、

「――現実には、直感的に自分の失敗を感じ取る方が自然かも知れません。しかし、あそこではまだ狐につままれたような淀五郎であってほしい。大抜擢された喜びの光に包まれて、そこまで気がまわらない。だからこそ、《ああいう型があるのか》という言葉が生きるのです。また、そういう淀五郎だから、《腹は本当に切れ》と団蔵にいわれても、まぜっ返しでなく、きょとんとして《本当に切ったら死んでしまいます》と答えるわけです」

納得してしまう。

「普通には、どう演じられているのですか」

「昭和最高の『淀五郎』は、何といっても圓生師匠のものでしょう。これでは《いけねえ、やり損なったな》となります。志ん生師匠のもそうでした、失敗したと意識していましたね」

円紫さんは、いかにも大好きな人達のことを語るという感じの、柔らかないい声で続ける。

「——正蔵師匠のを聞いた時には、《側へ来ません。仕方がないから……》でした。何となく《刺》が抜けたような気になったものですよ」

「本来は、どうなっていたんでしょう」

「昔のことですか。——落語の話というと何かと出て来るのが、名人中の名人、四代目橘家圓喬ですね。実は、春桜亭円紫という名前も初代が、この橘家につけていただいたものなんです。だから僕らには、縁の深い方なんですが、この橘家の速記を読むと——」

「はい」

「——舞台では《変だ》と思い、幕になってすぐ楽屋に行く、というやり方です」

「なるほど」

「団蔵に、そこで《御演悪《おやりにく》うございましたろう》とはいいます。——この《おやりにくい》は圓生師匠もいいますが、失敗を認めたというより、未熟な共演者のする、ごく普通の挨拶でしょう。だから続いて、《アレは如何《どう》云ふ型でげす》となっても違和感がないのです」

円紫さんは、《もっとも、これは僕の感じることで、気にはならないという方もいらっしゃるでしょうがね》と付け足した。

十二

「忠臣蔵は、歌舞伎の代表ですから、芸談の類いも数限りなくあります。その中で、僕が好きなのは尾上多見蔵という人の話です。――この人が大変な工夫屋だった。旅に出た時、普段は出来ないことをしてやろうと思った。そして、由良之助の駆けつけのところで、衣装も髪も乱れた姿で花道に出ました。すると、はねた後で、見物の一人がやって来て、《ああいう型があるのですか》と聞いた」

「淀五郎みたいですね」

「そんなことも分からないのかと、腹の中で笑いながら、《あれは、わたしの工夫です。あわてている様を表現したのです》といった。すると相手は、《さすがは音羽屋さん。しかし――》と続ける。四段目には、切腹した判官の刀を見つめながら、由良之助が仇討ちの決意をかためるという場面があります。《それだったら、あれも判官館の門前ではなく、自分の家に帰ってから、誰も見ていないところで、たった一人でやったらいいでしょう》。こいつ、本当の馬鹿だな、と思って顔をそむけると、相手は居住まいを正し、《さあ、そこです、音羽屋さん。芝居は外ならぬ忠臣蔵、あなたは座頭《ざがしら》。その由良之助がお客様の前に、初めて姿を現す時、あのような姿で出てよいものでしょうか》。多見蔵はぞっとした。田舎にも恐い客がいる。礼をいって翌日からは、普通の芝居をした——というのです」

「ははあ。これはちょっといい話ですね」

「なめてはいけない、ということでもあります。また、リアリズムが万能というわけでもありませんからね。歌舞伎でも、落語でも、その他何でも、その世界、その人に応じた形で普遍の真実に迫るわけです。そこを踏み外すとおかしなことになってしまう。僕の落語解釈も理屈にならないよう、気をつけてはいます。今日のも、《理屈》ではないつもりですよ、——僕としては」

「はい」

芸の話が一段落したところで、わたしはそろそろと、布張りの日記を取り出した。

「何ですか、これは」

「ちょっと御意見を、おうかがいしたいことがあるんですが」

「おやおや」

勝手な思い込みかも知れないが、円紫さんは、楽しそうな顔をした。

わたしは、そのノートについての説明をし、それから問題のページを開いた。

「ほおお」

円紫さんは、文字の列と、それに続く記述を読んだ。それから、しばらく考えていた。そっと、聞いてみる。

「いかがでしょう」

円紫さんは、つぶやいた。

「……おじいさんは、これが解けなかったのでしょうかね」

「え」

「ああ、いや。……案外、身近過ぎると分からないのかも知れない」

とんでもないことをいっている。もう、何か分かったのだろうか。毎度のことだから、円紫さんの魔法には慣れている筈なのだが、やはり、目をぱちくりせずにはいられない。

円紫さんは、そんな私に向かって、

「あなたは、どこまで解きました?」

「はあ……。多分、和歌だろうという……」

「そうでしょうね。それで、この上に一字だけ置いてある《忍》は何だと思います」

「それが分かるようでしたら、ここまで、持って来ないのですが」

「そうですか。——いや、僕はね、これが下の暗号を解く鍵だと思うのです」

「はあ」

「《忍》。——つまり、《心》は《刃》の下にある。そこを見ろ。——《刃》の下を見ろ。そういうことじゃありませんかねえ」

「《心》というのは、つまり《いいたいこと》ですね」

「ええ」

《刃》の下とは何だろう。どこかに日本刀が束になって置いてあるとでもいうのだろうか。見当がつかない。そういわれても、やっぱり《判じ物》だ。

「格別前進したとは思えないのですが……」

「そうですか。……いや、実は僕も、ここで百パーセントの答が出せるわけじゃあないんです。ただ、これだけ情況証拠が揃ったら、九割は確かだと思います。ちょっと調べさせて下さい」

「何かに当たらないといけないわけですか」

「はい。それで……思った通りだったら、お電話しましょう」

妙な気持ちである。《到底、手に入らない》と思っていたものを、あまりにもあっさり、《売っているところがあるかも知れない》といわれたような、不思議さ。同時に、《本当に手に入るのだろうか》という、もどかしさ。

円紫さんは、すらりと気持ちを替えたような顔になり、

「謎というのはね、解けてみればなあんだというようなものが多いんですよ。このところ、忠臣蔵の話が続いていますが、討ち入りが何日だったかというと——」

この日付は、この前も出た。

「十二月十四日です」

今の暦だと、そこで雪が降ることはあまりないが、本来は旧である。白いものが積もってもおかしくないわけだ。

「忠臣蔵のお世話には随分なっていますから、泉岳寺にお参りしなくてはと、出掛けたことがあるんです。どうせならと思いまして、討ち入りの日を選びました。そうしたら、人の列が中々動かない」

「渋滞ですね」

「ええ。お盆の高速道路のような具合でした。――ところがですね。お墓のところが高くなっていて、そこから降りて来る人が、皆な目頭を押さえているんです」

「はあ」

「どうしたって泣かないような感じの人まで、目をうるませている。――十二月十四日という特別な雰囲気がそうさせるのだろうか。それにしたって、ただお参りしただけで、全員がこうなるわけがない。――上では、一体、どんな感動的なことをやっているのだろうと、不思議でなりませんでした」

「……そうですね」

「自分が上に行って、謎が解けました。何だったと思います」

「演説でもしていたんですか」

「違いますよ。もっと科学的なことです。玉葱を切ったようなものです」

「玉葱?」

あまりにも突拍子もない言葉に思えた。円紫さんはいう。

「場所が場所ですよ」

あっ、と思った。

「……お線香」

「そうなんです。墓所に入る前にそれだけの数の人が、お線香を買う。上は本当に雲の中のような煙でした。狭いところで人が流れませんから、どうしたって、帰りには目を押さえることになる。瞬きをし、目を押さえながら、《ああ、これだ、これだ》と納得しましたよ」

それもまた、東京の冬の風物詩なのだろう。

十三

数日後に、円紫さんから電話があった。

「確認がとれましたよ。やっぱり、あれは和歌でした」

「すると、読めたんですね」

「はい。元は万葉集のようですが、微妙に形が違っています。後の頃に改作された形のようです」

「恋の歌ですか」

「さあ、――それは、あなたが御自分で確かめた方がいい」

「え？」

答を教えてもらえるとばかり思っていた。それでは、花道から来てくれない団蔵のようなものだ。淀五郎には、どうしていいか分からない。

「この謎は、いってみれば、あなたのおじいさんのプライベートな持ち物でしょう。お孫さんが、自分で考えるところに意味があると思います」

「……でも」

円紫さんは、坂道の車の後押しをするように、

「僕が分かったんです。あなたにも分かりますよ。いいですか、あなたが僕に見せたものは何だったのか、それを考えて御覧なさい。捜し物をするのに、範囲が限定されるように、ぐっと分かりやすくなる筈ですよ。――あなたが考えているより、もっとずっと簡単なことです」

そういわれると、催眠術をかけられたような気になる。到底無理だと考えていたことが、ただ本を開いて、そこにある文字を読むだけのたやすいことのように思えて来る。

円紫さんは、続けた。

「――そしてね、謎が解けた時には、ものごとには巡り合わせていうものがある。見つかる

べき時に、その日記が見つかったのだな、と思う筈です。そちらの方が、文字の並びがどうこうより、もっと大きな謎かも知れない」

電話を置くと、私は、早速、円紫さんのいう《簡単な》作業に取り掛かった。

円紫さんが、解明の材料としたものは何か。《この日記がどういうものか》という説明、それは私が、父に聞いたことそのままだ。それから、日記のこの部分、即ち、

《忍　破悩袖毛太譽太勘破補煆摸補泉當察勘空太周摸随以擲法補雲觀勇露無》

《判じ物だ。鈴ちやんがお判りになりますかと持つて来た。考へてゐると、今度はお寺に行かうといふ。嫌だと言ふとプイと行つてしまつた。しばらくしてまた顔を出し、最前の紙を返して下さいと言ふ。お寺、と言はれたから、これは上に忍と書いてあるのが、戒名の上の梵字や空の字のやうだと言ふと、珍しく蒼い顔をして紙を奪つて行つてしまつた。すでに引き写してあれこれ考へてゐたところだ。ここにまた書いておく。もし判つたら鈴ちやんにいつて驚かしてやらう》。

これだけだ。つまりは、これだけで分かるということだ。それなら、ここに読み解く鍵があることになる。

見てすぐ分かることは、《鈴ちゃん》が《お寺に行こう》といっていることだ。何げなく

見過ごしていたが、ここだけを見ろということなら、こういう一句にも意味があるのかも知れない。

暗号を渡した《鈴ちゃん》としては、あっけなく解かれては面白くない。逆に、手も足も出ないようでもつまらない。そこで、ヒントを出したのではないか。《お寺》に行けば、何かが分かる。そう、誘ったのではないか。――これはありそうなことだ。

しかし、だ。京都ほどではなくとも、東京のお寺の数も、――お寺は何々山というが、それこそ山ほどあるだろう。お寺だけではそれがどこか分からない。

――と、溜息をつきかけて、思わず、目を大きく見開いてしまった。

円紫さんは、なぜ私に、わざわざ泉岳寺の話をしてくれたのか。《鈴ちゃん》の《お寺》がヒントなら、円紫さんの泉岳寺もヒントなのだ。だって、そうだろう。祖父は、《高輪に下宿していた》のだ。

それは高輪にだって、他にお寺はあるに違いない。しかし、ニューヨークで女神といえば、《自由の女神》だ。高輪で、よそから来た人に向かって《お寺に行こう》といえば、これは《泉岳寺》と考えて間違いないのではないか。

そこで、私の目から鱗が落ちた。何て馬鹿だったんだろう、私は。

答は、ずっと、目の前に転がっていたのだ。鍵は『忠臣蔵』だ。

十四

翌日が折よく、日曜日だった。気がせいて、早めに家を出た私は、十一時には、地下鉄泉岳寺の駅に着いていた。

上に出ると、広い道を車が音をたてて走り抜ける、ごく普通の東京の街があった。しかし、はるか昔に、この辺りを、学生だった祖父が歩いたのかと思うと、空気が妙に懐かしく思えた。

十二月という私の生まれ月に入ったばかりだ。極月とあって、日によっては冷え冷えする筈だが、今日は日差しが暖かく、歩道の白いタイルを照らしている。お昼前の買い物をすませたらしいおばさんが、両手にふくらんだビニール袋を提げ、自分の影を踏むようにゆっくりと歩いていた。

その先に門が見えた。萬松山泉岳寺は、駅から目と鼻の先にあった。

円紫さんの混雑の話に、いささか身構えていた私だが、午前中のせいか、まだお参りの人は少ないようだ。

門まで進むと、そこに《高輪高等学校・高輪中学校》という立て看板が立っている。境内を抜けて学校に入るようだ。それがいつからあるものか知らない。《鈴ちゃん》は、ここの学校に通ったことがあるのだろうか。

ゆっくりと歩いて行く。

土産物屋さんが並んでいる。山鹿流の陣太鼓らしいものが、幾つか下げられ、その下に店番のおじさんが座っている。

前には、《泉岳寺》と書かれた額の掛かった大きな門がある。こちらが山門らしい。その右手に、立派な台座の上に立つ武士の像がある。どう考えても大石内蔵助だろう。しかし、昨日、自由の女神のことをちらりと思ったせいか、この台座、この姿で、片手を挙げ松明《たいまつ》をつかめば、フランスから海を渡って行ったあの女神様だと思ってしまう。

左手に進む。

うちにある本に、何か泉岳寺のことが出ていないかと思って、出掛けに岸井良衛の編になる『岡本綺堂　江戸に就ての話』（青蛙房）を開いた。泉岳寺の繁盛について、こう書かれていた。《武士の参詣は左のみでもござらぬが、江戸の町人、近在の百姓、ことに下町の娘子供は花見か芝居見物かと思われるように着飾って、押し合い揉み合って線香のけむりの前にあつまって来る。その華やかさ、賑わしさ、なかなか口では尽されぬ程でござったよ》。

武士の参詣が少ないというのは、なるほどと思える。やはりこれは『仮名手本忠臣蔵』の、舞台の人達の墓なのだ。皆なが目撃者として、一切の事情をも、また関係者の人物をも飲み込んでいるから、お参り出来る。時の流れは、その虚実をくるくると混ぜて、一つのものにしてしまう。

現実世界の人間としてなら、こちらに参ったら、一方で吉良さんのお墓にも行かなければまずいという気になる。それが人情の自然だろう。

そう、『忠臣蔵』は『仮名手本』なのだ。戸板康二によれば、竹田出雲らによって、今の『忠臣蔵』が書かれたのは討ち入りから四十七年目、六段目で《金》という字は四十七回使われ、開幕の拍子木は四十七打つのが定めらしい。それらがみな、討ち入りの人数四十七に繋がる。四十七は《いろは》の数。そこで、『仮名手本忠臣蔵』。

《鈴ちゃん》が並べた漢字一字ずつが、ひらがなに置き換えられるとする。

高輪でお寺となれば、泉岳寺。泉岳寺となれば四十七士。その一人一人を漢字一字に当てはめることが出来るとしたら、どうだろう。それをさらに、ひらがなにする。大星由良之助——即ち大石内蔵助が仮名のかしらの《い》となるだろう。発想はそういうことだ。

歩を進めると、お線香の香りが流れて来た。お参りの人はまだ少ない、と思ったがとんでもない。団体さんがちょうど墓所から降りて来るところだった。緑の旗を持った案内係が先頭にいる。こちらも四十七人ぐらいはいそうだ。

入り口のところで、木枠で囲った七輪に火をおこしているおじさんがいた。お線香を二束買って火を点けてもらう。円紫さんの話を思い出して、聞いてみた。

「討ち入りの日は混むんでしょうねえ」

おじさんが、お線香の先で燃え上がった火を振って押さえながら、答えた。

「そうねえ。これが一万てことはない。二万は出るからね」

びっくりしてしまった。二万本ではない。二万束なのだ。

墓所にも先客がいた。揃いの花浅葱の和服を着た女の人達、四人だ。団体さんのお線香の煙が、霧が巻くように残っていて、やはり目にしみる。

石段を上り、すぐ右の墓石を見て、小さく叫んでしまった。簡素な五角の石には、こう刻まれていた。

神崎與五郎則休
刃　利　教　劔　信　士
行年　三十八逝

《刃》があった。その隣には、

三村次郎左衞門包常
刃　珊　瑚　劔　信　士
行年　三十七逝

花を左にした菊を、それぞれの前に置き、文字の列は、音無く並んでいた。まるで、半世紀をはるかに越える時を経て、私が来ることを待っていたかのように。

円紫さんは、赤穂浪士の戒名に《刃》の字がつくことを知っていたのだ。だから、《情況証拠から見て間違いないと思う》といったのだ。

そして、勿論、高輪で育った少女は、《下町の娘子供》の多く訪れるここを、何度となく見て育ったことだろう。

祖父が、字の並びを見て《戒名》といったのは、期せずして的を射ていたのだ。

そこで《鈴ちゃん》が《珍しく蒼い顔をし》たのも、私には実によく分かる。自分で謎をかけておきながら、男が一歩踏み出そうとしたから、怖くなったのだ。

後は、もう文字を拾うだけだ。

大石内蔵助の墓石は、一番奥にあった。これが《いろは》の出発点であることは確かだ。右端にそれがあるから、左回りに数えて行くしかない。

大石内蔵助　　　　　　　　　　忠誠院刃空浄劔居士　　い

私は、数本ずつお線香を置きながら、墓石を回り始めた。

吉田忠左衛門　刃仲光劍信士　ろ
原惣右衛門　刃峰毛劍信士　は
片岡源五右衛門　刃勘要劍信士　に
間瀬久大夫　刃譽道劍信士　ほ
小野寺十内　刃以串劍信士　へ
間喜兵衛　刃泉如劍信士　と
磯貝十郎左衛門　刃周求劍信士　ち
堀部弥兵衛　刃毛知劍信士　り
近松勘六　刃随露劍信士　ぬ
富森助右衛門　刃勇相劍信士　る

横一列進んだところで、いったん元に返り、刃の下の字を控えた。それに《いろは》を添える。歴史の研究をしている女に見えたことだろう。今更、図々しく、史学科の女子大生とまではいわないが。

ふと見ると、揃いの和服の人達の白い帯の端に、それぞれ銀糸で、漢字一字が浮いている。《由》や《実》と読める。中の眼鏡をかけた方が、声をかけてくれた。

「お勉強？」

「はい」と答えてから、「お仲間でお参りですか」

と聞いてみた。

「そう。わたし達、赤穂義士の子孫なの」

「ああ。そうなんですか」

納得して大きく頷くと、中の一人が眼鏡さんの袖を打ち、四人で朗らかに笑った。冗談だと分かったけれど、その明るさのせいで、嫌な気持ちはしなかった。

「踊りでね、『忠臣蔵』やるの。それで、ご挨拶」

「ああ。なるほど」

と、合点し直した。帯の文字は、踊りの上の名前の一字なのだろう。それにしても『忠臣蔵』はいろいろなところに出て来るものだ。

そのまま進んで、続く左の列に入る。

大石主税　刃上樹劒信士　を
堀部安兵衛　刃雲輝劒信士　わ
中村勘助　刃露白劒信士　か
菅谷半之丞　刃水流劒信士　よ

不破數右衛門　刃觀祖劒信士　た
木村岡右衛門　刃通普劒信士　れ
千馬三郎兵衛　刃道互劒信士　そ
岡野金右衛門　刃回逸劒信士　つ
貝賀弥左衛門　刃電石劒信士　ね
大高源五　刃無一劒信士　な

踊りの方達が、下に去って行き、辺りは柔らかな日差しの落ちて来る谷間のように、静かになった。

入り口まで来た。そこからが四角形の第三辺になる。最初に見たところだ。

神崎與五郎　刃利教劒信士　ら
三村次郎左衛門　刃珊瑚劒信士　む
横川勘平　刃常水劒信士　う
茅野和助　刃響機劒信士　ゐ
間瀬孫九郎　刃太及劒信士　の
村松三大夫　刃清元劒信士　お

矢頭右衛門七　刃擲振劍信士　く
奥田定右衛門　刃湫跳劍信士　や
間十次郎　刃澤藏劍信士　ま
寺坂吉右衛門　遂道退身信士　け

寺坂吉右衛門は、四十七番目の義士だ。討ち入り後、別行動を取ったとされる。名を連ねてはいるが、戒名に《刃》はない。《け》が歌の中にあるようなら、おそらく、《道》の字が使われるのだろう。しかし、そうなってはいないようだ。

その墓石の前で、作業ズボンをはいたおじさんが、腰をかがめ、石油缶を切ったちり取りに、落ち葉を集めていた。失礼して聞いてみた。

「こちらの様子は戦前から変わらないのでしょうか」

おじさんは手を止め、仏像によく似た顔を上げ、ゆっくりと教えてくれた。

「はい、同じですよ。昔から、こうだといいます」

私は、お礼をいって、また文字の列に戻った。

大石瀬左衛門　刃寛徳劍信士　ふ
矢田五郎右衛門　刃法参劍信士　こ

奥田孫大夫　刃察周劔信士　ゑ
赤埴源藏　刃廣忠劔信士　て
早水藤左衞門　刃破了劔信士　あ
潮田又之丞　刃胸空劔信士　さ

見覚えのある字に行き当たった。普通には使わない文字。暗号は《破胸》と始まっていた。それがここにある。考えの道筋が間違っていないと証明されたわけだ。

となれば、問題の和歌の始まりは《あさ》である。

ここで外周に沿って一回りしたことになる。残ったのは、中央に島型に並んでいる二列だ。これは、引いて来た線を、最も近いところに繋げるのが自然だろう。

《あ、さ》と来た《いろは》を、そのまま続けてみる。

岡嶋八十右衞門　刃袖拂劔信士　き

となった。《刃》の下の字、……《袖》は、《破胸》の下にあるものだった。となれば、この三文字は《いろは》の順のままに、《あさき》となる。

《浅き》だろうか。何か、きちんとした言葉が浮かんで来そうな予感がした。

吉田沢右衛門　刃當掛劔信士　ゆ
武林唯七　刃性春劔信士　め
倉橋傳助　刃煆錬劔信士　み
間新六　刃摸唯劔信士　し

そのまま裏に回って、

小野寺幸右衛門　刃風颯劔信士　え
前原伊助　刃補天劔信士　ひ
勝田新左衛門　刃量霞劔信士　も
杉野十平次　刃可仁劔信士　せ
村柗喜兵衛　刃有梅劔信士　す

これで四十七字を、筆記し終えた。

十五

後は、単純作業だ。暗号の漢字を、メモを見ながら、ひらがなに置き換えるだけだ。

破……あ
腦……さ
袖……き
毛……り
太……の

譽……ほ
太……の
勘……に
破……あ
補……ひ
煆……み

摸……し

補……ひ
泉……と
當……ゆ
察……ゑ
勘……に

私の胸は、おかしいほど高鳴った。文字の列は、はっきりと恋の歌を形作った。

空……い
太……の
周……ち
摸……し
随……ぬ
以……へ
擲……く

法……こ
補……ひ
雲……わ
観……た
勇……る
露……か
無……な

円紫さんはいってくれた。あなたが、御自身でお調べなさいと。その通りだ。この思いは、一人だからこそ、噛み締めることが出来る。

ここは墓所である。《鈴ちゃん》は、ここに、心を葬った。

そして、初冬の空のもと、祖父の血を引いた私が、その答に行き着いた。ふわりと時空を越えたような気がした。

石畳の上に、大学生と高等女学校の生徒が立っているようだった。年頃の男と女が並んでいるだけで事件であった頃だ。二人は、連れであるとは気づかれぬよう、あるいはそうと知られても、兄と妹と思われるように、適当に離れ、そっけなくしている。

男の目は、女の瞳を、本当に覗いたことはない。やがて、卒業の春が来て、それが生涯の別れとなる。

もしかしたら、もっと様々なことを話し合えたかも知れない二人なのに。もっと、様々なものを、共に聞き、共に見られたかも知れない二人なのに。

ちょうど、『忠臣蔵』の話をしている時に、この暗号が出て来るとは何という巡り合わせだろう。しかし、——確かに、そういうことはあるものなのだ。

十六

帰り道、神田の本屋さんに寄って、『万葉集』の、この歌の番号を調べた。五九九番である。

家に帰って、本棚から祖父の持っていたであろう『万葉集』を探した。学生時代のものは岩波文庫かも知れない。そちらは分からなかったが、古い『折口信夫全集』があった。背表紙のすでに黄色く変色した本である。祖父のものだ。第四巻が『口譯萬葉集（上）』。円紫さんのいう通り、《鈴ちゃん》が使ったものとは、微妙に形が違う。歌は、開かれた本の中央に、ちょうど右ページの最後と左ページの最初に、裂かれるように二行に書かれていた。

私は、それを、じっと見つめた。

朝霧のおほに相見し人故に、
命死ぬべく戀ひ渡るかも

《おほに》なら《おぼろに》、《ほのに》なら《ほのかに》だろうか。いずれにしても、意味合いは同じだろう。最後は《かも》が古い形、《かな》なら王朝の調子になる。

この全集本は、昭和二十九年十一月の発行だ。祖父が、高輪で学生生活を送った日から、ほぼ四半世紀が経っている。あの時に、謎が解けていなかったとしたら、ここを読んでも、さしたる感慨はなかったろう。

折口信夫の口語訳は、こうなっている。


ほんの少し許り出逢うた人だのに、其人の爲に、命がなくなる程、焦れ續けてゐることだ。


垣間見た人《だから》こそ、一層、思いが募る、忘れられないということはあると思う。しかし、この場合の《ゆゑに》は逆接の《なのに》らしい。古文は難しい。

私は、本を元に戻し縁側に出た。初冬の庭に、どこから飛んで来たのか、季節にしては思いがけないほど鮮やかな、菜の花色の公孫樹《いちょう》の葉が落ちていた。

幸い、帰ったまま、着替えもせずに本棚に向かっていた。まだ外に出られる格好だった。クリームホワイトのタートルのセーターを着ていた。そろそろ、日が落ちるが、これなら首の回りも暖かい。同じく白のラップジャケットのベルトを、きゅっと締め直し、玄関に立った。

気配を察して、母上が台所から、声をかけた。

「また、どこかに行くのかい」

「……ちょっと、その辺、歩いて来る」

暗くなるから、気をつけるんだよ——と、子供のように注意された。

公孫樹の葉を拾うと、それを片手に、私は近くを流れる古利根の岸辺に向かった。もちの木の垣根の横を抜けると、路地の先が開ける。

子供の頃から見慣れた眺めだ。川幅は広い。冬を迎えて水量を減らしてはいるが、しかし、変わる事なく悠々と流れている。風景は次第に柔らかな薄闇に包まれ、手の中の公孫樹の葉が、小さな灯火のように思える。岸辺の、丈の高い葦の生い茂った辺りでは、その闇が一層深いようだ。

川を渡る風が、私の髪を揺らした。

少し先に、大きな橋がかかっている。人々を乗せた車が、朝も昼も往来するそこが、夕焼けを背景とした影絵になろうとしている。

眠りに就こうとする太陽を、くるもうと迎える雲の布団からは、短い金の線がこぼれていた。その線は、地に向かって、まるで絵画にでもありそうな鮮明さで、真っすぐに、数本引かれていた。

明日の夜明け間近に、この川面を、岸辺を、朝霧は覆うだろうか。

私は、《鈴ちゃん》が使った方の歌を、舌の上で転がしてみた。

朝霧のほのに相見し人ゆゑに
命死ぬべく恋ひわたるかな

そして、明日、飯山さんに会ったら、自分は、《レクイエム》を隣り合って聴いたあの人のことを、尋ねずにいられないだろうと思った。

◎四代目橘家圓喬の『淀五郎』は『口演速記明治大正落語集成　第六巻』(講談社)による。
◎尾上多見蔵の芸談は、『仮名手本忠臣蔵　細見』富田鉄之助(『歌舞伎』第二号・昭和四十三年・松竹株式会社演劇部)による。なお《ゆらのすけ》の表記は、この本や『名作歌舞伎全集』(東京創元社)などでは《由良之助》、『歌舞伎事典』(平凡社)などでは《由良助》である。本稿では前者に従った。

過去が届く午後

唯川　恵

著者紹介　一九五五年石川県生まれ。金沢女子短期大学卒業。銀行勤務の後、八四年『海色の午後』でコバルト・ノベル大賞受賞。著書に『ゆうべ、もう恋なんかしないと誓った』『ベター・ハーフ』『愛なんか』『病む月』『青春クロスピア』『シングル・ブルー』他

真粧美《ますみ》から最初に送られて来たのは、アルチンボルドの画集だった。

包みを解いて、有子はしばらくの間、それに見入った。

アルチンボルドの描く世界は、人を混乱させる。ほとんどの作品は人物像だが、顔のパーツはまったく別のものでできている。たとえば野菜、たとえば花、たとえば動物。それらがキャンバスの上で雑然とレイアウトされながら、ひとつの顔になる。

彼の作品に対する評価は高いが、好き嫌いも激しい。特に、動物を扱ったものに関しては生理的嫌悪を感じる人も少なくない。有子もそうだった。ひしめきあったさまざまな魚で描かれた女の顔を見た時、嫌悪で軽い嘔吐に襲われた。それでも目が離せなかったのは、その嫌悪の中に、どこか甘美な性の匂いを感じたからだ。それは有子をたじろがせ、戸惑わせた。もう随分前の話だ。

そんな印象が蘇り、ページをめくる指にもつい時間がかかった。中程までいった時、挟まれていた手紙がするりと落ちた。

「この間は久しぶりに会えて楽しかったです。有子の活躍は聞いていたけれど、実際に会って、本当に驚きました。あの頃のあなたとは別人みたい。仕事の成功は人を変えるのですね。実はあの後、あなたから借りていた画集のことを思い出しました。借りっぱなしになっていて、本当にごめんなさい。今さらですが、お返しします。ではお元気で」

有子はその文面を二度ゆっくりと読み、折り目のままに閉じた。

先週の集まりで真粧美と会ったのは、七年ぶりだった。集まりというのは、有子が手懸けた化粧品のパッケージがデザイン賞を受け、そのお祝いのパーティを事務所が催してくれたのである。取引先や代理店などの仕事関係の他、かつての仕事仲間だったメンバーにも声をかけてくれ、その時、七年前に同僚だった真粧美にも連絡をした。彼女も現在夫と共に住んでいる岐阜から、わざわざ上京してくれたのだった。

知り合いたちの顔の中に真粧美の姿を認めた時、有子は少し困惑した。その理由はうまく言えない。ただ、彼女と会わなかった七年の時間に歪みのようなものを感じた。会ったのはついこの間のような気もしたし、まったく知らない誰かのようにも見えた。

七年前、同じデザイン事務所にいた頃、ふたりはとても仲がよかった。同じ年齢ということもあったし、その年に事務所に入ったのがふたりだけだった、ということもある。スタッフは総勢十二人。社長であるデザイナーの田宮もまだ四十歳前で、若い事務所だった。田宮は業界では注目を集める存在であり、広告関係から出版界まで幅広く仕事をこなしていて、有子は学生の頃から雑誌や専門誌で彼を知り、強い憧れを持っていた。採用が決まった時、彼のスタッフのひとりとして働ける幸運を、心から喜んだ。

あの頃、ふたりは仕事帰りによく一緒に遊んだものだ。表参道にある事務所の近くには洒落たカフェやパブがたくさんあり、夜遅くまで競うように飲んだり、騒いだりした。

有名な美大のグラフィックデザイン科を卒業して来た真粧美は、客観的に見ても、有子より格段の才能と実力があった。有子は地方の専門学校で二年、東京に出て来てもう二年勉強したが、今ひとつセンスに欠けていた。それは仕事だけでなく、生活のすべてに繋がっていたように思う。都会育ちで小さい時から洗練されたものだけを身の周りに置いてきた真粧美は、服装もお化粧も会話も仕草も、有子をいつも圧倒していた。たとえ同じ白のTシャツを着ていても、真粧美のそれと有子のそれは同じものには見えなかった。

先に仕事を任されたのも彼女の方だった。それは事務所に入って半年ほどした時のことだ。レストランのオープンに使うパンフレット制作だったが、ふたりの作品のどちらかを採用するということになり、提出の結果、真粧美に決まったのだった。実際、あの時の作品は確実に真粧美の方が出来がよかった。そのことは今も素直に認められる。

有子も有子なりに努力した。このままでは真粧美に差をつけられる一方だ。時間があるとこまめに美術館や展覧会を回り、雑誌や画集にも目を通すようにした。その成果か、有子も少しずつ仕事を任されるようになったが、それでもいつも真粧美より一歩遅れていた。

二年もすると、真粧美は次から次と仕事をこなし、田宮にもひどく期待をかけられる存在になっていた。それこそ、いずれは業界で注目を浴びる人材だと誰からも思われていた。なのに、人生はわからないものだ、と、有子はつくづく思う。そんな真粧美は今、岐阜で専業主婦をしている。そして、さほど期待もされなかった有子が、今では田宮デザイン事務所で重要な立場に立っている。

電話が鳴って、手を伸ばした。

「ああ、僕だ」

「ええ」

「後からそっちに行くよ。そうだな、九時頃には着くと思う」

「今夜は装丁の打ち合せがあるんじゃなかった？」

「作家の都合で来週に延期だ。まったく、物を書く人間の気紛れには付き合いきれないよ」

有子は小さく笑った。デザイナーだって同じようなものだ。

電話を切って、時計を見た。九時までにはまだ一時間以上ある。簡単な料理を作っておこう。最近、彼は太り始めてきたことを気にしているので、夏野菜のサラダでも作ろうか。ワインも冷やしておかなければ。有子はキッチンに向かった。

田宮とこんな関係に陥るとは、有子にとって想像もしていなかったことだ。田宮は憧れと尊敬に値する先生以外の何ものでもなかったし、一回り以上も年が違い、当然、妻子もある。男として意識しないわけではなかったが、その前に、彼はあまりにも遠い存在だった。三年前、仕事で一緒に出掛けた軽井沢で、思いがけず身体の関係を持ってしまった時も、旅先での一夜だけの秘密の出来事だと思おうとした。それで十分だった。それがこうして継続するようになっている。有子は田宮を愛していたし、彼のために仕事に全力を注いだ。そして田宮の方も、有子の才能を引き出し、育ててくれた。その結果が今回の受賞となったのだ、と有子は思っている。

九時を少し過ぎた頃に田宮が現われた。彼は居間のソファに腰を下ろすと、ふっとマガジンラックに目をやった。

「アルチンボルドか。今頃、どうした」

ワインを運び、有子は隣りに腰を下ろした。

「今日、真粧美から送られて来たの」

「彼女から？」

田宮が画集を開いて眺めている。

「私もすっかり忘れていたんだけれど、一緒に事務所にいた頃、貸してあげたの。この間、パーティで久しぶりに会ったでしょう。それで真粧美も思い出したんですって」

「久しぶりだな、この絵を見るのは。この不気味さが、何とも言えず、人をひきつける。悪趣味だって言いながら、見入ってしまう。ウィーンの美術史博物館で『夏』というタイトルの絵を見たが、その前で足がしばらく動かなかったよ」

「ねえ」

有子はグラスにワインを注ぎ、田宮に渡した。

「ん？」

「もしかして、あなた、真粧美と何かあった？」

田宮は口をつけたワインに、思わずむせそうになった。

「おいおい、変なこと言うなよ」

有子は自分のグラスを満たした。

「何かなくても、本当は口説こうと思ってなかった？」

「バカなことを」

田宮が苦笑する。思いがけず少年のような幼さがのぞく。

「あの頃、あなたは真粧美にすごく期待をしてたわ。その期待に応えるだけの才能を、真粧美も持ってた。美人だし、頭もいい。そんな彼女をあなたが放っておくなんて思えない」

「僕が、事務所の女の子に片っ端から手を出しているとでも思ってるのかい？」

「いいえ、真粧美だからよ」

有子はグラスを手にしたまま、ソファにもたれかかった。

「この間、久しぶりに真粧美と会ったでしょう。何だか不思議な気分なの。期待され才能もあった彼女が今は岐阜で主婦をやり、落ちこぼれだった私が賞を取り、こうしてあなたと一緒にワインを飲んでいる」

「才能なんて、何の価値もない。なまじっかあったりすると、却《かえ》って自分を見失う」

「どういうこと？」

有子は顔を向けた。

「確かに、あの頃の彼女には期待していたよ。彼女は君と違って、必死にならなくても仕事ができた。天性のセンスが備わっていた。けれど、だからこそ大したものではないと思ってしまうんだ。わかるかい？　彼女にとって、それは特別なものでも何でもなかったんだよ。だから結婚して仕事を辞めることに、何の躊躇もなかった。つまりデザインの才能を、亭主のパンツを洗うことと同じレベルで考えていたということだ」

　有子は黙ってワインを口に含んだ。

「この間、僕も久しぶりに彼女を見たが、もう主婦以外の何ものでもない顔をしていた。あの頃の彼女とは別人だよ。そして、今の君もあの頃とは別人だ。デザイナーとしてプロの顔になっている」

「じゃあ私は、才能がなくてよかったってこと？」

「はっきり言えば、そうだね」

「ひどいわ」

「最高の褒め言葉のつもりだよ」

　有子は思わずほほ笑んだ。

　田宮がソファから腰を上げる。有子は頷き、彼を見上げる。才能のない自分が手に入れたものの大きさを、満ち足りた思いで嚙み締めながら、愛しい背を見つめる。

「ベッドへ行こう」


　二度目に真粧美から送られて来たのは、スカーフだった。

　自宅マンションの郵便受けに、B5サイズの軽く柔らかい封筒を見つけ、その差出人の名前が真粧美だとわかった時、有子は暗闇を呑み込んだような気がした。前のアルチンボルドの画集が送られて来てから、まだ一週間もたっていない。

「引き出しを整理してたら、このスカーフを見つけました。これもあなたに借りたものです。本当にごめんなさいね、すっかり忘れちゃって。あれはいつだったかしら。確か、田宮先生が銀座のデパートの広告の仕事をしていた時だったと思います。ほら、私とあなたが真夜中までレイアウトのお手伝いをしたでしょう。あの時、事務所の冷房が利き過ぎて寒いって言ったら、あなたが貸してくれたんです。あの仕事は楽しかった。スカーフを見ていたら、あの時、田宮先生から言われたことを思い出しました。『君はもっと欲を持った方がいい』。言われた時は、よく意味がわからなかったけれど、今はわかります。私、本当に子供だったんですね。先生の言葉をきちんと理解していたら、違う人生が歩めたかもしれないのに。そう、今の有子のように。ねえ、有子、パーティの時、ちょっと噂を耳にしたのだけれど、田宮先生と特別なお付き合いをしているんですって？　あ、ごめんなさい、興味本位なこと聞いてしまって。今のあなたなら、それも少しも不自然じゃないわ。これからも頑張ってね、応援しています」

有子はスカーフを広げた。ピンク地に細かい花が散っている。ノーブランドだった。デザインにはまったく覚えがなく、こんな可愛らしいスカーフを好んでいた頃が自分にもあったのだ、と懐かしく思った。

先生を手伝ったという仕事のことも記憶にはなかった。デパートの広告の仕事など、今までヤマほど受けている。真粧美がいた頃となるとどこのデパートだろう……けれど、考えても無駄だった。

近ごろ、有子はかつてのことをどんどん忘れるようになっていた。懐かしんでいるより、しなければならない明日から先の予定で頭がいっぱいだった。脳にもし、過去と未来を振り分ける部分があるなら、過去の部分までもすでに未来が侵食している。真粧美は逆なのかもしれない。夫との穏やかで幸福な暮らしは、過去をおかずにすることによって、今という主食をいっそう美味しくするのかもしれない。

もうこんなスカーフはしない。三十四歳の女には愛らし過ぎる。有子は小さくたたんで、引き出しの奥に押し込んだ。また、返事を書かなければならないことを、少し面倒に思っていた。

お風呂に入りながら、田宮とのことが事務所の中で噂になっている、という話を考えた。誰も何も言わないし、それなりに有子も気を配っていたつもりだが、特別な思いというのはふとした瞬間に、鱗のようにこぼれ落ちるのかもしれない。

いずれは独立するつもりでいた。そのことは田宮も賛成してくれている。もう十二年、この事務所にいる。四十歳になるまでには、と考えていたが、デザイン賞を受賞した今、少し時期を早めてもいいかもしれない。

それからも、真粧美からは頻繁にさまざまなものが届けられるようになった。

「あれは確か、広告代理店との打ち合せに行く時でした。出掛ける間際になって、ストッキングが伝線してしまったの。どうしようって慌ててたら、有子が予備を持っていて、私に貸してくれたんです。それをお返ししますね。もちろんあの時のものではないけれど、思い出したら気になって。ごめんなさいね、借りっぱなしのままで。有子は本当に気が利いてた。デスクやバッグの中に、必要になるかもしれない、というものをちゃんと備えていた。ソーイングセットとか、ヘアスプレーとか。私は行き当たりばったりの性格で、そういうことにまったく気が回らなくて、慌ててばっかり。本当に私たちって性格が全然違ってましたね。よく事務所の先輩が言っていたでしょう、有子はいいお嫁さんになるって。私はキャリアウーマンがお似合いだって。それが今じゃ、有子はばりばりのデザイナー、私は平凡な専業主婦。もちろん幸福に暮らしているから、不満があるわけではないのだけれど。やっぱり世の中、わからないものですね。また何か思い出したらお返しします。最近、どういう訳か、怖いくらいあの頃の記憶が蘇るんです」

有子は手紙を読み終えて、ナイロン袋に入ったストッキングを眺めた。背中の辺りに、ひやりとした雫のようなものが落ちて行くのを感じた。

有子は返事を書いた。ハガキではなく、手紙にした。

「スカーフとストッキング、確かに受け取りました。そんなこと、気にしないで。私こそ、あの頃、真粧美からいっぱい借りていたような気がします。いつも真粧美の仕事を見て、勉強させてもらっていたから。そのお返しもしないままでごめんなさい。賞を受けたのも、真粧美のおかげかもしれません。真粧美の言う通り、今、お互いに自分が想像していたのとは違った生き方をしているけれど、人生なんてこんなものかもしれません。秀之さんはお元気ですか？　結婚式の時の、幸福そうなふたりの笑顔が今も印象に残っています。そちらは緑に溢れた美しくのんびりした土地だと聞いています。都会の汚れた空気と喧騒にまみれた生活から見ると、羨ましくてなりません。私なんて仕事ばかりの毎日で、家に帰っても待っていてくれる人がいるわけでもなく、このまま孤独に淋しく年をとってゆくのかと思うと思わずため息がでます。あの、真粧美。もし、これからも返し忘れたものを思い出すことがあっても、わざわざ送ってくれなくていいから。そんなこと、何とも思わないから。どうぞお気遣いなく。それではお元気で」

書き終えてから、何度も読み直した。何か真粧美の気に障るようなところはないか、ひどく気を遣った。

有子は田舎暮らしを羨ましくなど思っていない。空気がどんなに汚れていても、静かな夜など望めなくても、都会が好きだし離れる気はない。それは自分が田舎者のせいだ、ということも、有子はわかっている。そして、真粧美が躊躇なく秀之と結婚し田舎に行けたのは、都会育ちだからこそなのだ。才能のある真粧美が簡単にそれを捨てたと同様には、決して捨てられない。

手紙を送ってから、しばらくは何もなかった。真粧美ももう気が済んだのだろう、と思っていた。あれは平凡な主婦が陥りがちな、変化のない毎日に対してのストレス解消の一種なのだ。有子の口から「負け」を認める発言を引き出しさえすれば、それで気持ちも収まる。だからこそ「孤独、淋しい、羨ましい」というような単語で期待に応えてあげた。今頃は胸をすっとさせているに違いない。

新しい仕事が始まっていた。大手出版社がアメリカ文学の選集を出版することになり、全十巻の装丁を田宮デザイン事務所に依頼して来たのである。田宮は有子に任すと言った。有子に異存などあるはずもなかった。出版に関する仕事は、前々から携わってみたかったものである。広告はギャラがよいが、どこか満たされない思いが残る。それを埋めてくれるのが出版関係だ。

有子は最近、よく図書館や古本屋に足を運ぶようになった。一冊でも多く本の装丁を見ておきたかった。特に戦前に輸入された洋書には、魅力的な装丁が多い。今日も、夕方から神保町界隈を歩き回り、気に入った本を何冊か抱えて帰って来た。

郵便受けを見ると、封筒が入っている。真粧美からだった。

何かそこにひどく歪んだものを感じて、有子は手にしたまま立ち尽くした。あんなにサービスをしたではないか。これ以上、真粧美は自分に何を言わせ、何を認めさせようというのだろう。

部屋に入って封筒を開くと、丁寧に紙で包まれた現金が入っていた。二千六十円あった。

「タクシー代です。暑いさかりだったから七月ぐらいだったと思います。新宿まで乗った時、私、こまかいのがなくて、有子に立て替えてもらったの。ほら、一緒に映画を見た時のことよ。リバイバルの『旅情』。隣のカップルがやけにいちゃついていたの覚えてる？　とにかく、お返しします」

そんなの覚えてるわけないじゃない。

笑おうとしたが、頬が強ばって、うまく笑顔にならなかった。テーブルの上に封筒ごと放り出すと、コインがこぼれて床に落ち、くるくると独楽《こま》のように回った。

その日を境に、再び、さまざまなものが送られて来るようになった。

急に生理になった時に借りたというナプキン、髪を止めるのに借りたというヘアピン、百円ボールペン、リップクリーム、ティッシュ。いつも短い手紙がついていた。その文字は、送られるものが増えるたびに乱れ、最近では判読できないものもあった。そしてついに、届いたものを見た時、有子ははっきりと異常を感じた。

宅配便の袋の中に、二百ミリリットルの壜に半分のオレンジジュースと、サンドイッチが二きれ、入っていたからだ。

「あの時、代々木公園の噴水のある広場のベンチで、有子がコンビニから買って来たのを半分ずつにしたの。今度は私が買うからって言ったのに、そのままにしていてごめんなさい。ツナと玉子。確かにお返しします」

それは時間がたってすでに腐敗が始まり、異様な臭いを放っていた。

有子はその時、彼女に連絡を取ることに決めた。

夜の九時きっかりに電話を入れた。

コールが四回鳴って、受話器が上げられた。

「もしもし」

真粧美の声だ。有子はゆっくりと息を吸い込んだ。

「私よ、有子」

「えっ、有子なの。めずらしいわ、電話をくれるなんて」

「ちょっと声が聞きたくなって」

「嬉しい。私もずっと有子とお喋りがしたいって思ってたの。あのパーティの時も、ちょっとしか話せなかったでしょう。主役の有子を独占しちゃいけないし。ねえ、どうしてる？仕事、頑張ってる？」

真粧美の声はひどく明るく屈託がない。こちらが面食らってしまうほどだ。

「ええ、まあ」

「今、どんな仕事をしてるの？」

「本の装丁よ。アメリカ文学の選集なの」

「素敵ねえ。いつ出版されるの？　私、必ず買うわ」

「そんなのはいいんだけど、ねえ、私のところに送って来るもののことなんだけど」

「ああ、あれね。迷惑？」

「ううん、そういうわけじゃないけど、わざわざ送ってくれなくてもいいのよ。どうせ返してもらうほどのものじゃないんだから。みんな忘れてちょうだい」

「でも、それじゃ私の気が済まないのよ。今日もひとつ思い出して、送ろうと思ってたところ」

有子は恐る恐る尋ねた。

「なに？」

「除光液よ」

「え？」

「有子、デスクの引き出しに携帯用の除光液を持ってたじゃない。一枚ずつパッケージされてるの。あれを借りたの、思い出したの」

「いらないわ、そんなもの。それに、きっと貸したんじゃない、あげたのよ。だから返す必要もないの」

「貰ったんじゃないわ、借りたの。私、はっきり覚えているわ」

「真粧美……どうかしたの？　何かあったの？」

「何かって？」

「別に、どうということはないんだけれど、何となくそんな気がして」

「何にもないわ。ただ、最近になっていろんなことが思い出されてしょうがないの。それでね、私、わかってきたのよ」

「わかってきた？」

「ねえ、有子。私たちって、いるべき場所を間違えてしまったんじゃないかしら」

真粧美の言っていることがわからず、有子は黙った。

「この間、パーティで有子のこと見たでしょう。あれからそんな気がしてならないの。考えれば考えるほど、そうとしか思えないのよ。有子は私で、私は有子。本当はそうなのに、私たち、どういうわけか人生を入れ替えてしまったのよ」

「何を言ってるの？」

「有子から借りたものはみんな返すわ。いっぱい借りているものがある限り、私は自分を有子と勘違いしてしまう。ねえ、やっぱりお互いに自分のあるべき場所に収まらなくちゃ。でなきゃ、本当の人生は送れないもの。ふふ、今頃気がつくなんてバカみたいね」

真粧美の声はあくまで弾んでいる。有子は何も言えなかった。受話器を持つ指が冷たく震えた。

「真粧美」

「なに？」

「秀之さん、いる？」

「ええ、いるわ。代わる？」

「久しぶりに話がしたくなったわ。結婚式以来なんだもの」

「待って、今、代わるわ。秀之、きっとびっくりするわよ」

くくっ、と小さく笑って、真粧美が秀之の名を呼んだ。すぐに彼が出た。

「やあ、有子ちゃん、元気かい？」

穏やかな声が耳元をくすぐる。あの頃と少しも変わってない。

「ええ、私は元気よ。あなたも」

「うん。もう田舎の鉄工所のオヤジそのものだ。有子ちゃんは、何だか知らないけど賞を取ったんだろう。すごいなぁ。あの頃はそんなふうに仕事をばりばりやっていくタイプには見えなかったのに、わからないものだね」

「あの、変なことを聞くようだけど」

「え？」

「真粧美、変わりない？」

受話器の向こうで、秀之が怪訝な沈黙を置いた。

「どういう意味だろう？」

「東京から帰ってから、どこか変わった様子はないかしら。塞ぎ込んだりしてない？」

「いいや、全然。むしろ逆だよ、すごく明るくなった。真粧美の奴、最初はそっちに行くのを渋ってたんだ。でも、無理にでもやらしてよかったよ。何かふっきれたみたいに元気にやってる」

「何をふっきったの？」

「え？」

「ふっきったってことは、何かがあったってことでしょう」

「別に特別な意味じゃないよ。真粧美は元気だ、そう言いたかっただけさ」

「そう」

「今度、こっちに遊びに来ないか。いい温泉も近くにある。うちは子供がいないから、うるさくないし、いつでも大歓迎だよ」

「ありがとう」

電話を切って、有子はソファに腰を下ろした。

相変わらず、秀之は善良だった。

もし、と思う。もし、あの時、秀之と結婚したのが自分だったら。

家電メーカーの宣伝部に所属していた秀之は、仕事の関係で事務所に時折顔を出していた。その応対を有子か真粧美のどちらかがしていて、三人で飲みに出掛けるほど親しくなった。

三人のバランスは、常に友人という域の中で保たれていたが、有子はいつしか彼に対してそれ以上の思いを抱くようになっていた。真粧美もたぶん、同じだったのだろう。もちろんお互いにそれを口や態度に出すようなことはなかったが、水面下ではすでにひっそりとした戦いが始まっていたように思う。有子は常に仕事で真粧美に先を越され、それは才能の違いであり当然のことだったが、それゆえ秀之を取られたくないという意識を、はっきりとした自覚のないまま持つようになっていた。

秀之はどうだったのか。結果的に真粧美と結婚したのだから、彼女を愛していた、と言えばそうなのだろう。しかし、もしかしたらどちらでもよかったのではないか、と今になって思う。それは彼らしいその善良さから来る曖昧さでもあった。

あの時、電話が鳴らなかったら。その電話を有子がとらなかったら。

ふたりは同時に受話器に手を伸ばし、ほんの瞬時の差で有子が受けた。打ち合せで出ている田宮からのものだった。届けて欲しい書類があるという。真粧美と一緒に、秀之と待ち合わせたイタリアンレストランに出掛ける間際だったが、田宮の言葉には逆らえない。有子は真粧美を振り返った。

「先に行ってて。私、これを先生の所に届けてから行くわ」

遅れるのはほんの三十分ほどのことだと思っていた。けれども、行ってみると次から次と用事を言い付けられ、結局、三時間以上の遅刻となってしまった。慌てて駆け付けた時、当然のことながら、レストランにふたりの姿はなかった。

あの夜、ふたりの仲を決定づける何かが起きたことは確かだった。じきに秀之の父親が倒れ、故郷の鉄工所を継ぐことが決まったと、有子は真粧美から聞くことになる。

「結婚するわ、彼と」

さほど驚かなかった。ただ、あの時、電話をとったことを後悔した。二ヵ月後、真粧美は事務所を辞めた。


そして、今日、その荷物が届いた。

土曜日の午後、湿った風が街をなぶるように流れていた。昨夜、遅くまで仕事をしていた有子は、気怠い身体で配達員の声を聞いた。

「お荷物です。ハンコをお願いします」

オートロックを解除して、玄関ドアを開けて待つ。すぐにエレベーターからワゴンに乗せられた巨大な箱が現われた。四方が一メートルほどもあるような巨大な箱は、その上、ひどく重く、配達員はふたりがかりで玄関に上げた。

「これがメッセージカードです。では、どうもありがとうございました」

呆然としている有子を残して、配達員が帰ってゆく。有子はメッセージカードを裏返した。案の定、真粧美からだった。封筒の隅を細く破りながら、目は巨大な箱から離れない。これはいったい何なのだ。いったい真粧美は何を返そうというのだ。

「お元気ですか？　今までいろんなものを返して来ましたが、これで最後です。これは本来、有子のものです。だから、有子に返します」

有子は巨大な箱に目を落とした。混乱する想像がゆっくりと凝縮されて、身体が震え始める。

膝から力が抜け、有子は床に座り込んだ。箱の端に、かすかに赤い色が滲んでいる。そこから不吉な予感に拍車をかけるように、ある種の臭いが漂ってくる。有子は座り込んだまま惚けたように箱を見つめ続けた。

生還者

大倉崇裕

著者紹介　一九六八年京都府生まれ。学習院大学法学部卒業。出版社勤務を経て、フリーに。九八年円谷夏樹の筆名で書いた『ツール&ストール』で小説推理新人賞受賞。小説のほか『刑事コロンボ　殺しの序曲』『刑事コロンボ　死の引受人』などの翻訳も手がけている

1

茂霧岳《もぎりだけ》のピークに、さっと雪煙が舞った。稜線上はかなりの風らしい。外気温氷点下十度。風速八メートル。積雪は五メートル強。一月の北アルプスは、予想よりはるかに厳しか

った。

松山恒裕《まつやまつねひろ》は足を止め、サングラスをはずした。茂霧岳のピークをよく見ておこうと思ったのだ。日の光が、辺りを埋めつくした雪に反射してとてつもなくまぶしい。サングラスなしで一時間も歩けば雪に目をやられて視力をなくすだろう。

「どうかしましたか」

後ろを歩いている小倉栄治《おぐらえいじ》が声をかけてきた。二人は今、なだらかな雪面を歩いていた。茂霧岳ピークへと至る南斜面である。夏であればうっそうと生い茂る樹林に覆われている所だが、一月初旬のこの時期、全ては雪の下に埋もれていた。

「ついに十日ですね」

小倉が言った。分かりきってはいるのだが、言わずにはいられないのだろう。小倉の心境が松山にもよく分かった。毛下、毛ガッター、ダブルヤッケ、幾重にも重ねた防寒具のため体が重い。外気に肌をさらしているのは、鼻と口の回りだけ。残りは全て何らかの装備で守られている。

「今日がリミットですか」

斜面を吹き下りてくる北風が、ヤッケの裾をはためかせた。毛の手袋を二重にしているにもかかわらず、指先に痺れのような感覚がある。

「どっちにしても、生存は難しいのではないですか。もう十日もたっている。食料も燃料も尽きているでしょう」小倉が、ゆっくりと自分に言い聞かせるようにつぶやいた。「こんなことなら、捜索隊になんて、加わるのではなかった」

「ばかなことを言うな」松山は強い口調でたしなめた。

「俺たちが先にあきらめてどうするんです。水だけで、九日間生きた男も居る。雪洞を掘って避難すれば、少々の吹雪には耐えられる。最後の可能性に賭けてみるんですよ」

松山は歩速を上げ、今までよりさらに力をこめて、尾根への斜面を登りはじめた。

「すいません」

小倉の声が聞こえた。ふだんなら、これしきのことで悲観的になる男ではないのだろう。一週間を越える捜索に、誰もが疲れているのだ。

日が高くなり、雪が少し緩んできた。うかつに足を置くと腰の辺りまで雪にはまり込んでしまう。アイゼンにベタ雪がこびりつき、いちいちはたき落とさねばならない。

アイゼンは雪面での滑り止めのために靴に装着するスパイクのようなものである。冬期の登山においては、十二本歯のものを使うのが普通だ。

松山は再度、茂霧岳のピークに目をやった。いつのまに湧き出したのか、ピークは笠雲に覆われていた。一時間ほど前までは快晴であったのに。天候が崩れる。松山ははやる心をおさえるため、奥歯をかみしめた。

松山は、現在三十三歳。長野県山岳警備隊の隊長を務めている。山岳警備隊とは、近年増加している山岳遭難事故に対処するため、経験者を中心に編成された県警特別部隊のことである。何事もない時は地元で通常の勤務についている警察官が、ひとたび救助要請が寄せられると命懸けで山に挑む。管轄内にアルプスを抱える県警では、こうした部隊の配備が進んできている。

警備隊の隊長になることは、松山の夢でもあった。もともと山が好きで、大学まで山岳部一本で通してきた人間だ。警察官を選んだのも、山で鍛えた身体を生かせると考えたからだ。山岳警備隊への配属が決まり、晴れて入隊したのが、今から二年前である。

「隊長、転属願を出されたというのは、本当ですか」

突然、小倉が聞いてきた。

「どうして、あなたが知っているんです？」

松山は思わず振り返っていた。

「部下の方達が話されているのを聞いたんです。皆さん、心配されているようでしたが」

松山が警備隊を離れたがっている。そんな噂は、署内に知れ渡っていた。

「どうしてですか。やっと、隊長にまでなれたというのに」

松山は答えなかった。言っても分かってもらえないだろうと思ったからである。

警備隊隊長に任命されたのは、昨年末である。その時は、とにかく嬉しかった。自宅に戻って一人祝杯を上げたほどだ。しかし、その後出動回数が増えるにしたがって、松山の神経はすり減っていった。松山が救助した遭難者の数は二十人を越える。その反面、遺体となって収容せざるを得なかった者はその倍以上。山を舞台とした喜び悲しみを、松山はいくつも見てきた。一人息子を亡くし、半狂乱になった母親を、羽交い締めにして病院へ運んだこともあった。宙吊りになったクライマーが目の前で落下していったこともある。

自然を前にした時、人間はあまりに無力だ。学生時代、山は自分にとって憧れの場所だった。自然と共存できる所だった。それが、今や対決の場となっている。それも、圧倒的に不利な戦いだ。自分の愛するフィールドで、人の死を見続けることが、もう嫌になっていた。

「東側の尾根まで行ってみましょう」

松山は、小倉の問いを無視し、地図を広げた。黙っていれば、小倉は質問を続けてくるだろう。捜索隊の責任者として弱みを見せたくないという思いもあるが、とにかく今はそっとしておいて欲しかった。

「今は捜索に専念する時です。残り時間はわずかしかない」

＊　＊

一月一日、県警に捜索の届けが出された。弓飼啓介《ゆみかいけいすけ》という二十七歳の会社員が、茂霧岳に登ったまま下山予定の日を過ぎても下りてこないという。

正月当番であった松山隊の面々は、早速茂霧岳へと向かうことになった。

準備を整え、出発しようとした時、「山人会《やまひとかい》」と名乗る一団が署にやってきた。弓飼が所属する民間の山岳団体であるという。民間のそれは、あくまでも有志の集まりである。しかし、山行に対する責任は団体が負っているし、かなり名の通った団体ともなると会員内で独自の捜索体系を設けていたりする。メンバーが遭難等した場合は、各責任者が現地に赴き、実地の捜索活動に加わったりするのである。

その団体のリーダーが小倉栄治であった。歳は三十前後といったあたりだろう。髪を短く刈って精悍な面持ちである。肩幅も広く、山行経験も豊富そうに見えた。

「パーティーに加えてもらえませんか」

小倉は言った。

「山人会」の名は長野県下では有名であった。活動歴は三十年を越えており、プロの山岳家もメンバーとして名を連ねているくらいだ。その「山人会」がエキスパートを五人連れてきてくれたのだ。断わる理由はない。問題は弓飼の命なのだ。

「お願いします」

松山は頭を下げた。

しかし、茂霧岳入山口で、捜索隊を待っていたのは激しい吹雪だった。日本海と太平洋に低気圧が進んできたため、天候が一気に悪化したのだった。吹雪は一週間にわたって続き、その間捜索隊はただ指をくわえて見ている以外になかったのである。

一月九日。ついに天候が回復し、捜索が開始された。しかし、隊員たちの表情はまったくといっていいほど冴えなかった。猛吹雪に加え、気温も低下した。二、三日程度の食料と燃料しか持たない者が生き延びられるはずはなかった。さらに、茂霧岳付近の沢は雪崩の危険地帯でもあり、事実ここ数日だけでも三回以上の表層雪崩が観測されていた。弓飼の生存は、ほぼ絶望的だった。

＊　　＊

そして今日、一月十日——。この日をもって捜索は打ち切られることになっていた。茂霧岳一帯には、まだ三十人近い人間が捜索活動を行っていた。ヘリコプターも飛んでいる。捜索隊の撤収は午後四時。あと二時間である。松山はいたたまれぬ気持ちで視線を周囲にさまよわせた。たとえ絶望的であったとしても、このまま山を去ることは耐えられなかった。遺体となっていても発見してやりたい。ここで見つけてやらなければ、雪解け水にあふれかえる沢で、無残な姿をさらすことになる。

後を歩く小倉の歩速が遅くなってきた。自分の知っている人間が、帰って来なくなる。厳しい現実の前に、力が出なくなっているのだろう。

一瞬、日が雲の陰に隠れた。それまで、きらきらと輝いていた周囲の景観が一転して陰鬱なものへと変わった。日の光がなくなっただけで、山そのものが暗く沈んでしまう。

やがて、日は徐々に雲のはしから顔をのぞかせていった。細い一筋の光線が尾根の上へと走った。二本、三本。光線の数は徐々に増えていく。松山はその見事な光景を思わず立ち止まって凝視していた。線状の光線は少しずつ太くなり、周囲へと広がっていく。

その輪の中心に、松山は黒い人影を認めていた。雪の上にすっくと立つ影は、錯覚などではなかった。後光に照らされた神のように、突然出現した人影。それは、奇蹟の生還者だった。

2

三月二十五日、松山班に出動命令が下った。黒神岳《くろかみだけ》の稜線で滑落者が出たとの通報だ。滑落者と思われる男の名前を見て、松山はその場に凍りついた。

小倉栄治。まさか……。足が小刻みに震えているのが分かった。あの小倉が滑落……？ にわかには信じられなかったのだ。

「隊長！」

部下である滝沢聡《たきざわさとし》の声で、松山は我にかえった。こんな所でうろうろしていても仕方がない。現場に行き、小倉を助けるのだ。

「いくぞ」

捜索隊は総勢十五名。ジープ四台に分乗しての出動である。

「北ア裏三山ですか……事故が続きますね」

隣に座る滝沢が、ため息まじりに言った。北ア裏三山とは、登山仲間の間で使われている愛称である。北アルプスの中でも南のはずれにあるこの一帯は、登山者の数もあまり多くはなく、孤独を愛する登山家たちに好まれていた。黒神岳は、標高二七〇〇メートル。岩稜の多い険しい山である。天にむかって突き出したピークは槍ヶ岳に似ていた。雪解けが進んでいるとはいえ、ピークに到達するにはかなりの技術がいる。黒神岳の南方に位置するのは、標高二五〇〇メートルの茂霧岳である。黒神岳とは対照的に、お椀をふせたようなユニークな山容をしていた。その二山に東から合流するような格好で標高二三〇〇メートルの小黒岳《こくろだけ》がそびえている。それら三つをあわせて「北ア裏三山」と呼んでいるのだ。

「茂霧岳か。あの生還は奇蹟だった」

松山はつぶやいた。

「弓飼さんとは、連絡を取っているのですか?」

「一度家を訪ねてくれた」

死の淵から生還した弓飼の顔は、げっそりとやつれ果てていた。病院にかつぎこまれ、搬送されていく弓飼の姿が、松山の脳裏に甦った。

「この人も、生還してもらいたいですね」

滝沢の言葉に、松山の身体は震えた。そうだ。奇蹟でもなんでもいい。生還してもらいたい。

松山の手元にファックス用紙が回ってきた。事故状況をまとめたものだった。

小倉は昨日、黒神岳入山口から登り、頂上手前の「肩の小屋」付近で幕営していた。通報者は小屋の主人。黒神岳への登頂ルートの沢すじに男が倒れているのを目撃したらしい。宿泊名簿や幕営者名簿を照らしあわせた結果、小倉に間違いないということだった。黒神岳ピークの手前は厳しい岩稜帯が続く。切り立った崖から滑り落ちればまず助からない。

覚悟だけはしておいた方がいいのかもしれない。松山は腹にぐっと力をいれた。

入山口には、県警のヘリコプターが待機していた。松山は、ベテラン隊員三人とともに先発することにした。後続隊は、ジープで林道を上がれるだけ上がり、そこから徒歩で進む。標高差は、約七〇〇メートル。休みなしで歩いても三時間はかかるだろう。「山人会」の捜索メンバーもこちらに向かっているという。通報が警察を経由したので、少し出遅れたのだ。

「滝沢、ばてるなよ」

松山は滝沢の肩をポンと叩き、ヘリに乗りこんだ。

歩けば半日の行程を、ヘリはわずか二十分足らずで運んでくれる。飛び立ったヘリは瞬く間に尾根を越えていく。眼前に雪化粧をした茂霧岳が迫り、視界から消える。ヘリは茂霧岳の上を通過してしまったのだ。山よりも高く。はるかかなた、上高地へと続く尾根の起伏を、松山は一望していた。寒さに耐え、荷物を背負い、命まで懸けて一歩一歩踏みしめながら山に登る。人が必死になって自然に挑む姿。文明の利器は、そうした闘争心すら奪っていくのかもしれない。

黒神岳直下の開けた地点に小屋とヘリポートはあった。風も弱く、絶好のフライトだとパイロットが笑った。ヘリの扉が開くやいなや、松山は現実世界に引き戻された。髪の毛すら一瞬にして凍る寒さが頬を打ったのだ。

「現場を見せてくれ」

松山は小屋の主人に言った。小屋からは、黒神岳のピークが正面に見えた。日の光を背後から受け、真っ黒な怪物のように眼前にそびえたっている。峻嶺であるため、雪は全て風に散らされてしまう。荒々しい岩肌をむき出しにして、黒神岳は人の侵入を拒否していた。登頂ルートは小屋の前から始まっていた。右に行けば黒神岳、左に行けば小黒岳。主人の先導で、松山たちは右のルートを取った。ルートを分け、小ピークを一つ越えた所で、「馬の背」が見えた。「馬の背」とは、沢が両側からつきあげ尾根が急激に細くなっている地点の別称だ。黒神岳の「馬の背」は難所中の難所であった。そのはるか下、ごつごつと鋭い岩が突き出している地点に小さな人影が見えた。グリーンのヤッケが風に舞っている。

「四〇〇メートル近く落ちているな」

松山は言った。

「ずっと監視しているのですが、動く気配は見えません」

主人は落ち着いていた。こうした状況には慣れているのだろう。

「確認のため、二人下りてくれ」

松山は隊員に指示を出し、無線を手に持った。徒歩隊との交信のためだ。

「先行隊だ。滑落者を発見した。二人下ろして生死の確認をする。そちらの到着を待って現場の検証だ」

指示を受けた隊員二人が、ザイルを手に取った。

松山は注意した。

「カラビナ、チェックしておけよ」

カラビナとは、ザイルを通す鉄の環のことで、岩稜帯での行動には欠かせない滑落防止器具である。

二人の隊員は、ゆっくりと万全の態勢で下降していく。高度差は四〇〇メートル以上。落ちたらひとたまりもない。小倉の死は確かめるまでもないだろう。松山は、心の動揺を必死で押し殺した。隊長である自分が、取り乱すわけにはいかない。再び奇蹟をという、松山の願いは聞き届けられなかった。

小倉の死が確認されると、ヘリを使った引き上げ作業がはじまった。予報によれば、午後からは北西の風が強くなるという。チャンスは今しかない。松山たちは、ヘリのローターがまきおこす猛烈な突風に耐えながら作業を続けた。遺体の引き上げ作業ほど気の滅入るものはない。搬送され泣き叫ぶ家族の元へ届けられる遺体。作業にあたる者全員の脳裏に、そのシーンは浮かんでいるはずであった。

遺体の引き上げには二時間を要した。小倉は全身骨折。無残な状態だった。山ではきれいに死ねるというのは幻想である。滑落、雪崩、どれもむごい死に様だ。

遺体は小屋脇に安置された。松山は遺体を見下ろした。不思議と悲しみはわいてこなかった。まだ山に居るのだという緊張感のためだろう。

小倉が身につけている装備は、どれも使い込まれている。一緒に茂霧岳に登った時、学生時代から愛用しているヤッケのことを、しきりに自慢していた。今着ているのが、それなのだろうか。

隊員の一人がビニールシートを持ってやってきた。遺体にかけてやるためだ。松山の了解を得て、頭から足先まですっぽりと隠れるようにシートをかけていく。

「ちょっと待って」

松山が声をかけた。隊員は驚いて動きを止めた。シートからは二本の足だけがはみだしている。所どころに傷のついた山靴を見た時、松山は、何かひっかかるものを感じた。

「どうかしましたか」

隊員が聞いた。

「アイゼンをしていないな」

「は？」

怪訝そうな顔で問い返してくる隊員に向かって、松山は続けた。

「小倉さんは、アイゼンもつけずピークアタックに行こうとしていたのだろうか」

入山口から小屋までは、岩稜といってもさほどの難所はない。ある程度の歩行技術を持つものであれば、アイゼンなしでも登って行くことができる。だがここから先、「馬の背」を含む難所の連続を、アイゼンなしで登ろうというのは無謀である。

「滑落途中で外れたのではないですか」

隊員は言った。

「アイゼンはこれしきのことでは外れない」

アイゼンはバンドを幾重にもまくことで靴に固定する。一度装着したアイゼンは滅多なことで外れるものではない。靴そのものが脱げてしまっても、アイゼンだけは外れなかった例をいくつも知っている。

小屋の裏手が騒がしくなった。徒歩部隊十一名が到着したのだ。早速、現場の検証がはじまった。事故の状況、前後の行動などを一応チェックして報告書にまとめなくてはならない。小倉は幕営縦走をしていた。当然、張られたままのテントも検証される。アイゼンの謎をとりあえず保留にして、松山はテントへと向かった。小倉のテントは、小屋指定のテント場に張られていた。黄色い一人用小型テントである。ゴアテックス製の最高級品で、これがあればヒマラヤにも行けると言われているものだ。

テント内に残された装備品も全てチェックされリストが作られた。

テントから出された品物は松山たちの前に並べられていく。寝袋、カートリッジ式のコンロ、三層式の鍋。幕営縦走に必要なものはひととおり揃っているようだった。防寒着は全て身につけていたのだろう。セーター二枚が残されているにすぎなかった。

——あれだけの技術を持つ小倉が、アイゼンをつけていなかったというのは……。

松山はどうしても納得がいかなかった。テントの中にあるのではないか。理由は分からないが、テントの中に置いたまま、ピークアタックにでかけたのではないか。そんなふうにも考えてみた。しかし、アイゼンは影も形も見えない。背筋を冷たいものが駆け上がっていった。

「おいっ、入山届けのコピー、誰か持っているか」

松山が叫んだ。冬期に入山する場合、各パーティーはメンバーの数、名前、行程などを書面にして届け出ることになっている。強制ではないが、万一の場合を想定して警察や山小屋が提出を促しているのだ。

滝沢が、ビニールに包まれた紙を持ってきた。

予報通り、天候は徐々に崩れつつあるようだった。上空には灰色の雲が現われ、青空を浸食していく。黒神岳本峰にも、分厚いガスが立ちこめつつあった。日が隠れるのは時間の問題だった。にわかに激しくなってきた風に、入山届けは手から滑り落ちようとする。松山は自分の体で風を防ぎながら、紙面をのぞきこんだ。

「こいつは、調べてみる必要があるな」

行程の部分で松山の目が止った。黒神入山口から小屋まで。その後は、黒神本峰には登らず小黒岳を通って下山と記されている。

小倉はもともと黒神に登るつもりはなかった。小黒岳から下山するのなら、必ずしもアイゼンは必要ではない。しかし、小倉が滑落したのは黒神本峰登頂ルートの途中だ。

小倉は何者かに突き落とされたのではないか。そんな想像が浮かび上がってきた。小屋まで やってきて、発作的に本峰アタックをしたくなったと考えることもできるが、あの小倉がそんな無謀な試みをするとは思えない。わずかな付き合いではあったが、そんな素人くさい行動を取る男でないことくらいは分かる。

「前後の状況をもう少しくわしく聞いてみよう。目撃者も居るかもしれん」

松山は滝沢について来るように言うと、小屋へと向かった。

小屋には主人の他、客が二人居るだけだった。全員がストーブの燃える広間へと呼び集められ、松山の質問を受けることになった。

「幕営が一人に、宿泊が二人ですからね。この季節としては、賑わっていたほうですな」主人は言った。「朝食の準備のために、四時には起きていましたけどなぁ。台所におったから」

内田《うちだ》、桧山《ひやま》と名乗る二人は、同じ大学の学生であった。春休みを利用しての登山であるという。真っ黒に雪焼けし、体つきもがっしりとしている。山に入って数日になるのだろう。顎の辺りにはうっすらと鬚が伸びてきている。

「昨日のうちに、ピークは踏んでしまったもので、今朝はゆっくり寝ていたんです」

突然の尋問にも慌てることなく、二人は淡々と答えていった。

「でも……」

と桧山が言った。「はっきりと見たわけじゃないんですけど……」

「ささいなことでもけっこうです。何か気づいたことがあれば」

「四時頃に一度起きたんです。トイレに行こうと思って」桧山が言った。「廊下を歩いている時、天候の確認をしようと思って、窓の外に目をやりました」

紺色の空にはまだいくつかの星がきらめいており、正面に黒神岳の巨大な姿が見えたという。

「黒神岳の登頂ルート付近に光が二つ見えたんです」

「光？」

「多分、ヘッドランプの明りだと思うんですけど」桧山の口調は、自信なげにか細くなっていく。「チラッと見ただけで、すぐに岩陰に隠れてしまったものですから……」

「それは、確かに二つだったんですか」

松山は訊いた。しかし、若者は首をかしげるだけである。

「多分……」

四時といえば、夜明け前だ。山道を歩くにはヘッドランプが必要になる。目撃された光が、小倉である可能性は強い。しかし、光点が二つあったとはどういうことか。ヘッドランプはふつう一つである。光点が二つ見えたということは、小倉の他にも人が居たということか……。

「お手間を取らせました」

松山は頭を下げた。三人は、ホッとした表情で部屋に戻っていく。

「どうもすっきりしないな」松山が言った。

「調べてみる価値はあるかもしれん」

滝沢が驚いて振り向いた。

「いったい、どこがおかしいというんです？」

アイゼンの件と入山届けのことを松山は語った。しかし、滝沢は釈然としないらしく、首をかしげている。

「実地に黒神を見て、急に登りたくなっただけかもしれません。そんな輩が今増えているんです」

小倉に限ってそんなことをするはずがないだろう。心の内ではそう叫んでいるのだが、口に出してはとても言えなかった。小倉を知らない者にいくら説いたところで仕方がない。どちらにしても、この程度のことで「事件性あり」とは確定できない。もっと確実な物証が必要だった。

「うわっ」

外に出るなり、滝沢が叫んだ。北風がきつくなってきた。松山はヤッケのチャックを閉めた。じっとしていられない寒さである。空は既に曇天となっていた。下界は春の気配が漂い明るい雰囲気に包まれているが、黒神はまだ真冬だった。

「撤収だ」

松山は言った。これ以上とどまると、小屋に足止めを食らう可能性があった。

「ヘリには遺体と学生二人を乗せる。俺たちは徒歩で下りる」

時刻は午後三時を回っている。どんなに急いでも途中で日が暮れる。ベテラン揃いであるから心配はないだろうが。

小黒岳へのルートはよく整備され歩きやすかった。キックステップでどんどん高度を下げていく。隊列の最後尾についた松山は、周囲にぬかりなく視線を送っていた。

二〇〇メートルほど下った所だろうか。松山は探していた物を見つけた。

「止まれ」

松山はその場で声をかけた。

「どうしたんです」

「これは、ビバークの跡じゃないか」

生い茂る木と木の間に、わずかばかりの平地があった。人一人が横になれるかどうか、といった程度のものである。松山は、その平地の周りの木に注目していた。何本かの枝が折れている。

「枝の折れ方はあきらかに人為的なものだ。この平地をとりまくようにして、無理矢理へし折られている」

松山は一本一本、木の幹を調べて回った。丁度、人の腰あたりにくる枝が、ぎざぎざの断面を見せて突き出している。

「ツェルトを張った跡か……」

誰かのつぶやきが聞こえた。ツェルトとは、防水布とポール一本で作られた簡易テントのことである。夏山の単独行や緊急時のビバーク用に使用される。一本のポールを中心に、木の幹や岩などに綱を結びつけてバランスを取るのだ。

学生が見たという二つの光点。小倉とともにルートを歩いて行った人物のものか……。

――そいつは、小屋の手前でビバークをして夜を過ごし、早朝テント場へ向かった。そして小倉を誘いだし、沢に突き落した。

松山の推理である。根拠が薄弱だというのなら、ビバーク地点を見つければいい。どんなに隠そうとしても、わずかな痕跡が残るはずだ。松山は常にそのことを念頭におき、山道を下ってきたのである。

「雪面がわずかに窪んでいる。ビバーク中に解けたのだろう」

とりあえず、現場の写真を撮れるだけ撮り、事の次第を本部に報告することにした。できることなら誰かをここにとどめ、くわしく検証したかった。しかし、既に日は西の空に没しようとしており、下山を急がねばそれこそ全員でビバークすることになってしまう。空は徐々に漆黒に包まれていく。

「ヘッドランプを出しておけ。下山を急ぐ」

滝沢を先頭にたて、黙々と下りはじめる。

出発して一時間も経つと、視界は全く利かなくなった。頼りはヘッドランプが照らすわずかな部分のみである。尾根をはずしたため風はさほどではなくなったが、ヤッケを通してしんしんと染み込んでくる冷気は、松山を怯えさせた。山の夜の闇。下界では見ることができなくなった完全な闇がそこにはあった。ぼんやりと照らし出される、隊員の背中が頼もしく思えた。

入山口には、パトカーが待機していた。

「ご苦労様です」

制服警官が敬礼をしている。

「署にやってくれ。報告することがある」

車が走り出すなり、松山は言った。極度の疲労状態にあるが、そんな気配をみせるわけにはいかない。

「どうぞ」

助手席に座る警官が、缶コーヒーを差し出した。缶のぬくもりが体中を駆け抜けていく。

「ありがとう」

松山は、張りつめていた緊張を少し緩めた。

3

弓飼啓介は、あの時とは別人のようになっていた。奇蹟の救出から三ヵ月。精神的にも肉体的にも立ち直った弓飼には、遭難による影は全く見られなかった。

弓飼は病院で一ヵ月を過ごし、家へと帰された。その後、さらに一ヵ月の自宅療養、通院を経てようやく職場復帰ということになったのだ。

「体力の回復が馬並みだって、医者に笑われました」

弓飼が笑った。

松山が弓飼の自宅を訪ねたのは、日曜日の午後であった。小倉の葬儀がすんで一週間後のことである。松本市内にあるワンルームマンションに、弓飼は住んでいた。気楽な独身生活である。

「職場に復帰されたばかりで、お疲れのことと思いますが」

松山は頭を下げた。

「とんでもない。あなたは、命の恩人ですから。いつでも来てください」

弓飼は快く松山を通してくれた。六畳に小さなキッチンがついただけの小さな部屋だ。山の道具が散乱している。組み立て式の衣装戸棚があるだけで、他には家具らしいものもない。部屋を見渡して、松山はにやりと笑った。

「どうかしましたか」

弓飼が怪訝そうに聞いてくる。

「私の部屋と似ているものでね」

松山は、署近くの官舎に住んでいる。六畳一間の部屋は山の道具であふれかえり、足を伸ばして寝ることすらできない状態だった。

「山には行かれないのですか」

松山は聞いた。

「とんでもない。まだ、体がいうことをきいてくれません」弓飼が、コンロにやかんをかけながら言った。「ちょっと装備を点検していただけです。小倉さんのことを思いだしてしまって」

松山は、胸をぐっと摑まれたようだった。荒い息を吐きながら必死に登っていく小倉の顔が、松山の脳裏にも甦っていた。そして、無残な遺体となって引き上げられた時の衝撃。

「奇蹟を願っていたのですが、だめでした」

松山が言った。弓飼の顔を見ることができなかった。小倉が死んだのは自分のせいではない。しかし、その死を目のあたりにした時のショックは、松山の心を徐々に蝕んでいった。

「いつも山から戻ってくると、もう山登りなんてやめようと思うんですよ」

弓飼が、コーヒーカップを差し出した。

「でも、ものの一週間もすると、次はどこへ登ろうかと考えている」

弓飼は悲しげな表情をして、首をふった。

「一体自分が何をしているのか、分からなくなる時があります」

山に登ること、それ自体がリスクなんだ、という登山家もいる。たとえ、その先に死があると分かっていても、好きなものを追い求める気持ちだけは、どうしようもない。

松山自身、そうした意見には納得できなかった。確かに、山は容赦なく人に牙をむく。だが、山は決して冷徹なものではない。生と死の微妙なバランス。それが、山の魅力なのだ。

死だけを追い求めて山に登るようなことは、決して行ってはならない。

「私も、迷っていることがあります」松山は言った。「警備隊に入って、私は何人もの死を見届けてきた。山の残酷な一面を嫌というほど見せつけられてきた」

弓飼は、表情一つ変えず、じっと松山を見つめている。

「もう限界だと思いました。警備隊なんて、辞めてしまおうと。今も転属願いを出してあるんです」

自分は一体何を言っているのだろうか。一般人の弓飼に、このようなことを洩らしてどうするのか。それでも、言葉は止まらなかった。

「最後の踏ん切りがつかないでいるんです。自分がきっぱりと山を捨てられるのか、自信がない」

コーヒーカップをテーブルに置き、松山は苦笑した。

「知らず知らずのうちに、次の休みのことを考えているんです。次はどこへ登ってやろうかってね」

弓飼は何も言い返してこなかった。二人の間に気まずい沈黙が漂った。弓飼は手元のカップを神経質そうに回していた。

「小倉さんの葬儀には？」

松山は話題を変えた。場の雰囲気におされ、愚痴めいたことを口にした自分が、恥ずかしくもあったのだ。

「行きました。本当なら、捜索隊にも加わりたかったのですが、かえって足手まといになりそうで」

「あの山域には、よく？」

「北ア裏三山には、毎年二度は登っていたんです。それが、油断につながったのですが」

「あの山塊が好きなんですね」

その後は、自分たちが極めてきた山の自慢話となった。山男同士、好きな話を交すのは楽しいものである。穏やかな時間が過ぎていった。できれば、このまま弓飼の下を辞去したかった。しかし、松山には、職務があった。

「弓飼さん、遭難時の様子を話していただけませんか」松山は言った。

「遭難時の？」

弓飼の顔がみるみる曇っていく。予想通り、本題を持ち出した途端空気は一変してしまった。結局、自分は招かれざる客なのだ。

「様子というか、弓飼さんがビバークをされていた地点から、私たちに発見されるまでどう移動されたのか。それを思い出していただけないかと」

遭難時、弓飼がいかにして生き延びたのか。山岳警備隊のみならず、あらゆるメディアが取材を希望した。しかし、弓飼の記憶はおぼろげであり、全てを正確に思い出すことはできなかった。

――茂霧岳のピークを踏み、小黒岳方面へ下山しようとして、滑落をした。かなりの距離を滑り落ちたが、ピッケルで停止を試みてなんとか止ることができた。積雪期の沢に入りこんでしまったらまず助からない。弓飼は尾根上に登りかえそうとしたが、右足を捻挫したらしく思うように動けない。仕方なく沢を少しはずした所に雪洞を掘りビバークをした。その翌日から猛烈な吹雪となり身動きができなくなった。規模の大きい雪崩が、いくつも目の前を通りすぎていった。予備の固形燃料を持っていたこと、滑落中もザックをなくさなかったことが幸いし、生き延びることができた。一週間後、ようやく訪れた晴天に雪洞を出、尾根に向かって歩きだした。体力は全くなくなっていたが、気力だけで登り続け松山たちと出会うことができた――。

皆が知らされたのはこの程度であった。

「お尋ねしたいのは、雪洞から尾根に至るまでのルートなんです。あの辺りの沢はまだ未開拓で、登攀した者があまり居ません。弓飼さんが通ってこられたルートをトレースすれば、新しい道が拓けるかもしれない。できれば、その手助けをしていただけないかと……」

警備隊内でも、弓飼救出に関する報告書の提出が求められていた。弓飼への配慮から、いままで正式な要請はひかえられてきたのだ。しかし、救出から三ヵ月。そろそろ協力してもらってもよい頃だろう、と本部でも言っていた。

しかし、弓飼は冷たい視線を松山にそそいでいた。

「申し訳ないのですが、もう少し待ってもらえないでしょうか」

「しかし、もう三ヵ月も……」

「分かっています。しかし、あの場所にはもう戻りたくない！」

カップをどんと机に置くと、弓飼は立ち上がった。眉間にしわを寄せて、何度も首をふってみせた。ゆったりとしたセーターの間から、ちらりと首すじが見えた。松山はふと怪しい胸騒ぎを覚えた。弓飼の首すじは、顔に比べ黒く日に焼けていた。

「帰ってくれませんか」

弓飼がつぶやくような声で言った。そこまで言われては、松山としても引き下がるよりほかはない。この件はあくまでも弓飼の自発的協力あってのものなのだから。

「それでは、この辺で」

松山は席を立った。弓飼は腰を上げようともしなかった。

松山は暗い気持ちで外へ出た。弓飼のこと、自分のこと。様々な思いが頭を駆け抜けていく。こんな暮しを続けていては、山への情熱が萎えてしまう。こんな思いで山と付き合うくらいなら、いっそ離れてしまいたい。転属願いは、どうなっているんだ。喧騒うずまく商店街に向けて、松山は歩きはじめた。何もかもがうまくいっていなかった。

4

小倉の死に関する捜査は完全に行き詰まっていた。

松山の指摘により、小倉の死は事件の可能性ありとされ、継続的な捜査が展開されることとなった。本来であれば地域課に所属する松山には管轄外の事件であるが、現場を知る数少ない人間ということで、滝沢ともども参加を許された。しかし、継続的な捜査というのはあくまでも建前で、実際の捜査に当たるのは松山たち二人だけであった。捜査一課の人間は、山岳警備隊の申し出などいちいち気にとめていなかったのである。それでも、松山は満足だった。小倉を殺した犯人をこの手で捕まえてやる。その執念だけで、体は動いていた。まずあたってみるべきは動機である。松山は小倉の身辺を洗うことにした。この時点では、かなり楽観的な見方をしていた。小倉は山で殺された。つまり、犯人も山を知っている人間である。三月上旬、山の気候はまだ冬である。そんな時期に、標高一七〇〇メートル近くでビバークをするなど、素人にできることではない。小倉の山仲間を洗っていけば、おのずと容疑者は浮上するに違いない。松山は「山人会」に着目した。会員は現在六十名。その主要会員に会って話を聞けば道は拓けてくるはずだ。

しかし、小倉についての醜聞は全く聞くことができなかった。

「小倉さんはいい人でね。計画の立て方もきっちりしていたし、リーダーを任せても、安心して見ていられました。まぁ、自己主張の強い人ではあったけど」

大半の意見はこうであった。小倉は登山経験も豊富で、会の中でもリーダー的存在であった。初心者の登山からベテランの雪上訓練まで、忙しい仕事の合間をぬって、面倒をみてくれたという。山に対しても慎重そのもので、計画書を無視したような行動は絶対にとらなかったという。

「そんな人が、あんな無茶な登り方をして死ぬなんて、考えられません」

松山は自分の推理が正しかったことを確信した。しかし反面、小倉が殺されねばならないような動機が見つからない。滝沢などは早くも弱音をはいていた。

「やっぱり、事故だったんじゃないですか」

そんなはずはない。小倉ほどのベテランが、あんな死に方をするなんて……。松山はあきらめなかった。

「今日はどこへ行くんです？」

うんざりとした顔で滝沢が言った。小倉事件の捜査はあくまでも応援ということで行っている。つまり、本来の職務である地域課の仕事も休むわけにはいかなかった。ただでさえ大変な仕事を二重にかかえこむこととなる。愚痴をこぼしたくなる滝沢の気持ちが分からないではなかった。しかし、捜査に当たる刑事が単独で行動することは許されない。心の内で手をあわせながら、松山は今日も滝沢を連れ出したのだった。

捜査の継続が認められたとはいえ、それは結果を出せればの話であって、何ら収穫のない毎日が続けば当然打ち切りとなる。松山に残されている時間は多くはないはずだ。

「羽葉《はねば》正博《まさひろ》と言ってな。小倉の山仲間だそうだ。もう五年近い付き合いになるそうだから、何か聞けるかもしれないと思ってな」

羽葉は会計事務所に勤めていた。昼休みを利用して、職場近くの喫茶店で落ち合う約束をしていた。分厚い眼鏡をかけ、髪を七三にきっちりとわけた神経質そうな男だった。松山は、羽葉が山に登っている姿を想像することができなかった。

「小倉が死ぬなんてね」

羽葉の表情は沈んでいた。

「未だに信じられませんよ。あんなに慎重だった奴が……」

「小倉さんとはいつ頃からお付き合いがあったのですか？」

松山が尋ねた。

「五年前、私が『山人会』に入った時以来です。最初の山行のリーダーが小倉だったんです。それからは、一緒にいくつもの山に登りましたよ」

小倉を殺さねばならないような動機――。松山の捜し求める物は、まだ発見できないようであった。

「小倉さんは山に対して非常に慎重な方だったと伺いました」

　羽葉は大きくうなずいた。

「慎重というより手堅かったですね。天候やルートに常に気を付けていました」

「そうすると、小倉さんが今までに事故に遭われたとかいうことは……」

　松山は質問の矛先を変えてみた。小倉と五年来の親友ということであれば、かなり具体的な返答を期待できるだろうと考えたからだ。

「あいつ自身が事故にあったことなんて無かったですね。予定した日にきっちりと戻ってくる。そんな奴でした」

「あいつ自身とは、どういうことです？」

「は？」

　羽葉は眉をひそめた。質問の意味が飲み込めないらしい。

「小倉さん自身には何事もなかった、というように聞こえたものですから」

　その言葉を聞いた途端、羽葉の顔に狼狽の色が走った。

「もし、よろしければ聞かせていただけませんか」

　松山はじりじりと身を乗り出して言った。羽葉の顔が青くなっていく。

「そ、そのぅ、別に隠すつもりはなかったんですが……」

「別に、責めているわけではないのです」

松山はにこやかに笑おうとした。しかし、顔の筋肉がついてきてくれなかった。

羽葉は、観念した様子で、ゆっくりと語り始めた。

「小倉は、黒神岳で友人を死なせているんです」

思いもよらぬ言葉に、松山の手に力がこもった。「山人会」の人間は、誰もそのことに触れなかった。というよりも故意に隠そうとしていたのだろう。身内のおこした事故でもあるのだから、当然といえば当然なのだが。

「不幸な事故だったんです」

三年前、小倉は「山人会」の会員川端勉《かわばたつとむ》と黒神岳に登った。川端は当時四十一歳の会社員であったという。登山経験も豊富で、小倉ともども将来の会長候補といわれていた。

「黒神岳から小黒岳への下山途中、川端さんが滑落したんです。ザイルで確保しあってはいたようなのですが、小倉一人では支えきれませんでした。結局川端さん一人が谷底へ……」

ペアの片方が滑落した場合は、常に悲惨だ。相手をかばうあまり二人ともが命を失ってしまったり、やむなく一人を犠牲にしたり。生きて帰ったとしても、相棒を助けられなかったという罪の意識が一生つきまとう。命あった者が、必ずしも幸せとは限らない。

「その事故が丁度三月でしてね。小倉は、毎年この時期になると小黒岳の事故現場へ登っていたんです。追悼の意味をこめて」

小倉がなぜアイゼンを持っていなかったか。その謎は解けた。やはり、計画書は正しかったのだ。小倉に黒神ピークを踏むつもりはなかった。彼の登山目的は、川端の供養にあったのだ。

「その事故で亡くなられた、川端さんについてもっと詳しく教えていただけませんか」

三年前といえば、松山が警備隊に入る少し前で、地域パトロールばかりの毎日にうんざりしていた頃だ。

「その頃の私は、会の中でもまだ駆け出しでしたから、捜索メンバーにも加わっていません。詳しい事情は分かりませんが、東京の出版社か何かに勤めておられて、転勤で長野へ来られたとか。結婚もされていなかったようで、遺品も故郷のご両親がひきとっていかれたと聞いています」

羽葉は言った。

死人が出るほどの事故であれば、署にも記録が残っているはずだ。過去の記録に目を通しておかなかった自分の失態である。

羽葉は、ちらちらと時計を盗み見た。昼休みが終わろうとしているのだ。

「そろそろ、よろしいでしょうか。戻らないと……」

腰を上げる羽葉を止めておく権利は松山にはなかった。羽葉は逃げるようにして、そそくさと喫茶店を後にした。

「なんだか、すっきりしませんね」傍観者を決めこんでいた滝沢が口を開いた。「でも、このあたりが限界なのではないですか」

捜査の打ち切りはもう目の前だ。結局、組織力を持たない捜査には限界がある。

「もう少し、もう少しなんだよ」松山は言った。冷めてしまったコーヒーをぐっと流しこんだ。「小倉さんの仇が、どこかに居るんだ。もう少しで、顔が見えてくるんだ」

松山は腰を下ろしたまま、ぼんやりとガラスごしに往来をながめていた。いつのまにか、滝沢は居なくなっていた。

署に戻った松山は資料室にとびこんで、三年前の事故の記録を捜した。事故報告書は、年度別に分け、ファイルに保存されている。目的のものはすぐに見つかった。小黒岳岩稜事故報告書と題字があった。小倉と川端の写真も添付されている。

事故は黒神岳「肩の小屋」から、数百メートル下ったルート上でおこった。雪面を横切るバースルートを歩行中、川端が転倒。そのまま雪面を数十メートルにわたって滑り落ちた。川端はピッケルで何度か滑落停止を試みるが効果はなく、小倉と結びあっていたザイルも張りきってしまった。小倉も懸命に確保の姿勢を取ったが、斜面上ということでバランスが取りづらく、川端の落下を止めるには至らなかった。ザイルは手の中を滑りぬけ、逆に小倉を斜面に投げ出してしまった。しかし、その衝撃でザイルが切れ小倉は停止することができた。

川端はそのまま沢上を滑落し、雪面にできたクレバスに落ち込んだ。すぐに捜索隊が編成されたが、川端の落ちたクレバス内は、雪解け水が濁流のように流れる状態であり、捜索は不可能であった。

事故の様子が、小倉の証言を元にであろう、冷たく書き記されていた。ただ、それだけだった。松山は失望を隠せなかった。

小倉は殺されたのだ。間違いない。しかし、その確信から一歩も進めない。松山は、紙面を睨みつけた。欄末に小さく書かれた文字を捉えたのはその時だった。「川端氏の遺体は未発見」と書かれていた。

北ア裏三山周辺は特に雪が多い。深く入り組んだ沢などでは夏でも雪が解けず、雪渓となっている。川端の遺体が雪解け水に飲み込まれ、万年雪の底に眠ってしまったとしたら、遺体はまず発見できない。

松山はファイルをデスクに投げ出した。遺体が無い。つまり、病院を当たっても記録は残っていないということだ。川端の側から事件を突き詰める道は閉ざされた。静まりかえった資料室の中で、松山は小倉に詫びた。

「もう、だめかもしれん」

ガチャンとドアが開けられた。滝沢だった。

「こんな所にいたんですか」

滝沢の目にもあきらめの色が浮かんでいた。この数日で、松山に対して大いなる幻滅を感じたことだろう。接する態度もどことなくよそよそしい。

「隊長宛にファックスが届いていますよ」

巻物のようになった用紙を、滝沢は差し出した。羽葉からだった。

「当会で出版しました追悼文集です。何かの参考になるかと思い、事故報告部分のみをファックスいたします。後日、立ち寄っていただければ、現物を差し上げることもできるかと思います」

山岳会のメンバーが遭難等で死んだ場合、会は追悼の意味をこめて小冊子を作る。本人に哀悼の意を捧げるとともに、同じような過ちを繰り返してはならないという戒めをもこめて会に保存するためである。遭難者への思い出から事故状況まで、様々な思いがそこにつづられる。

ファックスには、事故発生時の状況が細々と書き連ねてあった。しかし、ほとんどの情報が署のファイルと同じものであり新たな発見はなかった。漫然とページをめくる松山の手が止まったのは、文章の合間に挿入されている写真を見た時だった。どこかのピークで撮ったものだろう。川端と男が肩を組んで笑っている。

「弓飼じゃないのか……」

ファックスのため、黒く潰されて判別しにくい。しかし、顔の輪郭や身体つきからしてまず間違いはない。川端と弓飼……。松山は電話に飛びついた。

「ファックス、届きましたか？」

羽葉ののんびりとした声が聞こえてきた。自宅ではなく職場にかけて正解だった。午後九時を回っているが、羽葉の性格からしてまだ仕事をしているに違いないと踏んだのだ。

「川端さんは、弓飼さんと仲が良かったのですか」

余計な話をしている余裕はなかった。

「え、ええ。弓飼君は入会当時最年少メンバーでしたからね。川端さんもかわいがっていました」

弓飼を中心にして、会のメンバーが二人も死んでいる。おぼろげな糸が、松山の前に現われた。

「それでは、川端さんが亡くなられた時は……」

「ええ、ひどく落ちこんでいましたよ。弓飼君は、幼くして両親と死に別れていましてね。川端さんを、実の兄のように慕っていましたから」

川端は小倉の目の前で滑落した。小倉は彼を助けることができなかった。弓飼がそのことで小倉を恨んで……。

「弓飼君が小倉を恨むようなことはありませんよ」

松山の心を読み取ったのであろう。羽葉が強い口調で言った。

「弓飼君だって、山の厳しさはよく分かっています。確かに小倉は川端さんを助けられなかったが、そのことを恨みに思うほど、彼は幼稚な男ではない」

羽葉の言うことは正しかった。弓飼は登山のベテランだ。その程度のことは分かっているだろう。それに、川端が死んだのは三年も前の話だ。今頃になって仇討ちに乗り出したとは、考えにくい。

「申し訳ありません。川端さんと肩を組んでいる写真を見たもので」

「彼は孤独なんですよ。川端さんが居なくなってからは、会の人間とも山に行かなくなった。いつも単独行なんです」

人を拒否するような寂しい影を、松山も弓飼から感じていた。

「お忙しいところをすいません」

松山は電話を切った。弓飼への疑惑。ひどくばかげたことではあるが、頭から完全に追い払うことができなかった。昼間、ちらりと見えた弓飼の首すじ。彼はどこであんなにも日に焼けたのだろうか。顔や手にそんな痕跡はなかった。

もし、彼が山に行っていたとしたら……。三月の北アルプスは寒い。しかし、日中直射日光を受けて登攀する場合、完全防寒では暑くなってしまう。ヤッケを一枚脱ぎ、フードくらいははずすだろう。彼は顔に日焼け止めクリームを塗って登ったに違いない。しかし、首筋だけは盲点だった。日を背にして登る場合、最も日焼けするのは首の後ろである。

小倉が滑落した前日は見事な晴天だった。気温も上がり雪崩注意報が出たほどだった。条件は合う。松山の額を汗が濡らした。鼓動が速くなるのを感じた。弓飼が、小倉を突き落としたのか？　しかし、なぜ？　糸がだんだんとはっきりしてくるのが分かる。しかし、それをつかみ取るまではいかない。もどかしさで、足が震えてきた。

松山は立ち上がると、課長のデスクへと向かった。

地域課課長寒川《さむかわ》は、山岳警備隊の総隊長を務めていた。もっとも現場には一切参加せず、もっぱらデスクワークのみであったが。あんなもやしのような体つきでは、山に入った途端にへたばってしまうだろう。

寒川は難しい顔をして、デスクに座っていた。松山が近づいていくと、仇敵を見つけたような目で、ギロリと睨んだ。

「転属の件、気持ちは変わらないのかね」

先手を打ってきた。転属願いを出して以来、様々な人間に呼びつけられ慰留された。

「はい」

松山は答えた。余計な言葉はもはや不要だ。

「すぐにというわけにはいかん」

これで、松山は出世コースからはずれたことになる。一生、田舎の交番で勤めにはげむのだ。

「正式に辞令が出るまでは、警備隊隊長としての職務をまっとうしてもらう」

そんなことは言われなくてもわかっている。

「今は、別の件でお話があるのですが」

「弓飼氏のことか」人の機先を制する術だけは心得ている男だ。「協力してくれるのか？」

「もう少し待ってくれといわれました」

寒川は顔をしかめた。

「いつまでも待つ訳にはいかんのだよ」

弓飼の生還は、警察のみならず日本中を賑わした。警察には各マスコミから生還ルートの問い合わせがあいついでいた。

「あの一帯は原則として立入禁止区域だ。このまま行くと、勝手に入り込む輩も出てくるだろう。そいつらが事故でも起こしてみろ。叩かれるのはこっちなんだ」

「今週末、休暇をいただけませんでしょうか。黒神岳直下から沢へ下りてみます」

松山は言った。

天候と雪崩にさえ気をつければ、そう難しいルートではないだろう。ノーザイルで充分いける。弓飼への疑念をはっきりさせるためには、現場を踏んでみるしかない。それも一人で。疑念が確信に変わるまで、第三者を近づけるわけにはいかないのだ。

寒川は難しい顔をして考えこんでいたが、それはあくまでも建前にすぎなかった。

「よろしい。気をつけて行ってきたまえ」

ふだんなら、絶対に許可など出さない男なのだが。

「では、失礼します」

寒川は顔もあげなかった。もうすぐ目の前から消えてしまう男に、興味など持てないのだろう。

誰にも知らせずに行くつもりであったが、滝沢にだけは日程を告げた。いざという時には、救助を依頼しなければならない。予定の日数を過ぎても松山が下山しなければ、滝沢の通報で捜索隊が送られるシステムにしておいたのだ。それに、いくら休暇とはいえ警察官が行き先も告げずに外出することは規則違反であった。

「お気をつけて」

滝沢は複雑な面持ちでそう言った。たった一つのことにこだわり続け、堂々巡りをくりかえしている。さぞ情けない姿に見えるだろうな、と松山は思った。

下山したら、警備隊を辞める。それによって、永久に山を去ることになるかもしれない。それならそれでかまわない。こんな思いを続けるのは、もうごめんだ。

5

水の流れる音が、尾根にあふれていた。肩の小屋付近の雪も、大半が解けてなくなっていた。ぬかるんだ道を、松山はゆっくりと歩いた。寒さは相変わらずであるが、照りつける日の光に暖かみが宿っている。黒神にも、春がやって来ようとしている。

松山は、わざとルートをはずし、沢筋へと入りこんでいった。雪の量が変わっているため、同じ場所でも違って見える。弓飼と出会った地点を捜し出すだけで、半時間を要してしまった。木々の枝から、雪の落ちる音がする。低木も、雪の合間から顔を出すようになっていた。松山は、弓飼の証言を思い起こし、現在地点を確認した。目指すのは、弓飼が一週間のビバークの後にたどりついた沢である。松山はついに見当をつけた。黒神岳より南へ一〇〇メートルほど下った地点。小黒岳、茂霧岳から下ってくる沢がそれぞれ合流する谷である。黒沢雪渓ともよばれる広く長い谷だ。その名の示すとおり、夏でも雪が解けることはない。

松山は尾根上から直下を観察した。思っていた以上の険しさだ。弓飼は、この傾斜を登ってきたというのか。松山は引き返すことも考えた。ピッケル、アイゼンと装備は完璧であるが、あくまでも単独行である。万一の事態の時、頼りにできるのは自分しかいないのだ。しかし、松山はそのまま足を進めた。日をあびていくぶん緩くなった雪面は、ステップをきりやすくしてくれる。体全体でバランスを取りながら、リズムをつかんで一気に下る。急斜面だからといっていちいち立ち止まっていたのでは、日が暮れてしまう。傾斜は二十度ほどだろうか。三人以上のパーティーであれば、ザイルは必携だ。尾根の合間からのぞいていた黒神岳のピークは、岩に隠れてしまった。時が経つにつれ、両側の岩壁が高くなっていく。何ともいえぬ圧迫感を松山は感じた。標高は二〇〇〇メートルくらいだろうか。一年中雪に覆われている渓谷には、低木すら生えず一面が白に染まっている。吹き下ろしの風が強くなってくる。生き物の影すら見えない谷。雪をきるザッザッという音だけが聞こえている。

下り始めて一時間。松山はようやく足を止めた。右手から小黒岳からくる沢が合流していた。尾根の陰に隠れ、ピークそのものは見ることができない。地図で現在地点を確かめると、松山はそのまま歩き出した。傾斜は大分緩くなってきているが、それでも油断はできない。このくらいの標高までくると雪崩の危険がある。まして沢上だ。松山は谷の真ん中へ出ることなく、なるべく端を歩くことにしていた。雪崩の破壊力は恐ろしい。時速数十キロのスピードで、巨大な氷の塊が飛んでくるのだ。人間などひとたまりもない。

松山は、ただがむしゃらに進んでいた。目の前に、沢の合流点が見えている。茂霧岳からのものだ。別々の山から下りてきた雪解け水は、ここで一緒になる。雪のあちこちにクレバスができていた。その下は濁流である。荒れ狂う水の音に耳を傾けながら、松山は傾斜の緩い地点を選んで腰を下ろした。ヤッケの下は汗ばんでいた。風が止んだ分、体感温度が上がっているのだ。合流地点は荒れていた。岩壁にはするどいひっかき傷のようなものが残り、雪上には大きな岩が転がっていた。雪面もあちこちに裂け目ができ、大きな段差となっている。雪崩のためだ。三日に一度の割合で、この周囲では雪崩が起こっている。松山はザックからポリタンクを取りだし、水を飲んだ。左右から迫る岩壁はますます高く、日の光すら遮っている。こんな所で、弓飼は一週間を過ごしたのだ。生と死の間をさまよいながら、零下の地獄から這い上がってきた。

「そんなことは無理だ」

松山は思った。こんな場所で、大した食料も防寒具もなく、一週間も耐えられるはずがない。体力的な問題ではない。精神だ。こんな所に一人で閉じこめられていたら、頭がおかしくなってしまう。どうして、今までそれに気がつかなかったのか。弓飼の言っていることは真実ではない。松山は立ち上がっていた。それとも、自分の判断が間違っているのだろうか。弓飼が迷いこんだ沢はこれではないのか。松山には訳が分からなかった。周囲の自然に圧倒され、思考が鈍っているのかもしれない。

松山は首からさげていた手拭を取り、目の前を流れている雪解け水に浸した。手拭をしぼろうとして、我に返った。体は暖まっているとはいえ、外気は氷点下七度である。水にさわったりしたら、たちまち凍傷になってしまう。松山は手拭をそのまま投げ捨てた。落ち着くんだ。手拭は水面をゆらゆらとただよい、そのまま視界から消えた。それに代わるようにして、松山の前を横切った物体があった。銀色にきらきらと光るアルミホイルのようなものだった。何気なく見過ごそうとした松山の頭に警告灯がともった。松山は銀紙をつまみあげた。水面に浮かんでいたため、手は濡らさずに済んだ。手元にあっても銀紙はきらきらと光っている。それは、チョコレートの包み紙だった。

松山は流れの上流に目を転じた。この獣すら入ってこないような場所に人の痕跡を発見したのだ。誰が、このチョコレートを食べたのだ？　弓飼のものか？　いや、そんなものが三ヵ月を越えて残っているはずがない。松山は半ば駆け出すようにして流れを遡っていった。数メートルいった所に岩の裂け目があった。人一人が通れるほどの大きさだ。長い間埋もれていた洞窟が、雪崩のために現われたのだろう。真っ黒なトンネルが口を開けている。雪解け水はそこからチョロチョロと吐き出されていた。そうしている間にも、また銀紙のカスが流れ出てきた。もう、松山は見ていられなかった。ヘッドランプを灯し、体をかがめ穴の中へ入っていった。洞窟の壁面は完全に凍っていた。物凄い寒さだ。冷気が全身を包んでいく。歯の根があわなくなり、がちがちと不快な音をたてる。見た目と違い、洞窟の奥行きはほとんどなかった。二〇メートルも行くと、すぐ目の前に壁が迫っていた。ひたひたと天井からも水が落ちてくる。皮膚にはりついたらおしまいだ。松山はヤッケのフードをかぶり、引き返そうとした。壁にもたれかかるようにして横たわる物体を発見したのはその時だった。

間違いなく人間だった。両足を投げ出したままピクリとも動かない。首が前に倒れているため、顔を見ることができない。死んでいる——。松山は直感した。灰色となった肌。不自然な格好。松山は深呼吸をした。落ち着かなければならない。自分は警官なのだ。逃げ出すわけにはいかない。おそらく遭難者の遺体だ。死んでかなりの日数がたっている。松山は思いきって前に出た。まずは、身元の確認だ。松山はヘッドランプを遺体の頭部へと向けた。

「うっ」

遺体の顔は無残にも崩れ、識別不能であった。零下の気温の中とはいえ、腐敗を完全に止めることはできなかったのだろう。松山は嘔吐感をこらえながら、遺体が背負っているザックに手をかけた。どこかに名前があるかもしれない。

ザック側面に、名前を書いた札がぶらさがっていた。川端勉とあった。

「そんなばかな」

松山は思わず声に出していた。川端が死んだのは、今から三年も前のことだ。三年という歳月を経れば、肉体はおろか骨まで分解されてしまう。だが、目の前に横たわる遺体は、頭部以外は原形を保っている。松山は恐怖も忘れて、遺体の脇にしゃがみこんだ。

「どういうことなんだ……」

松山は改めて洞窟の内部を見渡してみた。周囲は分厚い氷に覆われている。岩壁と思っていたものは、全て氷だった。洞窟ではなく氷窟と言ったほうがいいくらいだ。流れこむ雪解け水が、長い年月をかけて氷の穴を作りだしたのだ。氷壁の表面は、磨きあげたようにツルツルで傷ひとつなかった。松山は明りを地面に向けた。壁と同様、氷に覆われている。アイゼンをつけていなければ、歩くことすらままならなかっただろう。

その時、ランプの光は思わぬ物を照らし出した。飴の包み紙、固形食料のカス、そしてチョコレートの包み紙――。松山は再びその場に凍りついた。何者かが、最近この洞窟に居た……。松山は遺体の背後に回り、ザックを開けてみた。予想通り、中にはほとんど何も入っていなかった。鍋や食器が底の方に、突っ込んであるだけだった。何者かがザックを開け、中の食料をあさったのだ。

「弓飼だ」

松山は思い至った。弓飼は、遭難中の一週間この穴の中に居たのだ。そして、遭難者の残した食料を食って生き延びた。吹き荒れる吹雪。漆黒の闇ともいえる穴の中で、目をぎらつかせながらザックをあさる弓飼。悪夢だ。これが山の現実なのか。松山は呆然と遺体を見下ろしていた。首すじにひやりとする物があたった。汗だった。冷や汗で松山の全身は濡れていた。とにかく連絡だ。戻ってこの位置を知らせなければならない。

気をとりなおし出口に向かおうとした時、遺体の足の陰から黒い手帳が顔をのぞかせていることに気づいた。登山者は、各地点の記録を取るために手帳を持ち歩いている。松山は反射的に手をのばした。泥にまみれ、湿っていた。今にも手の中で崩れていきそうだった。最初のページに書きつけられていたのは、呪いの言葉だった。ゆがんだ文字で、

「見殺し。小倉を恨む」

とあった。報告書で仕入れた事故の状況が甦った。一本のザイルで結ばれた二人。斜面につきささったピッケルに全てをたくし、二人の男が死の淵にいた。小倉の両手には二人分の命が懸かっていた。ザイルは本当に切れたのだろうか。小倉が切ったのではないだろうか。ピッケルを持つ手がしびれてきた時、小倉はどうしたのだろう。妄想がかけめぐる。

松山は立ち上がり、外へ出ようとした。新鮮な空気が吸いたかった。弓飼が目の前に立っていた。完全な冬山装備に身をかため、右手にはピッケルを握り締めている。これは幻影か。松山は目をこすった。幻影がニヤリと笑った。

「なんだ、その顔は」これは現実だ。松山は足に力をいれた。「まさか見つけるとは思わなかった。つけて来てよかった」

弓飼の目は、普通ではなかった。見つめられるだけで、体のどこかに穴があきそうだ。

「どうして、ここに来ることが分かったんだ?」

「あんた、羽葉に会っていただろう。奴が川端さんの追悼文集を渡したと聞いてな。嫌な予感がしたのさ」

署に連絡を入れ、松山がこの山域に向かったことを滝沢を通して聞いたのだろう。

「追いつくのに苦労したぜ」

弓飼がピッケルをぐっと突き出した。松山はじりじりと壁際に追い詰められていく。

「君が生還できた訳がやっと分かったよ」

松山は言った。なんとか形勢を逆転させたかった。そのためには、まず会話に持ちこむことだ。

「死人の食料を食って何が悪いんだ。罪になるのか」弓飼はますます間合いをつめてきた。ピッケルの存在が不気味だ。「壁の氷に埋っていたのを、掘り出してやったんだ。二日がかりでな。食い物はその駄賃さ」

弓飼がヘッドランプをつけ、洞窟の奥を照らした。一番奥の氷壁に、人一人が入れる程度の穴が開いていた。遺体に気を取られ、松山は気づかなかったのだ。川端の遺体は、三年間氷の中に閉じこめられていたのだ。微生物に浸食されることもなく、三年間じっと眠り続けていた……。

「では、どうしてこのことを黙っていたんだ」

弓飼の右手がゆっくりと持ち上がった。問いに答えるつもりはないようだ。松山はショートしそうになる頭をフル回転させた。このままでは、間違いなくやられる。

「小倉を殺したのは、おまえだな」

弓飼の動きが止った。隙ができた。松山は弓飼を突き飛ばした。だが、壁に激突しながらも弓飼は倒れなかった。ピッケルを斜に構えたまま、出口を塞ぐようにして立っている。しかし、松山は満足していた。突然頭に閃いたことを口に出したまでのことだ。それが、あそこまでショックを与えることになるとは。思わぬところで、自分は真相を突き止めたのかもしれない。

弓飼が、川端の死体発見を言わなかった理由。それは、小倉殺害の動機がここにあるからではないのか。

「いったい、何のつもりだ。川端さんに恩返しでもしたかったのか」

弓飼はここに一週間も居たのだ。当然、あの手帳も読んだだろう。極限状態の中で、川端の呪いは弓飼の内部で増幅されていったはずだ。

「うまいことを言うな。そうさ、川端さんの遺言を叶えてやったのさ」

弓飼の顔がゆがんだ。

「俺が、どうして毎年この山に来ていたのか分かるか？　川端さんを見つけたかったからだよ」

弓飼はこの山塊が好きだったわけではないのだ。毎年の山行には、目的があった。

「小黒岳周辺の沢は捜しつくした。残るは茂霧岳直下の沢だ。小黒岳と茂霧岳の沢は合流しているものが多い。川端さんはクレバスに落ち、下流へ流された可能性もあるという。それならば、茂霧岳からの沢筋に眠っているかもしれない。俺はその可能性に賭けてみた」

しかし、その捜索途中、誤って弓飼は転落してしまった。吹雪に閉ざされ、いよいよあきらめかけた時、目の前に現われたのがこの穴だった。そして、中には川端が居た。

弓飼は、遺体を一瞥した。三年を経て戻ってきた川端。

ザックの中には、まだかなりの食料が入っていた。冷凍状態にあったため、固形物は食べることができた。防寒用のセーターやシャツは燃料として燃やしたのだろう。

「手帳は、右手に固く握られていた。見つけたのは三日目だったよ」

川端はクレバスに転落しても、すぐには水に飲みこまれず生きていたのではないか。遠のく意識をふるいたたせ、かじかむ手に力をこめ、あの言葉を記したのだ。

手帳の文字によって、弓飼の生への執念はますます強まったといえる。生きて帰る。そして、川端の恨みをはらす。松山が弓飼を発見した時、神々しいオーラを感じた。しかしそれは逆に、弓飼の作り出した悪魔のオーラだったのだ。

「ピッケルで脅せば、小倉はどこまでも歩いていったぜ。突き落とされた瞬間も理由を捜していただろう」

終わりが近づいている。松山は感じていた。危険を察知する勘のようなものだろうか。長年山に登っていると、そうした感覚が鋭くなる。ザッと弓飼の足が動いた。同時にピッケルが肩をかすめた。松山は体を左右にふりながら、弓飼の右手を摑んだ。弓飼は猛烈な力で、松山を押してくる。ピッケルが手を離れ、地面に落ちた。拾いあげようと腰をかがめた弓飼に体当りをかます。弓飼は出口付近まで転がっていった。だが、すぐさま起き上がり松山を睨みつける。

「川端さんは、たった一人の身内だったんだ。仇を討ってなにが悪い」

なおも摑みかかってくる弓飼を松山は正面から受け止めた。そのまま、体を落として腰にのせる。一本背負いの要領だ。地面に叩きつけられた弓飼は、うっとうめいたまま動かなくなった。

ゴゴゴと不気味な地鳴りが聞こえたのはその時である。地面が揺れ、水のはねる音がした。出口付近でぱらぱらと雪がはねている。松山は動かなくなった弓飼の手を放し、洞窟の出口へと向かった。振動はますます大きくなっていく。松山は外を見た。はるか上の尾根上に白い煙が上がっている。雪崩だ。この沢をめざしてつき進んでいるようだ。こんな中にいては危ない。瞬く間に押し潰されてしまう。反転しようとした松山の背中が強く押された。雪面に叩き付けられ、そのまま滑りはじめる。いつ起き上がったのか洞窟の入口に弓飼が立っていた。止まらねば。奴をここから連れ出さないと。しかし、一度滑りだした体はなかなか止らない。洞窟との距離がぐんぐん離れていく。弓飼はじっとこちらを見ていた。

「弓飼、そこを出ろ。雪崩だ」

松山は声の限り叫んだ。しかし、返事はなかった。もうもうと立ちこめる雪煙が、弓飼の姿をおぼろげにしていく。雪面の小さな窪みにはまって、ようやく体が止った。松山は体を丸め、口に両手を当てた。雪崩にまきこまれた場合の気道確保のためである。ぱらぱらと氷の破片が体にふりかかった。風の流れが伝わってくる。突然、強い衝撃を感じた。そのまま体がくるくると回転し、前も後も分からなくなった。意識が遠くなっていく……。

気がついた時、松山は雪面上に居た。雪崩に飲まれたものの、雪中に埋もれずにすんだのだ。奇蹟だった。松山はゆっくりと立ち上がった。体のあちこちが痛んだが、骨が折れている箇所はないようだった。

辺りには、何も無かった。ただ、一面に白い大地があるだけだった。松山はザックを無くしていないことを確認し、中からトランシーバーを出した。救助要請のためだ。肩の小屋を通じて本部に連絡がついた。超特急で迎えをよこすという。

「弓飼……」

押し寄せた大量の雪で、地形までが変わってしまっている。あの洞窟がどこにあったのか、見当すらつけられない。もし雪深くに埋もれてしまったのなら、発見は夏でも困難になる。

それでいいのかもしれない。松山は思った。何も無理矢理見つけることなどない。奴は戻りたがらないだろう。松山の思惑をよそに、山は静寂の中にあった。結局、自然の前に人間は無力だ。戦いを挑むこと自体が間違いなのかもしれない。小倉も弓飼もそして自分も、自然の作った大きな偶然に巻き込まれ、喘いでいたにすぎない。

本部に戻ったら、忙しくなるだろう。その前にしておかなければならないことがある。転属願いを取り下げるのだ。松山は決めた。胸のつかえが取れたようだ。小倉、弓飼……自分は色々なものを失った。結局残ったのは山だけだった。それならば、精一杯山にしがみついて生きてやる。山が何と答えるのか聞いてやる。その後のことは、それから考えよう。

松山は空を見上げた。どこまでも濃い青が続いている。成層圏の青だ。すっと白い物体が目の端をかすめた。ヘリだ。ローターの音がどこからか聞こえてくる。松山は大きく手を振った。

七通の手紙

浅黄　斑

著者紹介　一九四六年兵庫県生まれ。関西大学工学部卒業。産業機器メーカー勤務の傍ら同人活動をし、九二年『雨中の客』で小説推理新人賞受賞。著書に『ちょんがれ西鶴』『光虫』『十五の喪章』『墓に登る死体』『天橋立殺人回廊』『きょうも風さえ吹きすぎる』他

櫻田華絵様

✉

拝呈

五月もはや半ば、樹々の緑もいよいよ深まる季節になってまいりました。それにしても今年のこの暑さは、何としたことでしょう。汗ばむというのを通り越した馬鹿陽気に、うんざりさえしてしまいます。

このように突然のお便りを差し上げて、さぞ不愉快に思われることと思いますが、その点は、どうかご容赦下さいませ。すでにあなたのお耳にも入っていることでしょうが、俊行の消息が不明と聞き及び、居ても立ってもいられない焦慮に、身を揉む母親でございます。

あなた様にお会いする機会がございましたのは、これまでに二度、子を思う母心とは申せ、その節には老婆心ながらの苦言を申し上げましたのを思い返しましては、改めて汗顔しております。もしそのときのことを、今もご不快に思っていらっしゃるようなら、どうかお許し下さいませね。

本来なら上京いたしまして、直接お目もじの上で、お詫びやらお願いやらをしなければならないところでございますが、わたしこと、現在は病院のベッドに臥し、歩行もままならない状態ですので、どうかご勘弁願いとうございます。

すでにお聞き及びかも知れませんが、先月の終わりごろ、そそっかしくも自宅階段を踏み外し、腰骨と右腕を骨折してしまったのでございます。そのようなわけで、この手紙も看護婦さんにお願いし、ワープロで打ってもらっています。重ね重ねの失礼は、幾重にもお詫びいたします。

　さて、わたしの転落事故の報せを受けて、俊行がこの宮津まで見舞いにきてくれたのが、半月ばかり前の四月二十九日、『みどりの日』のことでございました。翌三十日と今月一日の二日間を休暇にして、合計で七日間の連休というようなことを話しておりましたが、俊行がこちらを発ちましたのは、五月一日の昼過ぎでございました。そうすると、俊行が、そちら——中野へ帰り着いたのは、その日の夜だったのではないかと思われるのですが、そのあたりは、どうだったのでしょうか。お尋ね申し上げます。

　俊行の会社から、出社予定の五月六日以降、ずっと無断欠勤が続き、調べてみたところ自宅にもいない、という連絡が入りましたのが、昨日の十三日のことでございます。その電話を受けたのは長男の一義で、わたしは間接的に聞いただけなのですが、それ以上のことは、いっこうに様子が分かりません。隔靴搔痒といいますか、詳しいことが何も分からず、もどかしく思っております。

　一義の報告では、電話を下さったのは俊行の上司の方で、こちらの実家へ連絡をとる前に、そちらへ何度も電話をしたが誰も出てこず、直接訪ねていって、ようやくあなた様に会えた。その結果、俊行が自宅にも帰っていない、ということが分かった、というようなお話だったらしゅうございますが、そのあたりは、どういった事情だったのでしょうか。お尋ね申し上げます。

そのとき、あなた様が、会社の方に申されたところでは、俊行は、五月三日の朝に、どこかへ出かけ、そのまま帰宅していないとのことらしゅうございますが、それに間違いはございませんのでしょうか。

いいえ、決して詰問しているわけではないのです。どうか、そのようには、お取り下さいませんよう、伏してお願い申し上げます。

といいますのも、これもご存じとは思いますが、俊行はわたしが連れ子して滝本家に再嫁した経緯から、滝本家長男の一義と戸籍上では兄弟ながら、実際には血の繋がりがないのです。そのためどうしても、一義は、わたしほどには心配してくれず、家業の縮緬《ちりめん》問屋が多忙のせいもあり、「なに、そのうちひょっこり顔を出すさ」と呑気なもので、ほんとうに困ってしまいます。

ほかに家族でもあれば、すぐにも上京して調べさせることもできるのですが、すでに主人とも死別して、俊行のほかは一義だけのわたしには、どうすることもできません。せめて一義の嫁である三枝子さんにとも考えたのですが、三枝子さんは、多忙な一義を支える傍ら、受験を控える子供たちを育て、さらには入院中のわたしの面倒まで見てくれるという生活で、とてもそこまで無理は申せません。ああ、わたしが自由に飛び回れれば、と、ほんとうにもどかしく、身もだえしたい気持ちでございます。

哀れな母心をお酌み下さいまして、どうか、何でもけっこうでございます。俊行がいなくなった前後のことについて、詳しくお教え願えませんでしょうか。また、学生時代から、八年間も俊行と一緒に暮らしているあなた様ならば、実の母親の知らないことも、いろいろご存じではないかと、考えるのでございます。

どんな小さなこと、あるいは変わったこと、お心当たり等々、お知らせ下されば幸いです。

末筆になりましたが、二年前の、あのことで、あなた様におかれましては、まだ後遺症に悩んでおられるとか、俊行から聞きますたびに心を痛めておりました。その後、お加減はいかがでございましょうか。遅ればせながら、お見舞い申し上げます。

では、一日も早いお返事をお待ち申し上げております。乱文にて失礼いたします。

かしこ

一九九八年五月十四日

滝本みちえ

滝本みちえ様

✉

✉

拝復

ほんとうに今年はせっかちな夏で、まだ五月というのに東京でも、連日のように夏日が続いております。

さて、さっそくですが、お問い合わせの件につきまして、お返事を差し上げます。わたしのほうでも、ワープロのお返事になりますが、どうかお許し下さい。

まず、俊行さんの無断欠勤が続いたため、会社（これは俊行さんの上司で、松原さんとおっしゃる課長さんです）から何度も電話連絡をしたが、電話には誰も出なかった……という点から、事情をご説明したいと思います。（改めてご説明するまでもなく、その間の事情については、あなたが誰よりも、ご存じのこととは思いますが……）

わたしと俊行さんが同じ大学の、同じクラブの先輩と後輩として知り合い、同棲が始まったのが、今から八年前のことでした。忘れもしない、わたしが一年生、俊行さんが三年生の冬休みのことです。

旅行中の飛行機事故で、あっけなく死んだ両親が遺してくれた中野の自宅に、俊行さんが転がり込んでくる、というかたちで、それは始まったのです。

わたしたちの同棲は、すぐにあなたの知るところとなり、まだ十九歳のわたしは、なにをどう説明すればいいのか、ただパニック状態で、あなたの厳しいご叱責を聞いたものでした。天涯孤独となっていたわたしには、相談すべき誰もいず、自分がどうしたいのか、俊行さんをほんとうに愛しているのかさえ、充分に理解できていない小娘だったのです。

いいえ、恨み言を書くつもりはないのです。

わたしが言いたいのは、あのとき俊行さんが、あなたに対して、「ぼくは華絵を愛している。大学を卒業したのちのことになるけれど、必ず結婚するつもりだ」と、はっきり言い切って下さり、感動したことをお伝えしたかったのです。

そうです。あのひと言で、わたしもまた俊行さんを愛している、この人こそ、一生を共にする男性だと、確信するにいたったのですから。

やがて俊行さんは大学を卒業し、中堅の信金に就職が決まりました。保守的な会社だし、金銭を扱う職場だけに、同棲中の私生活を知られるのは将来的にもまずい。ついては、俊行さん専用の電話を引き、それには決してわたしが出ないこと、という取り決めは、実はそのときから始まったのです。

いわばわたしは、俊行さんを中心とする社会、すなわち会社、同僚、その他の友人たちからは、影の部分、実態は夫婦同然ながら、誰もその存在を知らない、という状況にあったのです。いいえ、それはいいのです。当時はまだ学生の身分でしたし、元よりわたしも承知のうえで、互いに取り決めたルールでしたから。

それから二年後、わたしも大学を卒業し、出版社に職を得ました。これで、いつでも俊行さんと結婚が可能な状況は出来上がった、と信じていました。今にして思えば、馬鹿だったと思います。

もう少し、もう少しと俊行さんから結婚を先延ばしされるうちに、わたしは二度目の妊娠をしてしまいました。すでに一度、中絶の経験があったわたしは（もちろん、俊行さんの子供です）、強く結婚を望んだのですが、俊行さんは煮えきらず、とうとう大喧嘩になってしまい、俊行さんは家を飛び出して行きました。その夜、わたしは絶望してガス栓を開き、帰宅した俊行さんによって発見され、結果としては死にそこなってしまいました。それが二年前の、あの自殺未遂事件の原因です。

このような繰り言めいたことを、改めて書き綴るのは他でもありません。今もわたしは、頭痛などの、ガス中毒による後遺症に悩まされていますが、あのときあなたが、入院中のわたしを見舞って下さった前後のことは、頭全体に霞がかかり、それこそ夢かうつつかといった状況で、何を話したのかすら記憶にありません。あるいはあなたは、今もあのときの、わたしの自殺未遂の原因について、何もご存じないのかもしれないと思いまして、蛇足ながらつけ加える次第です。

ほんとうなら、俊行さんとは、あのときにお別れすべきでした。

それを俊行さんは、わたしを抱きしめ、涙を流して詫びて下さり、元気になったら、今度こそきちんとした家庭を作ろう、そう、力強く言ってくれたのです。

今にして思えば、あの自殺未遂で流産し、ほとんどノイローゼ状態だったわたしに、俊行さんは哀れみをかけたのでしょうか。それとも、中野の一戸建てという財産と、そのころには残り少なくなってはいたものの、両親が命と引き替えに遺した補償金に、俊行さんは、まだ未練があったのでしょうか。

俊行さんの消息が分からず、ご心配されているあなたには、なんてひどいことを書くのかと、お怒りかもしれませんね。

でも、結局のところ、この八年間の俊行さんとの生活を振り返ってみると、そうとしかわたしには思えないのです。学生時代も、社会人となってからも、俊行さんは、それは優雅な生活をお送りでした。わたしがはじめてクラブの先輩として、俊行さんにお会いしたときには、仕送りだけではやっていけないと、アルバイトに追われていたものでしたが……。

ずいぶん、嫌みな書き方ですわね。お許し下さい。自分でも、なんて嫌な女だろうと、自己嫌悪に陥ります。昔は、こんなに性格ブスではなかったのですが……。

はっきり申し上げて、わたしと俊行さんの仲は、もう他人以上に冷えきっていました。自殺未遂後、わたしは出版社を辞め、今は自宅で、フリーの編集者をしています。俊行さんのほうも、折からのご時世で、勤めていた信金が閉鎖され、昨年から現在の事務機器商社に転職したのです。

つまり、もはや私生活がどうのこうのと言われる職場ではありません。でも、相変わらず俊行さんには、わたしと結婚する意志はないようで、とうとうわたしのほうから別れを申し出たのが、つい先月のことでした。こんな言い方もおかしいのですが、わたしたちは、すでに家庭内離婚の状態だったというのが当たっています。同じ屋根の下で、他人以上に心が離れていながら一緒に暮らしていることに、もう耐えきれなくなったのです。

俊行さんも承知して、新たな住居を探すから、二、三ヵ月の猶予を欲しいとのことでした。できるだけ早く出ていってくれるよう、わたしの希望を伝えて、話し合いは終わりました。それ以降の俊行さんへの感情は、下宿人、あるいは間借り人、いえそれ以下の関係でしかなくなっていたのです。

従って、最近の俊行さんについて、わたしが知るところは非常に少なく、何か心当たりがないかと尋ねられましても、困惑するばかりです。俊行さんの会社からの連絡に、わたしが出なかったのは、先にも書きましたとおり、今に始まったことではなく、それがわたしたちのルールだったからに他なりません。

で、もうひとつのお問い合わせについてですが、確かに四月二十九日、入院されたあなたを見舞うため、俊行さんは宮津に帰ってくると言って出かけました。戻ってきたのは、おっしゃるとおり、翌々日の一日の夜でした。そのことに間違いはありません。

帰宅後の翌二日は、どこかに出かけて夜遅く戻り、翌三日も、どこかへ出かけて行きました。いずれも車による外出です。車は白のブルーバード。車も戻っておりません。

私が知っているのは、そこまでです。それきり俊行さんには会っておりません。たぶん旅行にでも出かけたのかと思っておりました。

ゴールデンウィークが終わっても戻らないので、気にはなっておりました。でも、俊行さんは、これまでにもよく外泊をして、何日も家を空けることが多かったので、それほど心配していたわけではありません。きっと、新しい住居でも見つけて、そのうち荷物を取りにくるのだろう、くらいに考えておりました。

だから五日前、松原さんが訪ねてこられ、俊行さんが連休明けから欠勤していると聞いたときには、正直言って驚きました。あれほど上昇志向が強く（皮肉ではなく）、世間体を取り繕い続けてきた俊行さんには、似合わないことですもの。

でも、私にはまったく心当たりがございません。松原さんにも、同じことを申し上げました。私は何も知りません。

お役に立たないお返事のうえに、なんだかつまらないことばかり書いてしまいました。どうか、お許し下さい。

末筆になりましたが、一日も早く、ご快癒されるよう祈っております。

かしこ

一九九八年五月十八日

櫻田華絵

す。【追伸】俊行さんが戻ってくれれば、あなたに必ず連絡をとるようにと、お伝えしておきま

✉✉✉

櫻田華絵様

再呈

本日、あなた様のお返事、落手いたしました。さっそくご返書を賜り、感謝しておりま
す。

あなた様にも、いろいろ言い分もございましょうし、また、俊行のほうにも、いたらぬ点が多々あったことと、母親として、改めてお詫び申し上げる次第です。

あなた様のお苦しみや、俊行によって傷つけられた御心身は、わたしも同じ女として、よく理解できますと共に、我が子ながら、男というものの身勝手さに、腹立ちすら感じております。どうか俊行のことを、許してやって下さいと、お願いするほかはありません。

ところで、あなた様のご返書を、繰り返し繰り返し読むうちに、どうしても一点、納得のできないところがございました。

あなた様のお手紙によれば、俊行とはすでに家庭内離婚のような状況に立ち至っており、この四月、あなた様のほうから、俊行に別れを切り出されたということでございましたが、そこのところが、もうひとつ腑に落ちないのでございます。

と申しますのも、実は俊行は、三月の終わりごろにも帰郷してまいり、そのとき、近々、結婚するつもりだというようなことを漏らしていたのでございます。わたしがお相手は、あなた様かと尋ねると、首を振り、あなた様とはお別れするつもりだ、というようなことを言っておりましたのですが……。

あなた様のお手紙の行間から立ちのぼる、妖気めいたものに、胸騒ぎすら覚えています。もう一度、お尋ね申し上げます。何か御心当たりはございませんか。

きょうは五月二十日、俊行が五月三日に、車で出かけたのが最後ということであれば、もう十八日間も、俊行は消息を絶っているということになります。心配で心配で、胸が張り裂けそうな思いです。

どのように僅かな手がかりでも、知りたいのでございます。

そこでひとつお願いがございます。

あなた様のところに残っている、俊行の持ち物、たとえば手帳や日記のたぐい、書類やメモや印鑑など、まことにお手数とは思いますが、できればそっくり、私どものほうにお送り下さいませんでしょうか。もちろん、配達料受取人払いでけっこうでございます。

あるいは、そういった中に、何か俊行の行方を示す手がかりでもないものかと、藁にも縋る思いなのです。そうそう。特にご留意願いたいのは、あなたもご存じと思いますが、ちょうど広辞苑くらいの大きさの小箱のことでございます。純白の丹後縮緬《ちりめん》で表装した小箱は、俊行が昔から大切なものを入れておく箱で、あの子の死んだ父親（実父のほう）の形見でもございます。あるいはその中に、何か手がかりでもと考えるのです。白縮緬には、鶴が織り込まれています。

どうか、よろしくお願い申し上げます。

かしこ

一九九八年五月二十日

滝本みちえ

滝本みちえ様

🖂🖂🖂🖂

前略

本日、俊行さんの荷物、一切合切、運送屋さんにお願いして、つい先ほど、そちらに向けてお送りいたしました。テレビやパソコン、家具や洋服、アルバムやノート類、歯ブラシやシェーバーにいたるまで、俊行さんに関わるものは余すところなく、すべてお送りしたつもりです。

二トントラックにいっぱい、おそらくこの手紙が着くより早く、お手元に届いていることと思います。もちろん、白縮緬で表装した小箱も、お入れいたしました。お改め下さい。

それから、お手紙にあったあなたの疑問について、お答えしておきたいと思います。

ついつい、恨みがましいことを綴りました先日の返書、さぞ、ご苦笑なされたことでしょう。わたし自身も、あれから自己嫌悪で、すっかり落ち込んでしまいました。

そうですね。勇気を持って告白いたします。あの手紙には、小さな嘘が混じっています。女心の見栄と申しますか、どうかお笑い下さい。

俊行さんとは、すでに家庭内離婚の状態だったと書いたことに、嘘はございません。わたしのほうから、別れを切り出したというのも、まぎれもない事実です。

でも、それは、俊行さんに、新しい恋人ができたことを、わたしが知ったからに他なりません。これまでにも、何度かそういったことはありましたが、女の直感と申しますか、今度は俊行さんも、本気なのだということが、わたしには分かったのです。

でも、いくら待っても、俊行さんのほうから、そういった話は出てきません。とうとうしびれを切らし、わたしのほうから別れを切り出した、というのが真実です。

真実はどうあれ、俊行さんがわたしを捨てて、別の女性を選んだ、という事実に変わりはありません。そのことを書かなかったのは、単に女の見栄だとお考え下さって結構です。他意はなかったのです。

ところで、昨日のことですが、一人の来客がございました。安土珂奈さんとおっしゃる若いお嬢さんで、俊行さんの婚約者だと言われました。俊行さんが行方不明になって、心配のあまり訪ねてこられたのです。

俊行さんがどのような説明をしていたのかは分かりませんが、珂奈さんは、わたしと俊行さんの関係について、まるで疑っている様子はなく、わたしもまた俊行さんのことを、単なる下宿人といった態度で押し通しました。これも、やっぱり女の見栄でしょうね。

それはともかく、珂奈さんのお話で、五月二日、および三日の俊行さんの行動が判明しました。二日は、珂奈さんのご両親への挨拶で、三日は珂奈さんと二人、八王子のほうへ新居を探しに出かけたとのことです。午後十時ごろ、ブルーバードで珂奈さんの自宅まで送り、それが最後だったと聞きました。

何度も申し上げましたように、俊行さんの行方について、わたしは何も知りません。だから珂奈さんにも、そのように話しました。わたしとしては自分の感情を抑えるのに精一杯で、俊行さんと珂奈さんがどういうきっかけで知り合い、どんな約束になっていたのか、聞きたくもありませんでしたし、これからだって知りたくなんかありません。

珂奈さんは、何か分かったら連絡を欲しいと電話番号のメモを残していきましたが、もちろんわたしは、彼女に電話するつもりなど、さらさらありません。二度と会いたくないとさえ思っています。ですから、そのときのメモを同封しておきます。お聞きになりたいことがあれば、直接、珂奈さんにお聞き下さい。

できれば、これで最後にしていただきたい、と思っています。

かしこ

櫻田華絵

一九九八年五月二十四日

✉✉✉✉✉

櫻田華絵様

前略

俊行の荷物、一式をお送り下さいまして、ありがとうございます。確かに受け取りました。遅ればせながら、御礼申し上げます。

さて、これを最後にという、あなた様のご希望でございましたが、ちょっとおかしなことになってまいりました。

と言いますのは、あなた様がお知らせ下さった安土珂奈様のことでございます。わたしは相変わらず身動きができない状態なので、嫁の三枝子に頼みまして、珂奈様のところへご連絡を差し上げました。そこで思いがけないことを聞いたのでございます。

珂奈様のお話では、五月三日、俊行のブルーバードで、八王子近辺の住宅を見学に出かけた際、あとをつけてくる車に気づいたそうでございます。その車は、ブルーのフォルクスワーゲンで、それと同じものを、珂奈様は、あなた様の中野の家で見たと言うのです。

あなた様の車は、ブルーのフォルクスワーゲンなのではありませんか。そして五月三日、八王子で二人の乗るブルーバードを尾行していたのは、あなた様ではなかったのでしょうか。

いえ、いえ、ただそれだけのことで、あなた様をお疑いするような書き方をして、さぞご不快でございましょう。

なんの根拠もなく、あなた様を疑い、騒ぎ立てるようなことは差し控えたいと思っています。俊行には俊行の考えや事情があって、一時的に身を隠している、ということも考えられますものね。一義が言うように、俊行が明日にもひょっこり姿を見せないともかぎりません。どうか、そうであってくれるように祈っております。

ところで、きょうお尋ねしたいのは、ほかでもありません。

実は、俊行が三月に帰郷しました折り、ある事情から、わたしは俊行に印鑑を預けておりましたのですが、お返し願った荷物に、それが見当たらないのです。例の白縮緬の小箱に印鑑ケースだけは入っていたのですが、そのケースが空だったのです。

ひょっとして荷造りの際にでもこぼれ落ち、あなた様の手元に残っているのではないでしょうか。大事な印鑑なので、困っております。

あなた様のご希望どおり、これを最後にいたしたいと思いますので、ぜひ、印鑑をお送り下さいませ。

かしこ

一九九八年五月二十七日

滝本みちえ

✉

京都府宮津警察署刑事課御中

前略
突然、このようなお便りを差し上げて申しわけございません。ぜひにもお調べ願いたいことがございまして、手短かにしたためさせていただきます。

同封の往復書簡五通は、わたしと滝本みちえさんの間に交わされたもので、わたしからの返書は、ワープロフロッピーに保存してあったものを、再プリントしたものです。以下、煩わしいので、滝本みちえさんのことを同女と記させていただきます。

さて、結論から先に申し上げますと、この書簡を取り交わした同女は、実はご本人ではなく、おそらく義子の滝本一義および妻の三枝子ではないかと、わたしには思われます。また書簡に登場する俊行、二十九歳は、すでに殺害されているものと確信しております。

以下に、その根拠を記します。

順序だった説明ができればよいのですが、あるいは話が前後するかも知れません。とにかく筆を進めますので、どうか真意をお酌み取り下さい。

実は、第一通目の手紙を読んだときから、どこか小さな不協和音を感じておりました。それがはっきりした雑音として認知されたのは、おそらく第三通目の、五月二十日付の書簡によるものです。

俊行の所持品を送れという件《くだり》に出てくる、いやに具体的な指示が気にかかりました。つまり、『手帳や日記のたぐい』といった、消息を探るには、なるほどと思わせる粉飾のあとの『書類やメモや印鑑』というのが唐突です。特に『印鑑』というのは、どういった根拠から出てくるのでしょう。また『鶴が織り込まれた白縮緬で表装した広辞苑くらいの大きさの小箱』というのも、あまりに具体的すぎませんか。

その点に不審を持つと、一通目の手紙にも、次々と不自然な箇所が見つかりました。まず、同女は階段から落下して、病院に入院しています。だから、看護婦にワープロを打ってもらって、ということになるのですが、これはおかしい。友人に看護婦がいますが、看護婦はそんなに暇ではありません。またわたしは編集という仕事に携わっているので感じるのですが、この手紙には、かなり推敲のあとが見受けられます。とても口述されるのをワープロで打って、こんなに整理された手紙にはならないでしょう。

それに、この手紙にはとてもプライベートなことが含まれています。赤の他人である看護婦に頼んで、というのはやはり不自然です。不自然といえば、冒頭の『暑さにうんざり』というところもそうです。だって病室は、完全空調でしょうに。同女は、五十歳を超えた方のはずですが、日付を平成という元号でなく、西暦で表記している点も気になります。

いえいえ、こんな細々したことは、この際すっ飛ばしましょう。ただ、もうひとつだけつけ加えるならば、同女からの返事の素早さです。それも看護婦にワープロを頼んで。

同女の五月十四日付の手紙を、わたしが受け取ったのは十八日です。その日のうちに返書をしたためましたので、間違いはありません。つまり日曜日を挟んで、配達に四日かかったことになります。ところが、わたしが十八日付で出した返書に、同女は二十日付で応えているのです。

同女の封書を見ていただければ分かるように、そこに書かれた住所は病院ではなく、自宅になっています。だからわたしの返事もそこへ送りましたが、入院中の同女は、どうしてそんなに早くわたしの返書に目を通し、さらに次の手紙まで書けたのでしょう。

それはともかく、二十日付の手紙をわたしが受け取ったのは二十二日のことでした。この手紙の最大のポイントは、やはり『白縮緬の小箱』になるでしょう。あまりに具体的な指示に不審を抱き、わたしはその中身を確かめずにはいられませんでした。箱の中のものをひとつひとつチェックして、クエスチョンマークが灯ったのが、まさに『書類と印鑑』だったのです。それが、五通の書簡と一緒に同封いたしました三点の品です。ご確認下さい。

ひとつは、ごらんのとおり『滝本』と彫られた印鑑です。あとの二点は、同女名義の土地建物の登記簿抄本と、同女の印鑑証明です。印鑑以外の実物は、すでに同女宛に送り返しており、同封したのは念のためにとっておいたコピーであることを申し添えておきます。

ご注目いただきたいのは、登記簿抄本と印鑑証明の発行日付です。いずれも四月三十日で、その時期に俊行が宮津に行っていたことを考えると、これは俊行本人が法務支局および市役所に出向いて取得したものと思われます。また抄本を読みますと、四月二十日付けで、土地家屋に抵当権が設定されています。

これは何を物語るのでしょう。わたしの推理はこうです。

おそらく滝本一義は、金の必要があって、同女に対して土地家屋を抵当にすることを要求したのではないでしょうか。同女はこれを拒否、不安を感じて実印を俊行に預けた。一方、一義のほうは、勝手に同女の実印の変更届を出し、それを使って抵当に入れ、同抄本記載の金融会社から融資を受けた。

　ということならば、同女の転落事故もまた、何か裏がありそうに思えます。どうか、そのあたりもお調べ下さい。

　さて、同女の転落事故を知り、俊行もこれに不審を感じた。そこで同女を見舞いに宮津へ戻ったついでに、抄本と印鑑証明を確かめてみた。すると、すでに実印が入れ替わり、土地家屋には抵当がついていることを知った、というようなことが想像されます。つまり、同女が三月に俊行に預けた印鑑、すなわち同封の印鑑こそが、同女の実印ではなかったかと思われるのです。

　この三点の品は、一義の背信行為とその流れを示す重大な証拠です。そんな俊行の動きを察知した一義は、どうするでしょうか。俊行の口を塞ぎ、証拠の品を取り戻そうとするのではないでしょうか。わたしは、そう考えるに至りました。同女からの手紙は、まさにそんな思惑を露わにしております。

　さて、わたしは、この三点の証拠品の発見により、すらすらとこんな結論に達したわけではありません。おかしいなとは思いつつ、この手紙を受け取った二十二日、俊行の会社に電話を入れました。俊行の品物をすべて送り返すのなら、いっそのこと会社に残っているはずの俊行の私物も一緒に、と考えたからです。

そして驚きました。なんと、すでに宮津の一義から電話があり、俊行の私物はすべて実家へ送ったというのです。まだ俊行の消息さえはっきりしないうちに、あまりに早手回しだと感じました。俊行の無事より、俊行の持ち物のほうに興味を持っている。そんな印象を感じたのは、わたしの考えすぎでしょうか。

そんなふうに、不審が不審を呼んだ状況のなかで考え続けた結果、以上のような推理に達したのです。

ですが推理は、推理でしかありません。それをどのように証明すればよいのか――。

あれこれ思い悩んでいるわたしの元へ、あれが、天の配剤とでも、いうのでしょうか、俊行の婚約者だという安土珂奈が現われました。それが五月二十三日のことでした。

実は珂奈とは、すぐに争いになりました。珂奈が、簡易ガレージに駐めてある、わたしのブルーのフォルクスワーゲンを見つけたからです。

「五月三日、あなたはあの車で、わたしたちを尾行してたでしょう」珂奈は、そんなふうにわたしを追及しはじめました。その夜から、俊行が消息不明になったのは、おかしいと。

確かにその愛車で、わたしは俊行のあとをつけたのです。ブルーのフォルクスワーゲンなどと、あまりに尾行には向かない車で……。やはり、悲しい女心からです。でも、最後まで尾行を続けたわけではありません。俊行と珂奈が昼食にファミリーレストランに入ったとき、わたしは二人に気づかれたことを悟り、すごすごと、自己嫌悪と、惨めな気持ちにさいなまれながら、その場から引き揚げたのですから。

でも珂奈は、その説明に納得しませんでした。自分たちを尾行した車はもう一台あって、そちらのほうは最後まで尾行を続けていたと言うのです。その車種がクリーム色のサニーで、レンタカーだったと聞いて、ようやくわたしにも記憶が蘇りました。確かに尾行中、そんな車が、あとになり前になり、うろついていたのを思い出したのです。

珂奈はその尾行車が、わたしが雇った私立探偵かなにかのように思いこんでいたようですが、わたしにそんな覚えはありません。とうとうわたしが組み立てた推理を話し、最後には珂奈も、その推理に納得しました。

そうすると、そのレンタカーこそ、一義ではなかったかと思えるのです。一義の尾行の目的はご賢察いただくとして、俊行もその尾行車に気づいていたわけですから、珂奈を送り届けたあと、俊行とレンタカーの運転者の間に、なにごとか悶着があったと考えるのが自然ではないでしょうか。

さて、大筋が見えてきたわたしたちは共謀して、ひとつ罠をかけようと考えました。わざと印鑑だけを抜いて、俊行の荷物を送ることにしたのです。そのうえで、わたしと珂奈との間のやり取りを隠し、さりげなく珂奈の連絡先を伝えました。もう二度と、珂奈と連絡をとり合う意志がないことも匂わせました。

引っかかりました。

珂奈のところへ電話をかけてきたのは、一義の妻の三枝子だったそうで、まず第一に尋ねたのは、なにか俊行から預かったものはないかとのことだったそうです。珂奈は、わたしとの打ち合わせどおり、五月三日に自分たちのあとを尾行した車がブルーのフォルクスワーゲンであり、同じ車をわたしの自宅で見たという情報を流したのです。

その結果が最後の一通です。俊行が姿を消した五月三日、わたしがブルーのフォルクスワーゲンで尾行していた。その事実を知って、巧みにわたしに脅しをかけています。そのくせ、わたしが俊行さんを殺した、という結論は出さずに奇妙なトーンダウンを見せる手紙です。

そんな低音の脅しをかけたうえで、まるでわたしへの疑念は忘れてやってもよいと言わんばかりに、本来の目的である、印鑑の返還を露骨に迫っています。三点の証拠のうち、揃わないのは印鑑だけ、それもケースだけがあるのですから、印鑑を抜いたのはわたし、という確信に満ちています。

もうあとは、わたしの手に余ります。どうか皆様の手で、真実を明らかにしていただきたいと、切に願っております。なにとぞよろしく御捜査下さいますよう、心からお願い申し上げます。

かしこ

一九九八年五月三十日

櫻田華絵

✉✉

櫻田華絵様

謹啓

向暑のみぎり、櫻田華絵様におかれましては、健やかにお過ごしでいらっしゃいましょうか。今月初頭に上京の折りには、何かと本職の捜査にご協力を賜り、安土珂奈様はじめ、関係各位にお引き合わせを下さいましたこと、深く感謝を申し上げるとともに、その後の経過をお知らせすべく、かく筆を執った次第であります。

上京の折りに申し上げましたように、滝本みちえは、階段転落の際に頭部を強打して頭蓋骨折があり、集中治療室に入院中でありましたが、ようやく生命の危機を脱し、現在は一般病棟に移っております。しかしながら、まだ後遺症があり、記憶等の快復には、今しばらく時間がかかるそうです。

その後、鋭意内偵を進め、滝本一義を参考人調べしたのち、本月二十日付けにて、公・私文書偽造並びに行使罪容疑で逮捕したことを、遅ればせながらご報告申し上げます。

その後、みちえ居宅の階段部に蠟を塗った痕跡があったこと、さらにその蠟の成分が、一義が買い求めた蠟燭と同成分であったことなどを併せて追及した結果、本日、ほぼ全面的な自供を得ることができました。

自供内容の詳細は、まだ公にはできませんが、ほぼ華絵様のご推察どおりと申しておきましょう。

この三月、滝本俊行は、結婚後の新居費用をみちえに無心するため帰郷し、同女はこれを快諾したらしく、昨今の不況で家業が苦しくなっていた一義は、それまで金策のため同女に協力を求めて拒否されたことなどを思い合わせて恨みに思い、これが実印変更手続きをとっての、強引な抵当権設定への引き金となった模様です。

しかしこれは、日ならずして同女の知るところとなり、その結果、事故に見せかけた同女殺害計画に発展し、これが未遂に終わった結果、それらを俊行に見破られるという経過をたどったものです。

華絵様がお送り下さった三点の証拠物をネタに、俊行は義兄夫婦を恐喝、やむなく多額の金銭を約束したものの、一義たちに金はなく、自分たちの犯罪が発覚する恐怖、さらにはいつ終わるとも知れない恐喝への不安から、ついに義弟の殺害を決意するに至ったとの内容であります。

まことに、悲しい結末でありますが、一義は東京都内で俊行を尾行、これをスパナで殴打のうえ、昏倒したところを絞殺、死体を俊行自身のブルーバードで運び、車もろとも、さる湖に沈めたと自供しましたので、まもなく遺体も発見され、事件も全面解決の運びになることと愚考しております。

なにはともあれ、事件解決の端緒を開いて下さった櫻田様に、まずはご報告させていただきました。

差し出がましいことを申し上げるようですが、花実は地に落ちてこそ、新しい生命となって再生します。どうかこの度のご体験を土中の養分に変えて、新しいお幸せに出合われますよう切に願いまして、筆を擱かせていただきます。

敬白

平成十年六月二十六日

京都府警宮津署刑事課長

清原軍二拝

雷雨の夜

逢坂　剛

著者紹介　一九四三年東京都生まれ。中央大学法学部卒業。博報堂勤務の傍ら、八〇年『暗殺者グラナダに死す』でオール讀物推理小説新人賞受賞。八七年『カディスの赤い星』で直木賞及び日本推理作家協会賞を受賞。著書に『牙をむく都会』『イベリアの雷鳴』他

「それじゃ、お疲れさん」

「お疲れさまでした」

神永孝一は、スタッフの声を背に受けながら、奥のドアへ向かった。あとは、副店長がアルバイトのスタッフを使って、うまくやってくれるだろう。

冷えた廊下を少し歩き、裏口の手前にある事務室にはいる。たばこに火をつけ、リモコン

を操作して、暖房を入れた。

壁の時計は、午後十一時三十分を指している。約束の時間まで、まだ三十分ある。いつものように、増美は先に来て待っているかもしれないが、あわてることはない。女は、少しやきもきさせた方が、薬になる。待ち合わせの場所まで、歩いてせいぜい五分の距離だし、そのあとは丸一日自由な時間がある。

神永は椅子にすわり、小物入れからブランデーを取り出して、グラスに注いだ。

唐突に、小夜子のことがちらりと、頭をかすめる。

未練があるわけではない。むしろ逆で、増美とねんごろになった今、小夜子を思い出すことはめったにないし、思い出したくもなかった。

小夜子を捨ててから、やがて一年になる。向こうは裏切られた、と思っているかもしれないが、知ったことではない。新しい女ができた以上、古い女に用はない。

ずっと以前、小夜子との関係が始まったときも、それまで同棲していた良恵の存在が、急にうとましくなったものだ。いや、良恵の前の女にしても、同じことだった。新しい女ができるたびに、それまで付き合ってきた女を、空になった牛乳のパックのように、あっさり捨ててきた。

東京へ出て来る前、神永は京都や名古屋でクラブに女を紹介する、手配師の仕事をしていた。むろん、裏で売春の斡旋もこなしたから、女を食いものにして生きてきた、と言われればそのとおりだ。だました女から、結婚詐欺とののしられたこともある。しかし、たとえ一時的とはいえどの女にも、それなりに夢を見させてやったのだから、別に貸し借りはない。夢を見ることもなく、ネオンの色に染まって一生を終える、そういう女もたくさんいるのだ。

もっとも良恵だけは例外で、夜の商売とまったく縁のない、堅気の娘だった。良恵は最後まで、神永のことを保険の調査員、と信じていた。

その良恵が、神永と別れてほどなく、事故で死んだと聞かされたときは、さすがにいい気はしなかった。なんでも、そのとき身ごもっていた子供を、自分で始末しようとして冷たい海へはいり、心臓麻痺を起こしたらしい。あるいは事故死ではなく、最初から自殺するつもりだったのかもしれない。

どちらにしても、別れたあとのことは関係ない、と神永は割り切った。そもそも、身ごもっていたのが神永の子供かどうか、何も確証はないのだ。

それにつけても、小夜子は良恵に比べて扱いにくい、気性の激しい女だった。何度か子供をおろさせたが、そのたびに大喧嘩になった。東京へ出て来たのも、過去のしがらみを洗い流すため、といえば聞こえはいいが、本音は小夜子から逃げ出すためだったのだ。

ブランデーを口に含む。

手配師の仕事はきついし、どうしても生活が荒れる。若いうちはともかく、三十も半ばを過ぎたらいろいろな意味で、体が続かなくなる。浮草暮らしをやめて、地道に生きようと決心した。

だからこそ、上京したとき水商売に見切りをつけ、自分でもまさかと思うコンビニエンスストアで、働き始めたのだ。コンビニの仕事も、決して楽なものではないが、働いているという実感がある。百八十度の転身に、不満はなかった。

とはいえ昔の女たちは、神永がコンビニで本気を出して働き、一年もしないうちに一店舗を任されるまでになった、と聞いたら目を丸くするだろう。京都でも名古屋でも、派手に遊び回っていたから、こんな堅気の仕事が勤まるとは、夢にも思わないはずだ。

ただし、女をたらし込む性格だけは、いっこうに変わらない。特定の女がいなかったのは、店長を目指して必死に働いた、最初の数ヵ月間だけだった。

今は、増美がいる。

しかしその増美にしても、いつまで続くかは神のみぞ知る、だった。

神永はブランデーを飲み干し、着替えをしようと立ち上がった。

その拍子に、わきのワゴンに肘がぶつかった。即席ラーメンのカップが床に落ち、食べ残した中身が床の絨毯に散らばる。

思わず悪態をついた。一時間ほど前、小腹が空いて半分食べたのを、片付け忘れたのだ。

ビニールの袋に、こぼれた食べかすを拾い集めると、神永は事務室を出た。生ゴミ用のポリバケツが、裏の路地に置いてある。

裏口の錠をはずし、ドアをあけた。

廊下の明かりが、一メートルと離れていない向かいのビルの壁を、四角く切り取る。路地の先に、表通りの薄明かりが見えるが、街灯の光はここまで届いてこない。ほとんど真っ暗だった。

一陣の風が吹き、神永の頰に冷たい水滴が当たった。昼間から、どんよりとした雲が垂れ込めて、ときどき雨がぱらついていた。季節はずれの、嵐がくる気配があった。

神永は、手探りでポリバケツを引き寄せ、蓋をあけようと腰をかがめた。

突然空に稲妻が走り、あたりが一瞬明るくなった。

目の隅に、何かが映った。

ぎくりとして、腰を上げる。少し離れた暗がりに、人影を見たような気がした。

闇に目をこらす。

遠くで、小さく雷が鳴った。

神永は唾をのみ、闇に呼びかけた。

「だれかいるのか」

闇の壁が、かすかに揺れた。

1

ハンカチを、頭に乗せた。

むだだった。降り出した雨は大粒で、ハンカチもコートも、すぐびしょ濡れになる。たばこ屋の軒先にはいったが、それも気休めにすぎなかった。強い風が渦を巻き、雨が横殴りに叩きつけてくる。ときどき稲妻が走り、雷が不気味な音をたてる。とうに立冬を過ぎたというのに、この季節には珍しい荒れ模様だ。

しかたがない。

おれはボストンバッグを抱え、通りを駆け渡った。《赤丸証券》と袖看板の出た、小さなビルの角を曲がって、二本目の路地を右にはいる。《まりえ》と書かれた、安っぽい電飾看板が見えた。

強風に突き飛ばされるような格好で、おれはドアを押しあけた。

ちりん、と金属の音がする。ドアの上に取りつけられた、小さな鈴が鳴ったのだ。

後ろ手に、ドアを閉める。

おれはハンカチをしまい、一息ついて薄暗い店に目を走らせた。

奥に向かって細長い、小さなバーだった。それでも、L字形のごついカウンターには、いちばん奥の鉤の手の部分も入れて、十人かそこらはすわれそうだ。

しかし、客は二人しかいなかった。

奥の鉤の手の席に、髪をちりちりパーマにした、三十前後の女が見える。ワインカラーのセーターに、じゃらじゃらした金のネックレス。ビールを飲んでいる。この女には、見覚えがある。三日前、やっと一緒にこの店から出て来るのを、この目で確認した。

もう一人は、カウンターの中ほどにすわった、五十がらみの男だった。太った体に、紺のよれよれのスーツ。太い黒縁の眼鏡に、ぼさぼさの髪は半白の、胡麻塩だ。前に置かれたグラスの形から、ブランデーを飲んでいることが分かる。

わずか三秒ほどの間に、すばやく二人を観察したおれは、どこへすわろうかと一瞬迷った。

そのときカウンターの内側で、女がふらりと立ち上がった。

黒いドレスを着た、やけに色の白い女だった。癖のない髪を無造作に、背中の中ほどまで垂らしている。たぶんこれが、ママなのだろう。

年は三十五かもしれないし、四十五かもしれなかった。黒目がちで、鼻筋はきりりと通っているが、口は両端が少し下がりぎみで、手ごわそうな感じがする。

女が口を開いた。

「いらっしゃい。コートは、後ろの壁にかけてね」

初めての店なのに、常連を迎えるような口ぶりで話しかけられ、ちょっととまどう。

「どうも。きみ、まりえっていうの」

「ええ。看板に、そう書いてなかった」

「書いてあった。やはり、自分の名前か」

「イージーでごめんなさいね」

「いや、覚えやすくていい」

おれは、眼鏡の男の三つほど手前のストゥールに、ボストンバッグを載せた。コートを脱ぎ、壁のフックに引っかける。

ストゥールによじのぼり、ボストンバッグは隣の席に置いた。

それを見て、まりえが言う。

「カウンターの下にも、フックがあるわよ」

おれは、愛想笑いをしてみせた。

「どかさなきゃならないほど、ここが立て込んできたら、引っかけるよ」

まりえは肩をすくめたが、それ以上何も言わなかった。美人とはいえないにせよ、妙に存在感のある女だ。

バーボンの水割りを頼み、差し出されたおしぼりで、濡れた顔や髪をふいた。

まりえが、グラスを置く。

一口飲んだ。水割りなら、よほど量を過ごさないかぎり、あとに差し障る心配がない。

グラスを置こうとして、カウンターに刃物が刺さったような、赤黒い傷がついているのに、目が留まる。

「なんだい、この傷は」

まりえは、細身のメンソールのたばこをくわえ、自分で火をつけた。

「ああ、それね。いつだったか、酔った男が女と口論して、手の甲をカウンターごと、鑿《のみ》で串刺しにされたの。めったにないことだから、記念にそのままにしてあるわけ」

おれは、あわてて手を引いた。

「すると、この赤黒いのは、血か」

「ええ。でも、服にはつかないわよ。中に染み込んで、乾いちゃってるから」

信じられない気もしたが、それ以上何も聞かないことにした。

まりえが、おれの髪を見て言う。

「降り出したみたいね」

「ああ。こんな季節に珍しいね。台風と雷と夕立が、一緒に来たみたいだ」

「こういう夜は、何かが起こるのよね」

そう言って、にっと笑う。

おれは、聞こえなかったふりをして、水割りを飲んだ。

確かに、何かが起こるだろう。

並びにすわった眼鏡の男が、グラスの底でカウンターを軽く叩いた。

「まりえ君。お代わりを頼むよ」

「そろそろおつもりにしたら、クボジ先生。だんだん空模様が、怪しくなってきたようだし」

「だったらますます、出るに出られんじゃないか。それから、クボジ先生はやめてくれんかね。イボジのようで、イメージが悪い。クボデラトオルという、れっきとした名前があるんだからな」

おれは、笑いをこらえた。

クボデラトオルか。久保寺徹、とでも書くのだろう。先生と呼ばれるからには、それなりの肩書をもっているらしい。しかし、どう見ても医学博士や作家先生、というタイプではない。どこかの高校の教師か、せいぜい大学の助教授だろう。

まりえは、後ろの酒棚からブランデーを取り、久保寺のグラスに注いだ。

久保寺が、おれを見て言う。

「鑿で手の甲を刺された男は、その後ジャンケンで勝てなくなりましてね。なにしろ、グーを握れないものだから」

おれは、笑っていいのかどうか分からず、あいまいにうなずいた。久保寺の肩越しに、ちりちりパーマの女が笑いをこらえようと、急いでビールを飲むのが見える。

ドアの鈴がちりんと鳴って、だれかがはいって来た。

振り向くと、紺のウインドブレーカーを着た、一目で外国人と分かる色の浅黒い男が、戸口に立っていた。

「いいですか」

わずかに訛りはあるが、ちゃんとした日本語だった。見たところ二十代半ばで、中近東から出稼ぎに来た労働者、というところだ。

「どうぞ」

まりえがたばこを消し、表情も変えずに言う。この池袋界隈は、外国人がたくさん住んでいるそうだから、珍しくもないのだろう。

男は、おれと久保寺の後ろをすり抜け、ちりちりパーマの女の斜め前に、腰を落ち着けた。縮れた髪の一部が雨に濡れて、べったりと額に張りついている。その髪と一緒に、顔をおしぼりでていねいにふく。

「おしぼり、とてもいい。これあるの、日本だけね」

男はそう言って、媚びるように笑った。

まりえは、軽く首をかしげてそれに応じ、飲みものを聞いた。

男は、ビールを頼んだ。

ビールが出ると、男はもう一つグラスを注文し、まりえにも飲むように勧めた。

用意ができると、男はグラスを掲げてほかの客を見回し、重おもしく言った。

「乾杯」

すかさず久保寺が唱和したので、おれもしかたなく口の中で、乾杯、とつぶやいた。

「乾杯」

ちりちりパーマの女は、黙ったまま形だけ乾杯に付き合った。

2

外で稲妻が光った。

その余光が、入り口のドアの隙間から侵入してきて、一瞬まりえの顔を青白く照らし出した。

わずかに遅れて、クラッカーがはじけるように雷が鳴り、建物を揺るがす。

ちりちりパーマの女が、恐ろしそうに手を頬に当てた。

そのとき、入り口のドアが風にあおられたように、勢いよく開いた。

おれは驚いて、体をひねった。

トレンチコートを着た男が、雨と一緒に転がり込んで来た。だれかに追われている、とでもいうように体でドアを閉め、あわただしく掛け金を下ろす。

男は、そのままドアに背中を張りつけ、肩で大きく息をした。全身濡れねずみだった。極端に頬骨の出た顔が、ろうそくのように白い。

「タオルをくれ」

まりえに向かって、甲高い声で言う。

まりえは、カウンターの下からタオルを取り、黙って男に差し出した。

男はドアから背を起こし、タオルをむしるように受け取ると、濡れた髪と顔をごしごしこすった。三十も半ば過ぎに見える男だ。

まりえが言う。

「掛け金をはずしてくれない。お客さんが、はいって来れないから」

男はまりえに、タオルを投げ返した。

わめくように言う。

「もう店じまいだ。おれがここにいる間は、だれもこのドアから出入りさせねえ。文句あるか」

背後で久保寺徹が、驚いたように咳き込んだ。

おれも一瞬、耳を疑った。やぶからぼうにこの男は、何を言い出すのだ。

しかし、まりえは動じる様子もなく、落ち着いた口調で言い返した。

「あるわよ。ここは、わたしのお店なんだから、好きなようにさせてもらうわ。掛け金をはずして」

「うるせえ。おれは八文字組の安岡だ。ブクロに店を張ってて、八文字組を知らんとは言わせねえぞ」

まりえは、芝居がかったしぐさで、くるりと瞳を回した。

「八文字組ですって。やくざの仁義も知らない、ちんぴらの集まりじゃないの」

遠慮のないその言葉に、おれは少しはらはらした。

安岡と名乗った男の頬が、怒りにぴくぴくと引きつる。

「このあま、抜かしたな」

そのとき、また稲妻があたりを照らし、雷が轟《とどろ》いた。

安岡は反射的に、コートのポケットに手を突っ込んだ。そのまま、石像になったように立ちすくみ、耳をすましている。

雷が収まると、安岡はポケットから手を出した。

その手に、拳銃が握られていた。

安岡は銃口を上げ、おれの胸にねらいをつけた。

おれはあっけにとられ、拳銃と安岡の顔を交互に見た。今まで、人から拳銃を突きつけられたことは、一度もない。たちまち心臓が冷たくなる。

ふと、おもちゃではないか、という考えが浮かんだ。しかし、暴力団の組員らしいこの男が、いかにも追い詰められたような顔で、おもちゃを取り出すとは思えない。

おれは体を固くしたまま、じっと安岡の顔を見返した。無意識のうちに、ボストンバッグの取っ手を、しっかりつかんでいた。

安岡の額に、汗が噴き出た。目が血走っている。まともでない感じがする。この男が何を考え、何をしようとしているのか分からないが、あまり刺激しない方がいい、とおれは判断した。最後の最後まで、ボストンバッグはあけない。

どちらにせよ、雨を避けたい一心でこの店へ駆け込んだのが、間違いのもとだった。たばこ屋の軒下で、雨に濡れながら待っていれば、こんなことにはならなかった。すっかり予定が狂ってしまった。

おれは息苦しくなり、安岡から視線をはずした。

横目で見ると、さすがにまりえも頰をこわばらせ、安岡に目を据えている。ただごとではないことを、ようやく悟ったらしい。

安岡は緊張を解き、一転して得意げにせせら笑った。

「よし、みんな、奥の方へ移動しろ。この店は、俺が乗っ取った。これからは、おれの言うことを聞いてもらうぜ」

拳銃を突きつけられて、おれはいやもおうもなく、ストゥールを下りた。ボストンバッグだけは、手放さない。

背後で、同じようにストゥールを下りながら、久保寺が軽く問いかける。

「きみ、酔ってるのかね。それとも、覚醒剤でもやってるのか」

おれは、頭を抱えたくなった。

案の定安岡は、ふたたび目に怒りの色をたぎらせ、久保寺に銃口を向けた。

「うるせえ。さっさと移れ。言われたとおりにしねえと、真っ先に風穴をあけるぞ」

「くわばら、くわばら。今移るから、短気は起こさんでくれ」

久保寺は、冗談ともまじめともつかぬ口調で言い、ブランデーのグラスだけは手から離さず、おれと一緒に場所を移動した。端の席の、外国人の男と肩を接するようにして、ストゥールにすわり直す。おれは、カウンターの下のフックに、ボストンバッグを引っかけた。

まりえも、カウンターの中を移動して、そばへやって来る。

それまで、口もきけずにいたちりちりパーマの女が、泣きそうな声で訴えた。

「すみません、わたしを出してください。もう家に帰らないと」

安岡は、女を睨みつけた。

「黙ってろ。もう家へ帰らないと、だと。こんなに遅くまで、女一人で酒を飲んでたくせに、今さら帰りたいもねえもんだ」

まりえが言う。

「何をするつもりか知らないけど、彼女だけじゃなくてお客さんは全部、このまま帰らせてあげて、人質が必要なら、わたしが残るから」

心強い提案だったが、安岡は首を振った。

「だめだ。全員ここに残ってもらう。あんたの名前は」

まりえは、ちょっとためらったものの、ぶっきらぼうに答えた。

「まりえ」

安岡は、おれに目を移した。

「おまえは」

「高梨」

また目を移す。

「おまえは」

「久保寺徹。行動療法による、サイコセラピストだ」

久保寺が答えると、安岡は右の耳を突き出した。

「サイコ、なんだって」

「サイコセラピスト。平たく言えば、精神科の医者だ。悩みがあるなら、相談に乗るぞ」

サイコセラピストか。

なるほど、先生には違いない。それにしても、医師とは思わなかった。人は見かけによらないものだ。

安岡は、それ以上久保寺を相手にせず、先へ進んだ。

「おまえは」

ずっと黙っていた外国人が、堰《せき》を切ったようにしゃべり出す。

「わたし、アベル。出稼ぎね。二年前日本に来て、まじめに働いてる。悪いこと何もしない。これから友だちと会う約束、あります。もうあまり時間ない。出てもいいですね」

「だめだと言っただろう、聞こえなかったのか。あんたは」

最後に安岡は、ちりちりパーマの女に聞いた。

女が、蚊の鳴くような声で答える。

「トバリです」

「トバリなんだ」

「トバリマスミ」

まりえが割ってはいる。

「いったい、なんのつもりなの。お金がほしいなら、さっさと取って出て行きなさいよ。今日の売上金が、ざっと三千万あるわ」

「三千万」

反射的に安岡は言ったが、すぐにからかわれたと分かったらしく、生白い顔を紅潮させた。

「うるせえ。金がほしいんじゃねえ。それより、何か音楽を鳴らすんだ。CDくらいあるだろう」

まりえは、のろのろした動きでCDを取り出し、プレーヤーにセットした。

にぎやかな音楽が流れ出す。いかにも古びたハーモニーで、戦前かせいぜい戦争直後のSPを、復刻したものらしい。日本人離れした声の女が、ブギウギを歌い始める。

「もっと大きくだ」

安岡がどなり、まりえはボリュームを上げた。店内に、ブギウギのリズムが溢れる。

その歌に交じって、かすかにパトカーのサイレンの音が、聞こえてきた。

安岡の拳銃が、反射的にぴくりと動く。

トバリマスミ、と名乗った女の顔に、かすかに明るい色が差した。

久保寺は、身じろぎもしない。

アベルと称する外国人は、ストゥールの上ですわり直し、安岡に言った。

「わたし、友だちのところ行きたい。警察には言いません。出してください」

サイレンの音が、聞こえなくなる。マスミの顔が、また暗くなった。

そのとき、稲妻が閃いた。

とたんに安岡は、いきなり拳銃を目の高さに上げて、引き金を引いた。

銃口が煙を吐き、おれは本能的に身をかがめた。まりえもほかの客も、同じように体を縮める。

銃声は、同時に轟いた雷の音と入り交じって、ほとんどかき消された。しかし、弾丸が発射された証拠に、まりえの頭上の天井の漆喰《しっくい》が砕け、白い粉があたりに舞い散った。

マスミが、小さく悲鳴を上げる。

おれは、自分でも気がつかないうちに、カウンターの縁にしがみついていた。

やはり拳銃は、おもちゃではなかった。

それにしても、まさか安岡がほんとうに発砲するとは、考えもしなかった。まして、たった今パトカーのサイレンが、聞こえたばかりではないか。近くに警察官がいる、と承知で撃ったとすれば、とても正気の沙汰とは思えない。久保寺が指摘したように、覚醒剤でもやっているに違いない。

安岡は、また手の甲で額の汗をぬぐい、まりえに言った。

「ウイスキーとグラスをよこせ。おまえたちも、勝手に飲め。にぎやかにやるんだ。音楽を切らすなよ」

3

ドアがどんどん、と叩かれた。

とっつきの席にすわっていた安岡は、はじかれたようにストゥールから飛び下り、拳銃をまりえに向けた。

声を殺して言う。

「看板だと言え」

おれはかたずをのんで、まりえの様子を見守った。

まりえは、毛ほども表情を変えない。

安岡の方へ行き、カウンターのはね蓋を上げて、通路へ出た。

ドアに向かって、そっけなく言う。

「もう看板ですけど」

外で声がした。

「警察です。あけてください」

マスミが、くっと喉を鳴らす。

安岡は、すばやくマスミに拳銃を向け、動きを牽制した。マスミは、銃口に射すくめられて、凍りついたようになる。

それを見届けると、安岡はまりえの腕をつかんで引き寄せ、耳元で何かささやいた。

すぐにまりえを突き放し、体を横にして通路を奥へ進んで来る。

いつの間にかＣＤが終わり、店内が急に静かになった。

マスミの隣のストゥールに乗ると、安岡は早口でささやいた。

「カウンターに伏せろ。酔ったふりをするんだ。声を出すんじゃねえぞ」

マスミは、恐怖に頬をこわばらせて、安岡の言葉に従った。

安岡は、その脇腹に拳銃を突きつけ、おれたちを睨んだ。

「おまえたちは、黙って酒を飲んでろ。おかしなまねをしたり、よけいなことをしゃべったりしやがると、この女に一発ぶち込むからな」

マスミの体が、がたがた震え始める。

安岡の合図で、まりえはてきぱきと掛け金をはずし、ドアをあけた。

おれは緊張して、戸口に目をこらした。

傘も差さず、頭からずぶ濡れになった若い男が、のめるようにはいって来た。

「西池袋署の、山本といいます」

男はまりえに、警察手帳らしきものを示して、おれたちの方へ視線を巡らした。

まりえが聞く。

「何かあったんですか」

 刑事はそれに答えず、ひとしきりおれたちの様子を観察したあと、まりえに目をもどした。

全員に聞こえるような声で言う。

「ついさっき、この先のコンビニで、事件がありましてね」

「強盗ですか」

刑事はためらった。

「ええと、まだ分かりません。とにかく、人が一人殺されたんです」

「だれですか」

刑事はそれを無視して、またおれたちの方に目を向けた。

「どなたか、ここ一時間ほどの間にこの近くで、何か変わった様子に気づかれたかたは、おられませんか。そぶりの怪しい人物とか、争う物音を聞いたとか」

最初に答えるのがいやだったので、おれはほかの連中の顔を見た。

アベルが、早口でしゃべり出す。

「怪しい人いませんし、変な音も聞こえなかった。変わったこと、何もありません」

安岡が、そのとおりだというように、黙ってうなずく。肘に隠れて見えないが、安岡の拳銃は間違いなくマスミの横腹に、向けられている。

おれは、マスミの体が小刻みに震えるのを見たが、刑事の目には届かないようだった。

隣で久保寺が言う。

「あたしも別に、気がつきませんでしたな」

しかたなく、おれもそれに同調した。

「同じです」

最後に、まりえが言う。

「ここにいるお客さんは、もう一時間以上も飲んでるんです。外のことは、分からないと思うわ」

嘘だ。

久保寺とマスミは別にして、最初におれがこの店にはいったときから、まだ四十分とはたっていない。

開いた戸口が青白く光り、雷があたりの空気を震わした。

安岡がびくりとして、刑事に声をかける。

「ドアを閉めるか、出て行くかしてくれませんかね。寒くてかなわねえ」

刑事は仏頂面をした。

「これも仕事でね。それじゃ、何か気づいたことがあったら、表通りの交番に伝えてください。西池袋署に、捜査本部が設置されるはずですから」

そう言い残して、刑事はそそくさと出て行った。

まりえがドアを閉めると、店内にため息が溢れた。

それを押しのけるように、安岡が言う。

「掛け金をかけたら、カウンターの中へもどれ」

まりえは、言われたとおりにした。

マスミが、カウンターに顔を伏せたまま、泣きじゃくり始める。

安岡はストゥールを下り、おれたちの後ろを抜けて、とっつきの席にもどった。拳銃をカウンターに置き、ウイスキーをグラスに注ぐ。

おれも一息入れるために、手を伸ばして水割りを引き寄せた。

久保寺が、世間話でもするような口調で、安岡に話しかける。

「あんたかね、コンビニを襲って、人を殺したのは」

戸口の隙間で、青白い稲妻が閃いた。

安岡は、すばやく拳銃を取り上げ、酒棚目がけて発砲した。ウイスキーのボトルが砕けて、ガラスの破片と中身が飛び散る。そこへ雷鳴が重なり、銃声はまたかき消された。

まりえが、とがった声で言う。

「西部の無法者にでも、なったつもりなの。たとえあなたが、八文字組だろうとなんだろうと、きっちり弁償してもらうわよ」

その気の強さに、おれは舌を巻いた。少なくとも、まりえは安岡も安岡の拳銃も、恐れていないようにみえる。

雷が遠のくと、安岡はようやく頬の筋肉を緩めた。まりえには取り合わず、久保寺に言い返す。

「黙ってろ、藪医者め。おれはコンビニなんか、襲っちゃいねえ」

「だろうね。そんな度胸はなさそうだ」

「なんだと」

安岡の目の色が変わり、おれはまた不安に駆られた。まりえ同様、久保寺も安岡のことを、恐れる様子がない。妙な連中だ。

「あんたにはコンビニを襲ったり、人を殺したりする度胸はない、と言ってるのさ。ほんとうの怖いもの知らずは、やたらに拳銃なんかぶっ放したりしない」

安岡はこめかみに青筋を立て、久保寺に銃口を向けた。

二人の間にいるおれは、つい体を背後の壁に引いて、銃口を避けた。自分でも恥ずかしいと思いつつ、やはり恐怖が先に立った。この男は、いつ引き金を引くか、分からない。

安岡が言う。

「聞いたふうなことを言うな。おれは怖いものなんかねえんだ。コンビニをやったのは、いかにもこのおれさ。驚いたか。コンビニの一つや二つ、どうってこたあねえ。人殺しだって、同じことよ。殺してほしけりゃ、今すぐにもやってやる」

「今度雷が鳴ったときかね」

安岡が、ぎくりとしたように、顎を引く。

「そりゃ、どういう意味だ」

「雷が鳴るときしか、撃たんじゃないか」

安岡はたじろいだが、強がるようにせせら笑った。

「あたりめえよ。静かなときに撃ったら、外へ丸聞こえだからな。これでもちゃんと、計算してるんだ」

「それだけかね」

安岡が肩を怒らせ、銃口を上げる。

おれは、とっさに壁から背を離して、二人の間に割り込んだ。

「ママ、お代わりだ。水割りじゃなくて、炭酸割りにしてくれ」

出端《でばな》をくじかれたかたちで、安岡はいかにもしぶしぶと、銃口を下げた。

冷や汗が出る。危ないところだった。

まりえは無言で、新しいグラスと炭酸のボトルを出し、バーボンと一緒にカウンターに置いた。

「自分で作ってね。もう看板だそうだから」

皮肉な口調で言い、安岡が撃ち割ったボトルの、後始末を始める。

ガラスの破片を屑籠に捨て、CDを入れ替えようとしたとき、安岡が思い出したように言った。

「CDはいいから、有線を入れてみろ。深夜のディスクジョッキーで、ときどき地元のニュースを流すだろう」

まりえは、受信機のスイッチを入れた。

聞いたことのない、きんきん声の若い女の歌が、店内に流れる。

だれも口をきかず、身じろぎもしない。安岡だけが、いらだたしげに拳銃の台尻で、カウンターをこつこつと叩く。

歌が終わると、中年の男らしい渋い声で、語りが始まった。

「安斎成実の《ミーンストリート》でした。さて、お知らせです。池袋近辺にお住まいのかたは、とくに注意して聞いてください。一時間ほど前、西池袋二丁目のコンビニエンスストア《Qマート》で、殺人事件が起きたというニュースが、たった今はいりました。殺されたのは、店長の神永孝一さん三十六歳で、犯人は店の裏口から侵入し、事務室でくつろいでいた神永さんを、ナイフで刺した模様です」

おれはぎくりとして、反射的にマスミを見た。

カウンターに伏せていたマスミが、ばね仕掛けの人形のように、むくりと上体を起こした。

4

語りが続く。

「また、《Qマート》から少し離れた、同じ一丁目の路地裏で女性が襲われ、頭部を強く殴られて重傷を負いました。女性は、意識不明のまま、近くの日の出医院に収容されました。身元はまだ分かっていませんが、二十五歳から三十五歳くらいの女性、ということです。西池袋署では、現場付近に捜査員を緊急配備するとともに、二つの事件の関連性を調べています。事件や被害者に、何かお心当たりのあるかたは、すぐに西池袋署の捜査本部に出向くか、お電話していただくようにお願いします。電話番号は、三九八三の――」

マスミが、あえぎながら口を開いた。

「すみません。今、《Qマート》のだれが殺された、と言いましたか」

そう問いかけながら、おれたちの顔を不安げに見る。

その様子があまり真剣なので、おれはかえって何も言えなくなった。アベルも久保寺も同じとみえて、口をつぐんだままでいる。

まりえが、あっさりと言う。

「店長の、神永孝一よ」

まるでその言葉が、心臓に突き刺さったとでもいうように、マスミは大きく体を揺らした。ずり落ちるようにストゥールを下り、カウンターの角を回って、ドアの方へ向かおうとする。一点を見つめた目が、正気を失っている。

「すわってろ」

安岡がどなったが、少しも耳にはいらないらしく、マスミは足を止めなかった。

安岡はストゥールを滑り下り、マスミを迎え撃つように銃口を上げた。

まりえが、おれを見る。

「引き止めて」

おれはあわてて、背後をすり抜けようとするマスミを、押しとどめた。

マスミは意志を失ったように、その場に立ちすくんだ。

「店長を、知ってるのか」

ためしにおれが尋ねると、マスミはぼんやりとうなずいた。

「ええ。ここで待ち合わせたんです。孝一さんが来られないなら、わたしが迎えにいかなくちゃ」

抑揚のないその声に、おれは当惑した。

どうやらマスミは、神永孝一が殺されたと知って、神経回路に異常をきたしたらしい。

まりえがカウンターに乗り出し、マスミに話しかける。

「あなたは、ここにいるのよ。店長が生きているなら、おっつけここへやってくるでしょうし、何かの間違いで死んだのなら、行ってもむだだわ」

安岡が銃口を動かす。

「そのとおりだ。もう一度その女を、奥の席に押し込んでおけ」

おれは、マスミを体でかばいながら、もとの席に連れもどした。

「先生、診てあげて」

まりえに言われ、久保寺がうなずく。

「おお、そうだな。とりあえず、おしぼりをもらおうか。それから、水とブランデーをいつでも出せるように、用意しておいてくれ」

そう言えば久保寺は、精神科が専門だと称していた。それがほんとうなら、こういうときこそ働いてもらわなければならない。

おれは久保寺にマスミを任せて、自分のストゥールにもどった。

マスミは放心したように、ぐったりとカウンターにもたれたきり、動かなくなった。久保寺が、まりえの差し出したおしぼりで、マスミの額をぬぐってやる。

有線のニュースはとうに終わり、別の女の歌がかかっていた。やはり、聞いたことのない歌だった。

安岡はグラスをあおり、まりえに声をかけた。

「さっきはあのデカを、うまい具合に追い返したじゃねえか。この連中は、ほんとに一時間以上も前から、ここで飲んでるのか」

まりえはたばこに火をつけ、おれとアベルをちらりと見た。

「先生とマスミさんはそうだけど、この二人は違うわ。あんたよりほんの少し前、雨に打たれて飛び込んで来たのよ」

安岡は、急に興味を引かれたように、おれたちを見比べた。

「ふうん。こんな天気に、外でいったい何をしてたんだよ、おまえたち」

おれが答えるより先に、背後でアベルが口を開いた。

「友だちに、会いに行くとこね。少し早かったから、雨宿りでここにはいった。でも、もう遅れた。行ってもいいですか」

安岡はカウンターを叩いた。

「しつこいぞ。だめだと言ったら、だめなんだよ。おまえは何してたんだ」

いきなりおはちが回ってきたので、おれはちょっとたじろいだ。

「別に、何も。外を歩いていただけだ」

安岡が口を開こうとしたとき、また遠くで雷が鳴った。

安岡は不安げに、その音に耳を傾けた。拳銃を、指の関節が白くなるほど、しっかりと握り締める。

おれは、安岡が間違って引き金を引かないように、ひそかに祈った。

それにしても、この男はいったい何を撃とうとして、ここに居すわっているのだろう。

雷が鳴り終わると、安岡はほっとしたように肩の力を抜き、酒を飲んで言った。

「すると、おまえたちのどちらかが、コンビニに押し入った可能性もあるな」

すかさず、まりえが口を挟む。

「あら。コンビニをやったのはおれだ、とさっき自慢しなかった」

安岡は、鼻を鳴らした。

「あれは嘘だよ。おれがやったんじゃねえ」

それを聞くと、久保寺がマスミから目を離して、勝ち誇ったように言った。

「ほら、みたまえ。さっき、きみにはそんな度胸はない、と言っただろう」

「黙れ、藪医者。おれがやらなかったのは、やるだけの度胸がないからじゃねえ。コンビニの店長をばらしても、なんの得にもならねえからだ」

まりえが、ばかにしたようなしぐさで、髪を後ろへはねた。

「そうかしら。怪しいものだわ。ここへ転がり込んで来たときの様子は、まるでだれかに追われてるみたいだったもの」

「うるせえ」

カウンターを叩いて凄んだが、まりえはいっこうにひるんだ様子を見せない。ひょいと肩をすくめ、たばこを灰皿でもみ消す。

その肝っ玉に、おれはほとほと感心した。

安岡は業を煮やしたように、ストゥールを九〇度回して、おれに銃口を向けた。

「その二人。ポケットの中身を全部出して、カウンターに置け」

また雷が鳴り、安岡の顔に緊張が走る。

おれは、急いでポケットを引っ繰り返し、中身をカウンターに並べた。

アベルも、あまり気の進まない様子で、おれにならう。

安岡は汗をふき、中身をそばへ持って来るように、まりえに命じた。

まりえがそれに従うと、安岡はまずおれの財布をあらため、つぎに手帳をぱらぱらと繰った。

安岡の手が止まった。

じろりとおれを見る。

「おい、なんだ、これは。《Qマート》、店長、神永。午前零時、《まりえ》、女。いったい、なんのまじないだ。おまえ、殺された店長を知ってるのか」

おれは迷った。

なんとかこの男から、拳銃を奪い取れないものだろうか。

「どうなんだよ。答えろ」

安岡に突っ込まれて、おれはあいまいに首を振った。

「いや、知らない」

「それじゃ、どうして《Qマート》とかなんとか、ここに書いてあるんだ」

まりえが、かすかに笑いを含んだ口調で、言い添える。

「それに、わたしの名前もね」

おれは、まりえを睨みつけた。何もこんなときに、安岡の尻馬に乗らなくてもいいではないか。

おれが答えあぐねていると、突然奥の席からマスミが叫んだ。

「あんたが、孝一さんを殺したの」

おれは、ゆっくりと振り向いた。

マスミが目を吊り上げ、食い入るようにおれの顔を見ている。

おれは、少しの間マスミを見返し、それからふっと笑った。

「いや、おれは殺してない」

マスミは唇を震わせ、絞り出すように言った。

「じゃ、なぜ手帳に彼の名前を、書いたりしたのよ。知り合いだとでもいうの」

「知り合いでもない」

「それじゃ、なぜ——」

安岡が割ってはいる。

「黙れ。おまえたちだけで、勝手にしゃべるな。こっちを向け」

おれは体を回し、安岡の方を向いた。

安岡は、手帳を投げ出した。

「どっちにしても、おまえのしわざじゃねえな、店長殺しは。近くで人を殺しておいて、このあたりをうろうろしてるばかは、ふつういねえからな」

そう言い捨てて、今度はアベルの財布を取り上げる。

いかにも柔らかそうな作りの、革の財布だった。かなり厚みがある。

安岡は、左手一つで器用に財布を広げ、一万円札の束を引き出した。二、三十枚はありそうだ。

安岡が、小さく口笛を吹く。

「おいおい、こりゃちょっとした一財産じゃねえか。出稼ぎにしちゃ、ずいぶん金回りがいいな」

おれもいささか呆れて、アベルの方を見返った。

アベルは額に、汗を浮かべていた。

「それ、わたし、友だちから預かった。国へ送るお金、返してください」

安岡はそれに答えず、財布からクレジットカードを抜き出し、明かりにすかした。

顔色が変わる。

「神永孝一。なんだ、これは。おまえの財布じゃねえな」

5

そこにいた全員が、アベルの方に目を向けた。

アベルは、その視線の束に気おされたように、のけぞった。

まりえが、押し殺した声で言う。

「あんたが店長を殺して、この財布を取ったのね」

アベルは手を振った。

「ち、違う、違います。それ、誤解ね」

マスミが叫ぶ。

「それじゃ、どうしてあんたが孝一さんの財布を、持ってるのよ。あんたよ、あんたが孝一さんを殺したんだわ」

いきなり安岡が、カウンターをばしりと叩いた。

「勝手にしゃべるんじゃねえ。こっちを向くんだ」

みんな口を閉じ、いっせいに安岡を見る。

その場を支配するのは自分だ、とでも言いたげに、安岡はおれたちの顔を睨み回した。

おもむろに、アベルに拳銃を向ける。

おれは、また上体を後ろへ引いて、銃口を避けた。

アベルは、おれの陰に隠れようとして、ますますのけぞった。もう少しで、ストゥールから転げ落ちそうになり、あわててカウンターにしがみつく。

安岡が言った。

「正直に言え。おまえが店長をやったのか」

アベルは、激しく首を振った。

「違う、わたし何もしない」

「じゃ、どうして店長の財布を、おまえが持ってるんだ」

アベルは、額の汗をぬぐった。

「近くの路地で、拾った。ここで雨宿りしたら、警察届けるつもりだった」

「友だちと、約束があるんじゃなかったか」

アベルは喉を詰まらせ、手足をばたばたさせた。浅黒い顔が、紫色になる。

そのとき、いつの間にか有線の音楽が終わり、また男の声がはいった。

「さきほどのニュースの、続報をお知らせします。殺された《Qマート》の店長、神永孝一さんは財布を奪われていることが分かり、警察では物取りの犯行ではないかとみて、不審者の洗い出しを続けています。一方、同じ西池袋二丁目の路地裏で襲われ、頭部に重傷を負った女性の氏名が、判明しました。この女性は、名古屋市の三田村小夜子さん三十二歳で、現在愛知県警を通じて身元を照会中、ということです。凶器は、現場に残されたスパナとみられていますが、三田村さんはまだ意識不明のままで、詳しいことは分かっていません。さて、つぎの音楽——」

おれは拳を握り締めた。

三田村小夜子。その名前には、聞き覚えがある。偶然だろうか。いや、この世にそんな偶然など、ありえない。

安岡がどなる。

「おい、高梨とかいったな。心当たりがありそうな、もっともらしい顔をしてるじゃねえか。知ってる女か」

おれは、唇をなめた。

「いや、知らん。知るわけがないだろう」

アベルが言う。

「わたし、その財布置いて行く。だから、ここ出て行く、いいですね」

安岡は、うんざりしたように首を振り、アベルを見た。

「物分かりの悪いやろうだな。おれがいいと言うまで、だれも出て行っちゃいかんと、何度言ったら分かるんだよ」

アベルはそれにかまわず、ストゥールから滑り下りた。

「わたし出て行く。だれも止められない」

そう言って、おれの背後をすり抜けた。

安岡は、あわてて拳銃をかまえ直し、ストゥールから下りた。

「動くんじゃねえ。そこから動いたら、ぶっ放すぞ」

おれは急いで、アベルの肩を押さえた。

「言われたとおりにしろ。この男は、本気で撃つぞ」

「撃つ気なら撃ってもいい。わたし、出て行く」

アベルが踏み出そうとした。

そのとき、しばらく鳴りをひそめていた稲妻が、突然店内を青白く染めた。

同時に、天地が裂けるような雷鳴が轟き、真っ赤な火の玉が飛び散った。

おれはストゥールから転げ落ち、したたかに通路で肩を打った。

鳴り響く雷に、人声が重なる。

「勘弁してくれ、もうしないから、勘弁してくれ」

だれかが、子供のようにわめいている。安岡の声だ。

おれは顔を上げた。真っ暗だった。

つぎの瞬間、銃声が二発、三発と起こる。銃口から噴き出す、オレンジ色の火が闇に浮かび上がった。

安岡が、拳銃を乱射している。ガラスが割れ、砕け散る音がして、頭に液体や破片、粉のたぐいが、雨のように降り注いだ。

だれかが叫び声を上げ、おれの上に倒れ込んで来る。

おれはそれを押しのけ、オレンジ色の火に向かって、夢中で這い進んだ。これと見当をつけ、安岡の足にしがみつく。

「勘弁してくれよ、おやじ、勘弁してくれったら」

安岡は、おれに引き倒されながら、なおもわめき続けた。

おれは、拳銃を持つ安岡の右手をつかみ、床に何度も叩きつけた。拳銃が吹っ飛ぶ。

安岡の腕から、急に力が抜けた。

安岡は体を震わせ、めそめそ泣き始めた。押し入れに閉じ込められた、いたずら小僧のような泣き方だった。

安岡のベルトを抜き取り、両腕を後ろ手に縛り上げた。

安岡を、通路にうつぶせに転がして、立ち上がる。そのときには、まりえがカウンターにろうそくを三本、立てていた。どうやらこの一角に、雷が落ちたらしい。

振り向くと、久保寺が通路にしゃがみ込んで、倒れたアベルの様子を見ている。おれはろうそくを取り、二人を照らした。

久保寺が言う。

「安岡の撃った弾が、肩に当たったようだ。ま、たいした傷じゃないが」

アベルはうめき声を上げ、立ち上がろうとあがいた。

「じっとしてるんだ。出血がひどくなるぞ」

久保寺が忠告したが、アベルはストゥールにすがって、なんとか立ち上がった。ろうそくに照らし出された顔は、まるで死人のようだった。

まりえが言う。

「救急車を呼ぶわ」

久保寺がつけ加える。

「警察もだ」

アベルはおれを突きのけ、出血する左の肩を押さえて、ふらふらとドアへ向かった。転がった安岡の体を、容赦なく踏みつける。

安岡はむせび泣きながら、弱よわしく苦痛の声を上げた。

まりえが、棚の携帯電話に手を伸ばしたとき、急にマスミが叫んだ。

「ちょっと、何するの。それ、置いて行きなさいよ」

おれは反射的に、アベルを見た。

アベルが、血だらけの右手をカウンターに伸ばして、神永の財布を取ろうとする。

おれはとっさに、アベルの肩を突き飛ばした。アベルは悲鳴を上げ、安岡の体を飛び越えて、ドアの下に倒れ込んだ。

まりえは首を振り、改めて携帯電話を手に取った。

ボタンを押そうとしたとき、倒れたアベルがもがくように、起き上がった。

「だめ。電話、だめ」

アベルの手に、拳銃が握られている。安岡が落とした拳銃だった。

「電話、カウンターに置け」

アベルが言ったが、まりえはそれに取り合わず、逆に命令した。

「あんた、ここから出て行っちゃだめよ。だいじな証人なんだから」

そう言って、ボタンを押し始める。

アベルは脅しをかけるように、まりえの頭上へ銃口を向け、引き金を引いた。

拳銃はかちゃりと、乾いた音を立てただけだった。

アベルは、あわてて何度も引き金を引いたが、結果は同じだった。

まりえが、笑いを含んだ声で言う。

「注意力が足りないわね。さっき安岡が撃ったとき、最後の方は空撃ちばかり。弾がなくなったって、分からなかったの」

　おれはそれを聞いて、さすがにあきれた。あの落雷の混乱の中で、よくそれを聞き分けられたものだ。

　アベルは、おれに分からない言葉でののしり、拳銃をカウンターに投げつけると、ドアに飛びついた。

　おれは安岡を乗り越え、アベルの傷ついた肩口に手をかけ、ぐいと引きもどした。

　アベルは苦痛の声を漏らし、狭い通路に尻餅をついた。

　それきり、逃げる気力も失ったように安岡と二人、床に横たわったままでいる。

　警察と話すまりえの声が、静かに店内に流れた。

　それを聞いて安堵したのか、マスミが急に泣き出した。ストゥールを下り、すぐ後ろのトイレのドアをあけて、中に姿を消す。

　電話が終わるのを待って、おれはカウンターの下から、ボストンバッグを取った。

　まりえに、それを差し出す。

「警察の取り調べが終わるまで、これをどこかに預かってくれないか」

　まりえは、少しの間おれの顔を見つめたあと、ボストンバッグを受け取った。床下収納庫の蓋を上げ、それを中へ落とし込む。

　おれに目をもどして言った。

「あなた、どこから来たの」

「名古屋」

瞳をくるりと回す。

「そう。四、五日したら事件も片付くし、お店も片付くと思うわ。そうしたら、取りにいらっしゃい」

6

久保寺徹が言う。

「ま、安岡の症状は、あたしが見立てたとおりだった。雷恐怖症ってやつさ」

久保寺は西池袋署の要請で、安岡の事情聴取に立ち会った、という。

おれは、まりえが作ってくれた水割りを口に含み、久保寺を見返した。

「雷恐怖症ね。しかし、大のおとなが雷なんかに、それほどびくびくするものかな」

「子供のころのショック体験が、トラウマとなって残ってるんだ。安岡を問診したら、それを思い出したよ」

まりえが、たばこの煙を吐く。

「どんなトラウマ」

「安岡は、信州の山奥の生まれでな。六つか七つのころ、近所の女の子を馬小屋に連れ込んで、ときどき悪さをしていた。親の営みをのぞき見したらしく、セックスのまねごとをしてたんだな。ある晩、おやじが懐中電灯で探しに来て、その現場を見つけた。安岡は、いきなり明るい光を浴びせられて、体が硬直したらしい。そこへおやじが、文字どおり雷を落としたわけさ」

おれは、思わず笑った。

「そんなのが、トラウマになるんですか」

「笑いごとじゃない。こういう例は、いくらでもある。罪悪感と精神的ショックは、どんな形にでも結びつく。安岡の場合は、懐中電灯の直射とおやじの大目玉が、そのまま稲妻と雷に対する恐怖に、転化したわけさ」

まりえが質問する。

「それじゃ、あの拳銃騒ぎは」

久保寺は、ブランデーを飲んだ。

「いつも稲妻や雷が始まると、安岡は自分の部屋に閉じこもって、がんがん音楽を鳴らしたそうだ。しかし、この間はたまたま外にいて、行き場がなかった。しかたなくここへ逃げ込んだが、稲妻も雷も容赦なく追いかけてくる。しかし、暴力団の幹部という立場で、雷が怖いと白状するわけにいかん。そこで、たまたま持っていた拳銃をぶっ放して、雷の音と銃声を同化させたのさ。むろん、雷で銃声を消そうというのではなく、銃声で雷の音を殺そうとしたわけだが」

「でも、子供のころの精神的打撃を思い出すと、その時点で症状は消えるんでしょう。フロイトによれば、だけど」

まりえが言うと、久保寺は人差し指を立てて振った。

「フロイトのやり方では、雷恐怖症は治らんよ。あたしに安岡を預ければ、行動療法で完璧に治してみせるがね」

まりえは、たばこの灰を落とした。

「でも、あれだけ撃ちまくったら、安岡は当分出て来られないわよ。近ごろ警察は、拳銃の不法所持に、ひどく厳しいから」

そう言って、おれを見る。

おれは目をそらし、店内を見回した。

事件から五日たち、ほぼもとどおりに片付いたようだが、よく見ると酒の棚や漆喰の天井に、弾痕が残っている。

「それにしても、とんだ災難だったね」

おれが慰めると、まりえは肩をすくめた。

「ああいう雨の日は、何かが起こるって言ったでしょう」

久保寺が、おおげさにうなずく。

「そうだ。そもそも、この店は何か事件が起こるように、運命づけられてるんだよ。あたしが、ここで獅子奮迅の大活躍をしたのも、二度や三度じゃない」

まりえはそれを無視して、おれに話しかけた。

「結局、《Qマート》の店長を殺したのは、アベルじゃなかった。ただアベルも、三田村小夜子を襲って、革の財布を奪ったことだけは、認めたらしいわね」

「殺人より強盗傷害の方が、まだしも罪が軽いからね」

「でも、アベルはどうしてこの店なんかに、はいって来たのかしら。すぐにどこか遠くへ、逃げればよかったのに」

警察での事情聴取の合間に、おれは担当の刑事からいろいろと、経過を聞かされた。

「西池袋署で聞いた話によると、アベルは現場へ引き返すつもりだったらしい。凶器のスパナを、置きっ放しにして逃げて来たので、指紋から身元がばれるんじゃないか、と怖くなった。回収しようともどりかけたが、たまたま警官の姿を見かけたので、あわててここへ飛び込んだ。担当の刑事は、たぶん《Qマート》から事件発生の知らせを受けて、店へ駆けつける警官と出くわしたんじゃないか、と言っていた」

まりえが笑う。

「そこへ安岡がはいって来て、逃げるに逃げられなくなったのね」

久保寺はブランデーを飲み、腕を組んで首をひねった。

「それにしても、アベルに襲われた三田村小夜子が、その直前に《Qマート》の店長を殺していた、とは妙な話だな」

まりえもうなずく。

「そうよね。彼女のスカートに、店長の返り血がついていたそうだけど、どうしてそんなことになったのかしら」

久保寺が指を立てる。

「なんでも神永は、裏口から事務室へ小夜子を引き入れたあと、刺されるはめになったらしいぞ。小夜子は神永を刺し殺したあと、暗い路地裏を逃げ惑っていた。そこへ、カモを物色中のアベルが来合わせて、何も知らずに彼女を襲った、というわけだ。アベルが持っていた革の財布は、小夜子が神永のポケットから、抜いてきたものだったんだ」

「どうして、そんなことをしたのかしら。事務室へ入れた、ということは面識があったからだろうし、お金が目当てで殺したとも思えないけれど」

久保寺は、肩をすくめた。

「三田村小夜子の記憶がもどったら、そのあたりの事情もはっきりするだろうさ」

三田村小夜子は、事件の翌日意識を取りもどしたものの、一時的な逆行性健忘の症状を示して、まだ事情聴取に応じられない状態だった。名古屋からは、老齢の父親がたった一人駆けつけたきりで、詳しいことは何も分からないという。

まりえはたばこをもみ消し、意味ありげな目でおれを見た。

「急に、無口になったわね。記憶がもどるのを待たなくても、あなたは彼女がどういう人か、知ってるんでしょう」

おれは、まりえを見返した。

「どうして」

「有線のニュースで、三田村小夜子の名前が出たとき、顔色が変わったもの。そのすぐあとで、安岡に知ってる女かと突っ込まれて、うろたえたじゃないの」

うろたえた覚えはない。

しかしあの緊迫した状況で、人の顔色の変化に気づくとは、やはりたいした女だ。

まりえが続ける。

「たぶんあなたは、三田村小夜子がなぜ神永を殺したかも、見当がついているに違いないわ。さあ、白状して、楽になりなさい。さもないと、預かったボストンバッグを、警察に届けるわよ」

とりあえず、水割りを飲んだ。

この女にかかると、すべてを見通されたような気分になる。

今さら隠しても始まらない、と覚悟を決めた。

「分かったよ。三田村小夜子は、神永孝一が名古屋にいたころ、付き合っていた女の一人さ。神永は小夜子を捨てて、東京へ出て来たんだ。つまり、小夜子は神永にとって、この間ここにいたマスミという女の、前の愛人に当たるわけさ」

まりえが、分別くさい顔でうなずく。

「なるほどね。すると三田村小夜子は、捨てられた恨みを晴らすか、あるいはよりをもどすのに失敗して、神永を刺したわけね」

「たぶん、そんなところだ」

「財布を抜いたのは、物取りの犯行に見せかけるため、かしら」

まったく、察しがいい。

「女の一念はすごいよ。神永と話をつけるために、小夜子はやつの足取りをたどって、東京まで探しに来たに違いない」

まりえは含み笑いをして、おれに妙な流し目をくれた。

「そしてたぶん、あなたもね」

そう言って、盛大に煙を吐く。

おれは、飲みかけた水割りの手を止め、まりえの顔色をうかがった。

この女は、ボストンバッグの中を、調べただろうか。いや、調べたに違いない。

まりえは、ふっと話をそらした。

「あなたはどうして、三田村小夜子のことを知ってるの。あなたの恋人だった、とでもいうの」

おれは少し考え、首を振った。ここまできたら、話すしかないだろう。

「そうじゃない。小夜子のことは、妹から聞いたんだ」

眉がぴくりとする。

「妹。妹さんがいるの」

「良恵という名前だった。良恵は小夜子の前に、神永と付き合っていたんだ。ばか正直な女でね。良恵の方は、恋人同士と思い込んでいたが、神永にとってはそのときどきの、愛人の一人にすぎなかった。よくある話さ」

まりえは、薄笑いを浮かべた。

「そんなにもてる男だったら、生きてるうちに会ってみたかったわ」

それから、ふと気づいたというように、顔を上げた。

「良恵という名前だった、と言ったわね。だった、とはどういう意味」

水割りを飲み干す。

「神永は良恵を捨てて、小夜子に走った。そのショックで、良恵は自殺したんだ。神永の子供を、身ごもってもいたし」

黙って聞いていた久保寺が、いかにも遺憾だというように、首を振る。

まりえは、じっとおれを見つめたまま、物静かな口調で言った。

「この間の夜、安岡が読み上げた手帳の中身は、あなたが神永のことを調べたメモね」

お気の毒に、などとおざなりなことを言わないのが、いかにもこの女らしい。

「そう。一年近くもかけて、やっとやつの居場所を探り出した。仕事が終わったあと、やつがこの店で女と落ち合うことも、突きとめた。そのメモだ」

久保寺が、口を挟む。

「なんのために、そんなことをしたんだね」

まりえが、久保寺をたしなめる。

「それは、聞くだけやぼというものよ、クボジ先生」

久保寺は、いやな顔をした。

「クボデラだ。高梨君は、妹さんの仇討ちでもしようと、そう思っていたのかね」

まりえの眉が、またぴくりと動く。

「それも、言わぬが花でしょ、先生」

おれはわざとらしく、腕時計を見た。

「さてと、そろそろ開店時間だろう。商売の邪魔はしたくないし、おれも新幹線に乗らなきゃならない。ボストンバッグを、返してもらおうかな」

「そうね」

まりえはあっさり言い、床下収納庫の上にかがみ込むと、勢いよく蓋を上げた。

ボストンバッグを取り出し、カウンターにどさりと置く。

おれはまりえを見て、念のため尋ねた。

「中身を調べたかね」

「どっちだと思う」

「調べなかった、と思いたいな」

まりえは、にっと笑った。

「甘いわね。わたしに預けたとき、調べられると覚悟すべきだったわ」

おれは、冷や汗をかいた。

まりえが続ける。

「あなたがやりたかったことは、別の人間が一足先にやってしまったのよ。だから、あなたがわざわざ用意したものは、もう必要なくなったわけね」

「おれは何も、用意しなかった」

おれが言うと、まりえはもう一度にっと笑った。

「あら、そう。だったら、あなたが用意しなかったものを、昨日わたしがお茶の水へ行って、橋の上から神田川へ捨てたとしても、いっこうにかまわないわね」

おれは、ぽかんとした。

まりえを見つめるうちに、しだいに体の力が抜けてきて、急に笑いたくなる。

しかしおれは、笑わなかった。

「どうして、神田川なんだ」

まりえは、分かり切ったことだというように、手を振った。

「あそこは警察が、オウム真理教の事件にからんで、徹底的に川ざらいをしたばかりよ。少なくとも今世紀中は、あそこを調べることはないわ」

今度はおれも、遠慮なく笑った。

笑いながら、ストゥールを滑り下りる。

「お酒を、ごちそうさま。店がめちゃめちゃになって、ほんとに気の毒だった」

「お気遣いなく。八文字組から、きっちり修理費を取り立てるから」

この女なら、実際に取り立てるだろう。

おれは二人に手を振り、《まりえ》をあとにした。今度東京に来たときは、ぜひまた立ち寄ろうと思う。

ただし雷雨の夜は、二度とごめんだ。

解説

香山二三郎

作家には二種類ある、長編型と短編型だ——とは、よく耳にする説だ。しかしミステリー系に限っても、どちらかいっぽうに偏った書き手というのは今や稀少なのではないか。

試しに『このミステリーがすごい！　2001年版』（宝島社）の二〇〇〇年度国内編ベストテンを見てみると、長短いずれかに偏っている作家というのは『始祖鳥記』（小学館）の飯嶋和一と『川の深さは』（講談社）の福井晴敏くらい。いずれも長編型だが、寡作をもって知られる飯嶋は別格として、まだ新人の福井にはこれから短編を書く機会も増えてこよう。この年は短編集に収穫の多い年で、第一位の泡坂妻夫『奇術探偵　曾我佳城全集』（講談社）と第二位の横山秀夫『動機』（文藝春秋）も短編集だったが、泡坂には長編の傑作があるし、横山も二〇〇一年中には長編が出る予定、短編型と決めつけるわけにはいかない。一一位以下をみてもどちらかいっぽうに偏っている人はごく一部で、してみると現代のミステリー作家の大半が長短巧みに描き分ける二刀流とみてよさそうだ。

考えてみれば、近年翻訳ミステリーの紹介が進むとともに、日本ミステリーも作品の多様化、高品質化が進んできた。読者も自ずと目が肥えてこようというものだが、そのいっぽうで書くほうのノウハウも様々な形で伝授されるようになった。そうした情況下では、雑誌掲載に書き下ろしに、作家たちも長短いずれの作品も書きこなす力量が問われるようになる。不景気な出版界で作家たちの生存競争もいちだんと激しくなるともなればなおさらだ。

二〇〇〇年度に短編集の傑作が多かったことは決して偶然ではない。

斯界ではこのところ長編ばかり注目されがちな傾向があったが、むろん長編とともに短編の品質も確実に向上してきたわけで、それはたとえば、短編の年間傑作集をひもといてみれば一読瞭然だろう。そう、たとえばこの『ミステリー傑作選』のような……。

シリーズ第三九巻に当たる本書は、日本推理作家協会編『ザ・ベストミステリーズ　1998　推理小説年鑑』(講談社)と『同　1999』(同)に収録された短編、計三五作の中から九作を厳選した傑作アンソロジーである。長編に短編に現在第一線で活躍している作家たちが腕によりをかけ練り上げた逸品の数々。一作一作、鮮やかに色合いが変化するその多彩なミステリー世界にきっとご満悦いただけると思う。

以下、収録順に作品を紹介していこう。

加納朋子「裏窓のアリス」(「オール讀物」一九九七年一一月号掲載)

会社のリストラ策を利用して念願の私立探偵事務所を開いた仁木のもとに市川安梨沙という美少女が現れ、助手に就く。とはいえ、滅多に客のこない零細事務所、今日も今日とて暇をかこっていたが、気をきかせた安梨沙が自家製のチラシを配ったところ、ようやく二人目の依頼人が現れる。その美女が頼んだのは、夫に自分が浮気をしていないことを証明するための調査だった⁉

仁木と安梨沙の無邪気な関係劇を軸にした〝日常の謎〟演出と優しくも残酷な女性性をえぐり出すリアル演出を融合させた、この著者ならではの作劇が楽しめよう。むろん安梨沙＝アリスということで、ルイス・キャロル『不思議の国のアリス』（岩波少年文庫他）の世界に見立てられているほか、ヒッチコック映画を髣髴させる見張りサスペンスがあったり、様々なミステリー趣向が凝らされているところもミソ。ヒロインの正体や仁木との関係の行方等を知りたい人は本作を収めた著者の連作集『螺旋階段のアリス』（文藝春秋）に進め！

北森鴻「バッド　テイスト　トレイン」（「小説すばる」一九九七年八月号）

列車の中で出会った客同士の会話劇といえば、江戸川乱歩の名作「押絵と旅する男」（『日本探偵小説全集2　江戸川乱歩集』他所収）を思い起こさずにはいられないが、本作で肝心なのはその会話のテーマが駅弁であること。主人公の滝沢が列車の中で出会った若い男は駅弁に関する蘊蓄話を披露し始めるが、その途中でトイレに立った滝沢は、車内の奇妙な光景に気づく。それを察した若者が今度はその謎解きを始めるが……。

池波正太郎のエッセイから「駅弁の定理」へと至る独自の食味論を謎解きとリンクさせたサスペンス演出は、自らも調理師であるこの著者ならではというべきだろう。B級グルメ小説と本格ミステリーを合体させたまさに異色のハイブリッドだ。なお滝沢をめぐる謎深き人間関係劇の行方については、これまた本作を収録した著者の連作短編集『メイン・ディッシュ』（集英社）に進め！

柴田よしき「切り取られた笑顔」（「小説NON」一九九七年一一月号）

短大を出、OL時代に知り合った理想の男と結婚、専業主婦となる。絵に描いたような幸せな人生を歩んできた奈美はしかし、孤独な結婚生活に不満を覚え始める。そんなとき近所に引っ越してきた短大の同窓生亜佐子からインターネットの面白さを教えられ、次第にハマっていく。自ら作ったホームページも主婦たちの支持を得るようになるが、やがて掲示板を通じて不倫相談を持ちかけてきたOLから思いも寄らない事実を知らされる。

新たな社会の絆となりつつあるインターネット。その匿名性を活かした作劇と外見からはうかがい知れない女の歪んだ愛憎を巧みに重ね合わせた心理サスペンスである。ここで描かれる犯罪像は加速度的に普及するネット世界ではもはやフィクションでも何でもなくなっている。その点リアル極まりない事件小説ともいえよう。

歌野晶午「ドア⇅ドア」（「小説現代増刊　メフィスト」一九九七年五月増刊号）

大学生の山科は東京・中野の下宿先で年を越すことになる。新年三日の夜、下宿で唯一の社会人・恩田が一年ぶりに帰館、ふたりは酒を呑み始めるが、恩田は酒癖が悪かった。そのときもひょんなことから諍いになり、彼は恩田をナイフで刺してしまう。事件の隠蔽を決意した彼は、死体を恩田の部屋に運び込もうとするが……。

犯人の正体を最初から明かし、探偵が犯行を暴いていく、いわゆる倒叙式ミステリーである。著者はどこにでもいる人間が仕出かすごく日常的な犯罪をリアルかつフェアに描き出してみせるが、ポイントは田村正和主演のTVドラマでお馴染み「古畑任三郎」も真っ青の探偵役。著者のデビュー長編『長い家の殺人』（講談社文庫）等、「家」もの三部作にも登場する神出鬼没⁉の変人探偵信濃譲二がどんなふうに登場し、どんな推理を披露してくれるか、その快刀乱麻ぶりにご注目。

なお本作も収めた信濃ものの短編集『放浪探偵と七つの殺人』（講談社ノベルス）は「七つの短編全てが、読者への挑戦状」になっている袋とじ仕立てのユニークな一冊だ。

北村薫『朝霧』（「オール讀物」一九九七年一一月号）

「私」は年末の大掃除の際、祖父の訳したグリム童話を発見するが、祖父はまた日記も書き残していた。昭和初期、彼は高輪の知り合いの家に下宿して慶応大学に通っていた。日記にはその下宿先の娘「鈴ちゃん」の名前がしばしば出てきたが、学生時代最後の秋の辺りまで読み進めた「私」は、やがて奇妙な記述を見つける。

女子大生から女性編集者へと成長した「私」と落語家・春桜亭円紫の〝日常の謎〟探偵譚

を描いたお馴染みのシリーズ作。結婚式の何気ないエピソードから内外の小説の話に飛んだり、落語談義が挿入されたり、一見雑然とした作りのように見えるが、その実ラストでそれらが皆微妙にリンクしてくるというこの著者独自のはなれわざが堪能出来よう。むろんジャパネスクな暗号仕掛けも読みどころだが、ノーヒントでこれを解ける読者はいる？

本作を収めた『朝霧』（東京創元社）は春桜亭円紫と「私」シリーズの第五集に当たる。女子大生時代の彼女の活躍を読みたい人は第一集『空飛ぶ馬』（創元推理文庫）に戻れ！

唯川恵「過去が届く午後」（「小説すばる」一九九七年五月号）

グラフィックデザイナーの有子のもとに、かつての同僚・真粧美から昔貸した絵が送られてくる。才能豊かな真粧美は入社後たちまち頭角を現わしたが、間もなく結婚して専業主婦になってしまう。彼女の影に隠れていた有子はその後地道な努力を重ね、ついにデザイン賞を受賞するまでになった。彼女はその受賞パーティで七年ぶりに真粧美と再会するが、絵が送られてきたのはその翌週のことだった。やがて真粧美から過去にまつわる様々なものが送られてくるようになるが……。

柴田よしき「切り取られた笑顔」と同様、女の愛憎や執念、妄想を浮き彫りにした心理サスペンスである。どちらも現代女性の生き甲斐を絡めた犯罪仕立てにしている点、興味深いが、こちらのサスペンス演出はよりストレートで、ほとんどホラーの領域に入っていよう。ラストシーンのインパクトも本書の収録作中、最高ではないかと。

なお本作を収めた作品集『病む月』（集英社）はすべて著者の故郷金沢が舞台だ。

大倉崇裕「生還者」（「小説推理」一九九八年一二月号／円谷夏樹名義）

長野県山岳警備隊の隊長・松山は仕事に疲れ退職を決意していたが、正月早々、北アルプスの茂霧岳で消息を絶った青年の救助に向かう。悪天候のため一週間待機を余儀なくさせられたが、一〇日後、絶望視された遭難者は奇跡的に救助される。三月末、その正月の捜索行に協力した山岳団体のリーダー小倉が北ア裏三山で滑落死する。現場に赴いた松山は遺体を見て不審を抱くが……。

ストイックな山男の世界を活写したハードボイルドタッチの山岳ミステリーである。テーマは〝遭難〟。伝奇趣向を活かし、冬山の事故にまつわる古風な悲劇をドラマチックに浮き彫りにして見せた。小説推理新人賞を受賞した著者のデビュー作「ツール&ストール」（双葉文庫刊『小説推理新人賞受賞作アンソロジーII』所収）は軽妙なコンゲームもので、それとは対照的な作風は並々ならぬ懐の深さを窺わせる。今後は長編での活躍も望まれよう。

浅黄斑「七通の手紙」（「週刊小説」一九九八年七月号）

転落事故で骨折した母親の見舞いに京都の宮津へ帰ってきた男が帰京後、行方を絶つ。心配した母親の手紙をもらったその男・俊行の同棲相手・華絵はしかし、彼のダメ男ぶりを非難、帰京後も車でどこかへ出たままだと返信する。その筆致に胸騒ぎを覚えた母親は何か手がかりを探そうと彼の持ち物をすべて送り返すよう伝えるが、華絵の返信は木で鼻をくったようなつれないものだった。
表題通りの書簡体ミステリー。パソコンや携帯電話の爆発的な普及とともに手紙＝メールのスタイルも変わりつつあるが、本作でやり取りされるのはオーソドックスな手書きの書簡。とはいえ、相手の顔が見えるようで見えない点は共通している。さりげない記述に巧みに伏線が張られたスキルフルな一編だ。

逢坂剛「雷雨の夜」（「オール讀物」一九九七年二月号）
激しい雷雨に見舞われ、「おれ」はボストンバッグを抱えたままバー「まりえ」に入る。店には怪しげな客が集っていたが、そこへ稲妻の光とともに暴力団の組員と名乗る男が現れ、拳銃をちらつかせ店に立てこもる。皆が動転する中、さらに刑事が訪れ、近くのコンビニで強盗殺人があったと伝えていく。組員は自分は犯人ではないと主張するが……。
最終編は東京・西池袋にあるバー「まりえ」を舞台にしたシリーズ作。密室で繰り広げられる一触即発の暴力劇はサスペンスフルな舞台劇を見ているかのようだ。虚々実々の駆け引きあり、謎解きあり、まさに先を読ませない展開だが、ホントはサイコものだったりして。『空白の研究』や『情状鑑定人』（いずれも集英社文庫）のようなストレートな心理分析系とは、またひと味異なる軽妙さがミソ。
なお本作が収められているのは『デズデモーナの不貞』（文藝春秋）だが、まずはシリーズ第一集の『まりえの客』（講談社文庫）からどうぞ。

完全犯罪証明書《かんぜんはんざいしようめいしよ》 ミステリー傑作選《けつさくせん》39

日本推理作家協会《にほんすいりさつかきようかい》 編

2001年4月15日第1刷発行

発行者――野間佐和子

発行所――株式会社 講談社

東京都文京区音羽2-12-21 〒112-8001

電話 出版部 (03) 5395-3510
販売部 (03) 5395-3626
製作部 (03) 5395-3615

Printed in Japan

ISBN4-06-273142-8

講談社文庫

定価はカバーに
表示してあります

デザイン―菊地信義

製版――豊国印刷株式会社

印刷――豊国印刷株式会社

製本――株式会社千曲堂

講談社文庫刊行の辞

二十一世紀の到来を目睫に望みながら、われわれはいま、人類史上かつて例を見ない巨大な転換期をむかえようとしている。

世界も、日本も、激動の予兆に対する期待とおののきを内に蔵して、未知の時代に歩み入ろうとしている。このときにあたり、創業の人野間清治の「ナショナル・エデュケイター」への志を現代に甦らせようと意図して、われわれはここに古今の文芸作品はいうまでもなく、ひろく人文・社会・自然の諸科学から東西の名著を網羅する、新しい綜合文庫の発刊を決意した。

激動の転換期はまた断絶の時代である。われわれは戦後二十五年間の出版文化のありかたへの深い反省をこめて、この断絶の時代にあえて人間的な持続を求めようとする。いたずらに浮薄な商業主義のあだ花を追い求めることなく、長期にわたって良書に生命をあたえようとつとめるところにしか、今後の出版文化の真の繁栄はあり得ないと信じるからである。

同時にわれわれはこの綜合文庫の刊行を通じて、人文・社会・自然の諸科学が、結局人間の学にほかならないことを立証しようと願っている。かつて知識とは、「汝自身を知る」ことにつきていた。現代社会の瑣末な情報の氾濫のなかから、力強い知識の源泉を掘り起し、技術文明のただなかに、生きた人間の姿を復活させること。それこそわれわれの切なる希求である。

われわれは権威に盲従せず、俗流に媚びることなく、渾然一体となって日本の「草の根」をかたちづくる若く新しい世代の人々に、心をこめてこの新しい綜合文庫をおくり届けたい。それは知識の泉であるとともに感受性のふるさとであり、もっとも有機的に組織され、社会に開かれた万人のための大学をめざしている。大方の支援と協力を衷心より切望してやまない。

一九七一年七月

野間省一